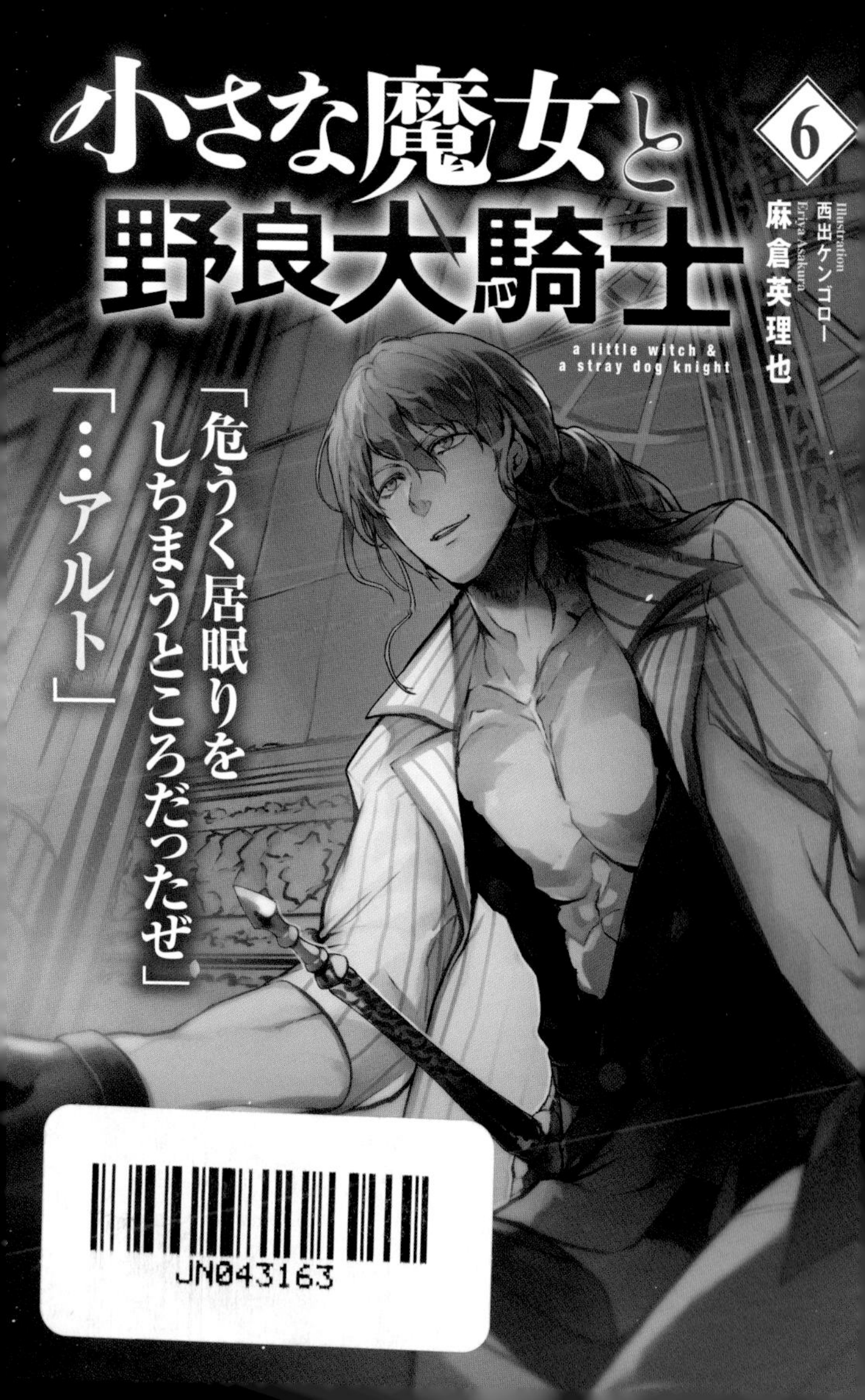
小さな魔女と野良犬騎士
6
Illustration 西出ケンゴロー
Eriya Asakura 麻倉英理也
a little witch &
a stray dog knight
「危うく居眠りをしちまうところだったぜ」
「…アルト」
JN043163

「フレア＝シェイファー。
エンフィール王国、
第四騎士団副団長を
務めさせて頂いてます」

「それは流石に……ねえ？」
頬に手を添えたまま困り顔のシャルロット。

二本の角を生やした
頭部の真ん中には、腕組みをして、
剣聖モードのロザリンが立っていた。

「こいつが、英雄シリウス……ッ」

「その口の利き方、後悔なさいッ！」
フレアは稲妻の如き速度と、不規則な軌道でアルトへの間合いを詰める。
「なるほど。電撃使いか」

アルトは左手で
素早く抜剣した。
剣先が鞘から
解きはなたれると
同時に、
フレアが電撃を
纏った斬撃を放ち、
アルトの剣と交差した。

INTRODUCTION

太陽が雲で隠れて…

太陽祭が開幕し、ロザリンは大喜び。
つられてアルトの気分も上がっていた。
そんな気分に水を差すように暗雲が立ち込める。
王都の北街では、天楼がひた隠しにしていた牙を、
まさにこのタイミングで突き立てようと画策していたのだ。
狙いはただ一つ。

王国を守護する水神リューリカが座する寝所。
天楼のシドは自らが抱く野望と復讐を果たす為、
自らと同胞の血でリュリオン湖を赤く染める。
対するのは王国の絶対たる
守護者・エンフィール十二騎士団の団長達。
誰も知らない王都の裏側で、
アルトとロザリンは騎士団と共に
天楼との決戦に挑むことになるのだった——。

小さな魔女と野良犬騎士 6

麻倉英理也

ヒーロー文庫

CONTENTS

a little witch &
a stray dog knight

Illustration
西出ケンゴロー

小さな魔女と野良犬騎士 6

イラスト／西出ケンゴロー
装丁・本文デザイン／5GAS DESIGN STUDIO
校正／吉田桂子（東京出版サービスセンター）
DTP／伊大知桂子（主婦の友社）

この物語は、小説投稿サイト「小説家になろう」で
発表された同名作品に、書籍化にあたって
大幅に加筆修正を加えたフィクションです。
実在の人物・団体等とは関係ありません。

プロローグ　前夜祭

太陽祭を翌日に控えた北街の真夜中。より正確に時刻を示すのならば、既に日付けは変わってしまっているので当日とも言えるが、太陽祭の開催時刻はその名の通り、太陽が東の空に姿を覗かせた瞬間だ。本日から始まる数日に渡るお祭り騒ぎを考えれば、この夜の瞬間だけが太陽祭が終わるまでの、最後の静寂とも言えるだろう。

カツン、カツンと硬い物同士がぶつかる音が、一定のリズムで夜のスラム街に響く。瓦礫だらけの法と倫理が消え去った場所であっても、太陽祭を翌日に控えた今日ばかりは、姿を見せぬ影達も何処か浮ついた気配を漂わせていた。あるいは何も知らなくても、これから起こるかもしれない何事かに、ある種の期待を感じているのかもしれない。

松葉杖で身体を支え、ゆっくりと歩みを進める義足の男シーナもその一人だ。

手術を無事終えたシーナは、涙目になったラサラの感謝と食事の席を断って、診療所に戻る為、早々に家路へと就いた。報酬はそれなりに頂いたので、当分は面倒を見ている子供達が飢えることはないだろう。

雲一つない夜空には、無数の星と薄ぼんやりとした月が昇っている。片足のシーナには診療所までの移動は距離があり、松葉杖を使用しても中々に困難だ。同じことを思ったレオンハルトが、すぐさま帰りの馬車を用意しようとしたが、シーナはそれも丁重に断った。北街で天楼か奈落の社の印が入っていない馬車が走るのは、飢えた獣の群れに肉を投げ込むような行為で、安全より危険性が増してしまう。片足のシーナが一人で歩いているのも危険ではあるが、弱者を狙って追剥ぎを働こうとする小悪党程度、足の一本がなくてもあしらえるくらいの自信はあった。普段だったら助手のコルダに手を借りるのだが、彼女は日の落ちる前に診療所へと帰している。留守を任せている人間がいるとはいえ、長く空けていられないのも理由の一つだが、一番はコルダを危険に晒すわけにはいかないからだ。

そんなことを考えていた所為か、引き寄せられるように妙な気配が周囲を取り巻く。殺気らしきモノは感じ取れないが人数は多い。当然のように姿を視界に捉えることはできなかったが、シーナに存在を示すかのような気配だけは明確に感知できた。警戒しながらも歩みを緩めないシーナは、視線だけを巡らせ感じ取れる気配を追う。敵意、害意はなさそうではあったが、死角から此方を取り囲むように位置取りする辺り、何事か次第では一斉に襲い掛かるぞと警告しているようにも思えた。

「やれやれ。長時間の手術を終えたばかりで、疲れているんだがな」

ため息と共に冷静な軽口が零れ落ちる。待ち伏せを受ける理由と相手には心当たりがあった。かつては高い建物に挟まれた狭い路地だった場所は、今は波打つような形をした瓦礫となって、月明かりが照らす地上に歪な影を形成する。そこを変わらないリズムで松葉杖を突くシーナの行く手を遮るように、派手な身なりの男が立ち塞がる。

「よう、先生。いい夜じゃないか」

ファー付きのコートを羽織った、真夜中なのにサングラスをかけた男が友人のような気安さで、帽子を脱ぎながら挨拶すると、シーナは無言のまま足を止めた。

現れたのは奈落の社のボス、ハイドだ。予想通りの男の出現にシーナは短く嘆息する。

「気が早いことだな。奈落のボスが出迎えてくれるとは、俺も偉くなったモノだ」

皮肉と冗談のちょうど真ん中のような軽口に、ハイドはくくっと笑って肩を震わせた。

「そりゃ出迎えもするさ。折角、親友が大仕事を終えて帰ってきたんだ。苦労ぐらい労ってやらなけりゃ、男が廃るだろう?」

そう言ってサングラスをずらすと、露わにした片目を瞑ってみせた。

「悪いが、リップサービスは自分の女にでもしてやれ。用件があるのはこっちの方だろ」

呆れながら白衣の内側に手を突っ込んだシーナは、そこから取り出した物体を、ハイド目掛けて投げて寄越す。事情を知らない周囲の取り巻き達の気配が、一瞬だけ強い反応を示したが、ハイドは心配するなと告げるように気楽な態度を崩さないまま、投げられたそれを片手で受け取る。そして右手に握られた赤い結晶体を月明かりに照らし、サングラス越しの瞳に怪しい光を宿す。

「炎神の焔……本物だな。上手いことすりかえたモンだ」

「手癖の悪さを褒められても、嬉しくもなんともない。それに、代用品を用意したのはお前の方だろう。遠回しな自画自賛も白々しいな」

「褒め言葉くらい、素直に受け取ってもいいと思うんだけどねぇ」

帽子の上から頭頂部を押さえながら、ハイドは楽しげな笑みを零す。

「アレには結構な金をつぎ込んでるから、そりゃ簡単にバレちゃ困るさ。少なくとも太陽祭が終わるまでの間は、場を繋いで貰えなきゃ元が取れない。先生も他言無用で頼むぜ？」

「患者以外のことに興味はない。が、盗み聞きしている連中までは責任は持てないぞ」

「……それなんだよねぇ」

帽子を目深く被り直しながら、鋭い視線をシーナの背後に投げかけた。

瞬間、風を切る音と共に何かが飛翔する。気付きながらも微動だにしないシーナの頬を掠め、一直線に飛んできたのはクロスボウの矢で、鋭い矢の先端が瞬きする間もない速度で迫るが、同じく存在を知りながらもハイドは避ける動作すらせず涼しい顔だ。鋭利な先端が届く寸前、矢が発射されるよりも早い速度で、瓦礫の影から飛び出してきた派手な身なりの男が、身体を回転させるようにして狙いすましたように、踵から落ち下ろす蹴りで矢を一蹴。鉄製の矢はハイドに届くことなく、蹴りに両断され地面へと落下した。

「やれやれ、ドクター。随分と意地悪じゃん。わかってるなら、撃ち落としてくれてもよくないかい？」

飛び出した勢いを殺す為に、砂煙を上げて足裏でブレーキをかけながら、ストレンジャーミスタは、への字に口元を曲げた顔をシーナに向けた。

「部下が優秀だと頭は楽なモンさ。わざわざ、声を張り上げる必要もないんだから」

「そ、だよっ、ねん♪」

地面が揺れるほどの大きな振動と共に、ハイドの後ろから掛け声と共に跳躍する女性の姿があった。露出度の高い服装のラヴリだ。彼女はウォーハンマーで地面を叩いた衝撃で飛び上がり、回転しながらクロスボウが発射された地点に落下。詰み上げられた石材の瓦礫ごとウォーハンマーが叩き潰すと、土煙と共に男の悲鳴が響いた。

「ありゃ、ざ～んねん。潰せなかった――よっと！」

地面に半分埋まった槌部分の直ぐ側で、這いつくばるように震える男の足首を掴んだラヴリは、引っこ抜くような動作で通路の見える位置にまで放り投げた。

「――ぐはっ⁉」

ラヴリ達ならいざ知らず、普通の人間では対処しようのない高さまで投げられた男は、背中から地面に激突すると、死にはしなかったが碌な受け身もとれず、激痛に悶えながら泡を吹いて気絶してしまった。

「追加のお仕置きは……後でっ！」

ハンマーを引き抜き振り回すと、割って入ってきた襲撃者の奇襲を受け止める。髪の毛を左右で白と黒で分けた、黒い刀身の剣を二振り操る少年サイラスだ。

「チッ。まぁた失敗した！　女ってのは若くても婆でもしつこいんだなッ！」

「なんだよぉう、失礼なガキんちょだなぁ！」

「俺はガキじゃねぇッ！」

程度の低い口喧嘩をしながら二、三打ち合うと、二人は互いに背後からの無言の意思を感じ取るよう、バックステップを踏みながら臨戦態勢を維持しつつ距離を取る。ラヴリはハイドの左手側に。殺気立つ雰囲気など物ともせず、現れた人物の圧倒的な存在感が、一言目を発する必要すらなく、足音を踏み鳴らしただけで場の空気を支配していく。

髭面で巨躯の老成した男。天楼の主シドだ。そして彼を中心とするように、それまで気配だけは感じ取れていた者達の姿が、呼応するようにぞろぞろと月明かりの下に集う。チンピラや無法者とは違う、小奇麗な恰好と装備を持った者達は、明らかに北街の住人達とは一線を画していた。何よりもサイラスと挟むように、シドの左側に立つ鎧姿の男は明らかに騎士の様相をしている。

この対面は予想されていたモノ。緊迫感はそのままに、静かな睨み合いを最初に破ったのは、サングラスを中指で押し上げるハイドだ。

「よう、爺様。天楼楽土で会った以来か？　奇遇じゃないか、どうしたこんな場所で」

「どうしたも何も祭りの前夜じゃあねぇか。年に一度の大祭り、大人しく女と閨に引き籠もってられるほど、儂らは我慢強い性質じゃあねぇだろう」

互いに本心を露わにしない軽口を叩き合う。二人の表情は笑ってこそいるが、睨み合う視線には一切の妥協がなく、言葉以上に激しい火花を雄弁に奏でていた。周りの部下達も気を緩めず、むしろ空気は張り詰める一方だ。

「爺様。もしかしたらご存じないのかもしれないが、ここら一帯は俺達、奈落の社の縄張りだ。お山の大将が雑魚を引き連れて、軽率に足を踏み入れて良い場所じゃないんだぜ」

「あぁッ？　誰が雑魚だよこのゴミ野郎ッ！」

言葉一つで破裂しかねない雰囲気を、ハイドは遠慮することなく踏み込む。案の定、血の気の多いサイラスが、背負った剣に手をかけて突っかかってくるが、シドが片手を上げて猛る部下達を制した。

「ハイド。こいつは別に偶然通りかかったわけでも、酔っ払って迷い込んだわけでもねぇんだ。オメェさんにも本当はわかってるんだろう？　これは決断を迫られた分岐点ってヤツだ。オメェは選ばなきゃならねぇ瞬間に立っちまったんだ」

サイラスを下がらせながらの言葉は重く、冗談を言っているような様子はなかった。その癖、文言は抽象的で奈落の社側の人間はハイド、ミスタ以外の表情に困惑が浮かぶ。逆に言えば上記の二人は、シドが何を言わんとしているのか理解しているということだ。

　ハイドは鼻から息を抜き、ワザとらしく肩を竦める。

「アンタの軍門に下れとでも言うつもりか？」

「口先だけの降伏なんざ信用ならん。オメェは屈辱を容易く腹の底に飲み下し、虎視眈々と叛逆の時を待てる男だ。嫌いじゃあねぇが、今の儂に獅子身中の虫は必要ない。儂が欲しいのは血を分けた共犯者だ」

　シドは手の平を開いたまま、両腕を大きく横に広げた。そして真っ直ぐハイドを見詰めながら間合いを進め、チラッと話の邪魔にならないよう壁際に寄っていたシーナを横目で確認してから、ハイドに向かって右手を差し出す。

「儂の天楼の悲願……オメェの親父が夢見た世界が、あともう少しで成就する。敵対しちまってはいるが、アイツの忘れ形見のオメェは儂にとって息子同然よ。手を取れハイド。儂とアイツ、そしてお前の宿願が、今こそ果たされる」

　重みと熱を宿す言葉と共に、シドは強い足取りを一歩、ハイドに近づけた。

「神崩し。先代奈落の王が提唱し、天楼の盟主が実現を目指した禁術。そこにオメェの力が加われば、この国は、貴族の食い物にされねぇ、今後千年以上、他国の侵略を許さぬ、誰にも負けない強国に生まれ変わる……そうだろう？」

　演説のように語り上げると、余韻を残した沈黙が暫し流れた。誰かがゴクッと、唾を飲み込んだ音が聞こえた。

「………」

ハイドも神妙な顔付きで沈黙に言葉を飲み込む。

一触即発という雰囲気でこそないが、場は高い緊張感に支配されている。この場において発言権があるのは、ハイドとシドの二人だけ。既に下駄を預ける形となっている、ストレンジャーミスタを始めとする、両陣営の部下達は自らの総大将に恥をかかせぬようにと、睨みと殺気を滲ませる。ただ一人、空気が読めないサイラスだけは、ニヤニヤと余裕の笑みを浮かべながら、双剣を振り回したり肩を叩いたりと落ち着きがなかった。

いや、もう一人だけ、この空気を壊せる存在がいた。

「……面倒なことに巻き込まれた七ノだ」

ため息と共にシーナがぼやいた瞬間、その姿が一陣の風となって空気に溶けた。

「──ちょッ、待てよドクターッ⁉」

状況を把握し瞬時に叫んだのはストレンジャーミスタただ一人。他の者達が気づいた時には、既にシーナは風と化していた。両大将は勿論、ラヴリやサイラスなどの実力者もミスタにワンテンポ遅れ、刹那の内に弾けた鋭い殺気が、真っ直ぐシドを狙ったと理解した頃には既に割り込むのは不可能な領域にあった。

「最初に一番厄介な奴を潰す」

不本意とはいえ一時期は天楼楽土に身を寄せていたが、いや、寄せていたからこそ、シドの存在がどれだけ強大で危険か理解できた。後ろ向きの状態、それも義足のシーナは常人離れした速度で、一気にシドの元まで間合いを狭めると、白衣の袖から何処で拾ったのか、細長い針金を取り出し逆手に握る。人を殺傷するにはこれで十分。引いた右足が地面に接着すると同時に、腰を捻り後ろを振り向く形を作りながら、シーナは握った針金の先端を、シドの顔面目掛けて突き出した。

回避不能な必殺のタイミング。だが、それは余裕の表情を崩さないシドの顔の真横から、伸びてきた太い腕にあっさりと止められてしまう。

「なんだと？」

「悪いナ。ムカつく男だけれど、今こいつを死なせるわけにはいかないんダ」

「——ッ⁉」

止められた針金を粉々に握り潰すと乱入者は、割り込まれると思わなかったシーナが完全に振り向くタイミングに合わせ、伸びのある動きで間合いを詰めると、勢いそのままに左腕を首に絡める。遠心力を利用して背後に回りながら身体をグルっと一回転。絡める腕を左から右へとシフトさせて、浮きあがった全身の体重をシーナの首にかけるようにして、後頭部から叩き付けるようにして押し潰した。

駆け抜けた風は一瞬の内に打ち砕かれ、乱れた場の空気は再び静寂に戻った。

「――ちぃッ」

衝撃で僅かながら意識が混濁していたが、瞬時に引き戻したシーナは地面を手で弾いて体勢を直す。追撃しようと全身に力を込めるが、それは眼前に突き出された、襲撃者の手の平で制止される。

「よせ、アンタには恩がある。これ以上の戦いは俺の望むモンじゃないイ」

その男は真っ黒な衣装に身を包み、無精ひげを綺麗に剃り落としたオメガだった。

「……天楼の犬になり下がったか」

「違う。今の俺は、ハウンドだ。アンタの知ってる通りにな」

ザワッと、ハイド以外の奈落の社の面々がどよめく。伝説の暗殺者ハウンドの名は、北街の人間にも知れ渡っている。ハウンド・スネェクによる集団化で、勢力としての脅威は削がれたモノの、存在を知る者にとってハウンドは畏怖の対象でもあった。

そして一部の人間にとっては、ハウンドの名をこの場で名乗る意味は重い。

「ドクターシーナ。どんなモンだ、今代のハウンドの実力は」

シドが余裕綽々とした態度で口を開き、シーナはチラッとそちらの方に目線を向けてから、僅かな苛立ちを込めて舌打ちを鳴らす。手の中に残っていた針金を地面へ捨てて殺気を納めてから、片足で器用に立ち上がった。

「女への情に流されたか……その甘さ、ハウンドの名には致命的だぞ」

「悪いナ、ドクター。何も持たない俺にとっちゃ、アレだけが存在の全てなのさ」

「酔っているな、自分の境遇に。付かず離れずの理由付けの為に、俺はハウンドを継がせたわけじゃないぞ」

「心配は要らない。我儘（わがまま）を通す代わりにアンタが得損ねた最強の二文字、きっちりオレがハウンドの名に添えてやる」

　口調が普段の妙な訛（なま）りから、通常の喋（しゃべ）り方に変わる辺り、彼の本気が窺（うかが）えるだろう。

「……ふざけた自信だ」

　興味が失せたように言い捨てると、シーナは義足を引き摺（ず）るように歩き、落とした松葉杖を拾い上げた。

「国盗りでも神殺しでも、貴様らが勝手に何でもやればいい。ただ、俺や俺の診療所にまで火の粉が及ぶようなら……戦傷の身であれど、先代ハウンドの恐ろしさ、骨の髄まで味わわせてやるぞ」

　衆目を集めながらハイド達の横をすり抜け、路地から立ち去ろうとするシーナは、最後に振り返ると冷たい死の気配を宿した視線で一同を射抜く。程度の差はあれど誰もが表情を強張らせる中、露骨に「ひッ」と声を漏らしたのは、空気の読めないサイラスだけだった。

「気を付けるよ、先生。それじゃあな」

「……ふん」

帽子を取って挨拶するハイドに応えず、シーナは松葉杖を突く音を立てながら、何事もなかったようにその場を後にした。

残されたのは両陣営のみ。オメガが現れたことにより、キナ臭さはより濃くなる。

「やれやれ、隠居してちっとは丸くなったと思ったが、猟犬の血腥さは健在だったってわけか。結構、若いモンはそれくらい血気盛んじゃなけりゃあな……その点でハイド、オメエさんはどうなんだい？」

柔和な笑みを浮かべてはいるが、その声にはある種の圧が含まれている。彼の側にハウンドを襲名したオメガが立ったことで、自然と後ろに控える者達の緊張感は薄れ、勝利に対する確信めいたモノまで抱き始める者もいた。皮肉にもシーナを一蹴した行動が、オメガの実力を示す形となったのも一端だろう。挨拶の為に外した帽子を目深く被り直し、ハイドは考え込むように顎を下げる。

時間にして数秒の沈黙。しかし、ハイドの答えはこの場に来る前から決まっていた。

「共闘はしない」

殺気立つ天楼陣営。先走るようにリイラスが背中の剣に手をかける。

「だが、邪魔もしない」

「……そいつぁ、日和見ってヤツか？」

僅かな失望の色がシドの瞳に浮かぶが、顔を上げたハイドは不敵に笑う。

「ああ、そうだ。勝ち馬に乗らせて貰うぜ。アンタらが負ければ、美味しいところはいっさいがっさい独り占めだ」

「野郎ッ、舐めやがッ――!?」

「上等。実に儂好みの答えだぜぇ、奈落の王」

荒くするサイラスの出鼻を挫くよう、シドは邪悪に、けれど豪快な笑顔を満面に咲かせた。

「勝ち馬で美味だけを味わいたいってぇなら、最低限の働きを期待するぜぇ。まさか、第三者を気取って漁夫の利を狙う、なんてクソみてぇな真似はしねぇだろうな」

変わらぬ柔らかな物腰でキッチリと釘を刺しながら、部下達をその場に待機させ歩み寄ってきたシドは、サングラス越しに真意を測るような視線を送るハイドに、握手を求めるよう右手を差し出した。

一瞬だけ視線を差し出された手に落とし、ハイドは迷うことなくその右手を取った。

「精々、よろしくお願いするぜ。万が一にも野良犬に齧られて、痛い目に遭わないことを祈ってるよ」

「カハッ！　気の利いた冗談だぜ……オメェこそ」

力任せに引き寄せて、互いの身体が真正面から接触。シドは低く耳元で囁く。

「余裕を気取りすぎて、足元を掬われるんじゃあねぇぞ」

もう一方でハイドの胸を押し、ゼロになっていた二人の間が離れる。

互いに笑顔を向け合いながら、王都の闇の中で不穏は影を濃くしていく。手と手という物理的な繋がり以外で、彼らを結ぶ絆は存在せず、ある者は何処か不安げに、ある者は憎々しげな色を顔に滲ませ、またある者は空気も読めず得意げな顔をしていた。

太陽祭の幕開けを告げる夜明けまで後数時間。誰も知らない王都の地下で胎動を続ける無貌の獣に、もう間もなく誰も望まない目覚めの時が迫る。権謀に長けた者どもでもその企みは暴けず、唯一見破れる眼の持ち主は未だ千々に乱れた心を戻せずにいる。

刻々と迫る破滅の足音に、耳を澄ませてほくそ笑むのは、神をも恐れぬ背徳者か。

第四十七章　借金、全額返済？

麗らかな昼下がり。一年に一度の大祭り、太陽祭の初日ともなれば、人々の熱気と相まって外の気温はグングンと上り調子となる。毎度おなじみかざはな亭も、夏真っ盛りに滾る暑さと、太陽祭の盛り上がりを乗り切る為に、体力とスタミナ、そして精力をつけようと肉料理や冷たい飲み物、アルコール類が飛ぶように売れる。店長のランドルフを始めとした従業員達が、ひぃひぃと嬉しい悲鳴を上げながら、狭い店内を駆けずり回り、ようやくラッシュ最後の客を見送り、昼の営業は安堵と共に終了となった。従業員達が暑さの所為もあって既にクタクタの身体を引き摺り、遅い昼食や休憩を取り始めた頃、この店の用心棒は店の片隅でニヤニヤと締まりのない顔を周囲に晒していた。アルトの座る席のテーブルには、先日、ラサラの依頼を完了した時に貰った報酬の袋が、そのまんまの状態で乗っていた。

「……んふっ」

朝から数えて何度目になるのかわからない、気持ちの悪い笑みが漏れ聞こえる。こんなに上機嫌なアルトも随分と珍しいし、その分、常時ニヤニヤしている姿は不気味以外の何物でもなく、従業員や顔馴染の常連客ですら、今日ばかりは声をかけてこなかった。見かねたカトレアが、エプロンを外して呆れ顔で近づく。

「アンタさぁ、馬鹿面ぶら下げてるだけなら、邪魔だから帰ってくれない？　折角、帰る家ができたんだし、そっちでニヤニヤすればいいじゃない」

用心棒といっても、基本的にアルトの勤務時間は夜だけだ。昼間は場所を取る分、ハッキリ言って邪魔なのだが、こうもニコニコ上機嫌だと一方的に追い出すのも憚られる。気色が悪いけれど。とはいえ、いつまでも居座られては片付くモノも片付かないので、カトレアが声をかけたのだが、アルトはにやけた表情を隠しもせず、ウネウネと気持ち悪く指を動かしてからテーブルの上の袋を叩く。

「オイオイ、口を慎みたまえ貧乏没落貴族くん」

「……アンタ、キャラが変わってるわよ？」

無理やり重低音の気取った声を出すアルトに、カトレアは胡散臭げに目付きを細めた。

だが、今日のアルトの心根を挫くことはできず、アルトは更なるハイテンションで側に来たカトレアの腰を右手で叩いた。

「いや、だってこれ見てみろよ。キャラも変わるっつーの」

弾むような声で目尻をだらしなく下げ袋の口を閉じていた紐を、勿体つけるように解いた。両手の指先で口の部分を摘むようにゆっくり焦らすように開くと、中から覗いたキラキラと輝く金貨の山が、かざはな亭の店内を黄金色に照らす。これには苦言を呈(てい)していたカトレアも、思わずゴクッと喉を鳴らしてしまった。

「ま、まぁ、凄(すご)いっちゃ凄いけど。そういえば、結局幾ら貰(もら)ったわけ？」

問いかけると、待ってましたと言わんばかりに、アルトは口角を吊(つ)り上げた。面倒臭そうな雰囲気を醸し出され、カトレアは聞かなきゃ良かったと少し後悔する。

「まぁ、なんだ。実際、言う程は大したことはねぇんだよ？　その、俺の実力からすれば順当っつーか、本気を出せばこれくらい軽いっつーか」

「うっざ。さっさと金額だけを言いなさいよ」

勿体(もったい)ぶった口調に、カトレアは腕を組んで苛々(いらいら)を露(あら)わにする。

「金貨百八十六枚」

「……随分と半端な額ね」

凄いは凄いがキリの悪い金額に何となく驚き辛かった。それでも普段、ポケットの中には埃(ほこり)しか入っていないアルトからしたら、それはニヤケ顔が止まらなくなってしまうのも、無理はないことだろう。機嫌の良さからアルトの饒舌(じょうぜつ)さが増し、語り口調も普段より音域が高く聞こえた。

「いやぁ、あの爺(じじい)に金貨百枚払っても、まだ八十六枚も残るんだぜ？　それだけありゃ、暫(しばら)くは遊んで暮らせる。いやはや夢広がるねぇ、上等な酒、上等な飯が、暫く楽しめるっ

てなモンだ」

「あっきれた。折角の大金、そんなつまらないことに無駄遣いするの？」

質素倹約が座右の銘であるカトレアは露骨に眉を顰めるが、懐が満たされたアルトの緩み切った性根を揺らすまでには至らない。

「おいおい、貯蓄でもしとけってか？　それこそつまらない使い道だぜ、カトレア。金ってのは使ってナンボだ。使わなきゃ、経済ってモンが回らなくなっちまう」

「アンタに経済を語られる日が来るなんて、世も末ね」

「末だろうと何だろうと、死にそうな目に遭って稼いだ金なんだぜ。ちょっとくらい贅沢したって罰はあたらねぇだろ」

口には出さなかったが、久しぶりにイケナイお店に行くのもアリだ。ここ最近は金が無いのもあるけれど、ロザリンやカトレアなどが側にいる所為で、その手の遊びに繰り出すことができなかったが、纏まった金が手に入った今、欲望を解禁して羽目を外し倒すのも悪くは無いだろう。

怪しく笑う姿に、カトレアは呆れ顔の視線を向けるが気持ちは理解できていた。現にカトレアだって報酬を受け取った日は、鼻高々で家に帰って弟や妹達に自慢したモノだ。勿論、アルトがイケナイ遊びに繰り出すつもりなどとは、想像もしていないが。

しかし、アルトは失念していた。身から出た錆というモノの存在を。

洗い物を終えたランドルフが、布巾で手を拭いながらアルトの席へと近づいてきた。

「やっぱり、金貨が山になってると壮観だねぇ。でも、いいのかい？　こんなところで見せびらかしていたら、大変なことになるんじゃないの？」

「スリや物取りの心配でもしてんのか？　おいおい、俺を誰だと思ってんだよ」

馬鹿なことを言うなとアルトは半笑いで肩を竦める。通り魔事件や天楼へのカチコミ、水晶宮での大立ち回り等々、西へ東へ全域を飛び回る快刀乱麻の活躍で、ここ数日で野良犬騎士の噂は王都にかなり広まっている。英雄シリウスと懇意で、奈落の杜、天楼の暗部組織からも一目を置かれる人物。そんな男の居場所を好きこのんで襲ってくる馬鹿はいないだろう。いたところで、そんな馬鹿にアルトがやられるはずはない。だが、ランドルフとカトレアはアルトの態度に、苦笑を漏らしている。

「アンタ、全然、わかってないのね。夏の日差しに頭やられてんじゃないの」

「そんな心構えじゃ、もう無理かなぁ」

不穏な物言いにアルトは訝しげに視線を細めた。

その時、店のスイングドアが開かれ、来客の音を鳴らす。

「こんにちは。少々、よろしいかしら？」

ドアに付けられたベルの音を奏でながら、現れたのは車椅子の老婆。冒険者ギルドかたはねのギルドマスター、頭取だ。車椅子を押され柔和な笑みを浮かべて店内へと入る。押しているのは、珍しくプリシアではなく、ギルドメンバーの体格のよい男性。視線が集まったのに気がつくと、彼は無言でペコリと一礼だけをする。

「あら、いらっしゃい頭取。一応店は終わっちゃったんだけど……」

出迎えたカトレアがそう言葉を濁す。

本来なら片づけも終わったので、クローズ中の来客は有無を言わさず追い帰すのだが、能天気通りの顔役で、普段から色々とお世話になっている頭取だ。無下には扱えず、どうしてもと言うなら、料理を提供出来るというニュアンスを残す。もっとも今回の場合は、カトレアは彼女が何用で訪れたのか大よその見当がついていた。

案の定、頭取は首を左右に振る。

「大丈夫よ。ちょっと用事があって寄っただけだから」

「用事って僕にかい？　太陽祭の準備に、何か不備があったとか」

先日まで頭取の手伝いをしていたランドルフが、煙草に火を点けようとした手を止めて問うが、当然それも頭取は首を振って否定した。

「……と、なると」

自然と二人の視線が、テーブルでまだニヤニヤと馬鹿面を晒している男に集まる。

「……ん？　なんだよお前ら？」

哀れみの混じる視線が集まっていることに気がつき、アルトは怪訝な顔をした。この期に及んでまだ状況を理解できていない様子に、頭取は苦笑を漏らし車椅子を押されながら、アルトのテーブル近くへと寄った。

背筋が寒くなるような嫌な予感を察知して、アルトは思わず姿勢を正した。

「よ、よう頭取。その、今日はプリシアは一緒じゃないのか？」

「こんにちはアルト。ええ。あの娘ったら最近、自己鍛錬に勤しんでいるのよ。色々と得難い経験を積んだようだから、向上心に火が点いたようね」

探るような態度など意に介さず、頭取は頬に手を添えて微笑む。

「ふぅ〜ん。年頃の娘さんにしては、色気の薄いこった」

「……原動力が煩悩なのは、祖母としては心配なのだけれど」

孫の行動に隠された思春期を察しながら、頭取は苦笑する。

「それで頭取、今日はどうした。俺に何か用があるのか？」

機嫌が良い所為か、普段だったら面倒臭そうな顔を真っ先にするアルトが笑顔で応対する姿に、横で見ていたカトレアは「あ〜あ」と哀れなモノを見るような目で、両手を後ろに回し成り行きを見守る。

「ええ。実は貴方にお話があって来たの……これを見て頂けるかしら」

「あん？　何だよ」

進み出た後ろの男性から一枚の紙切れを手渡され、何の気なしに目を通す。

「えっと、なになにぃ……水場、水回りの工事……はぁ⁉　請求書⁉」

何かの見間違いかと目を擦り、紙切れの文章を見直すが文面が変わることはなかった。

しかも記されている金額が半端な額ではない。

バンッと紙切れをテーブルに叩き付け、立ち上がると頭取を睨み付ける。

「おい、こりゃ何の冗談だ？」

また趣味の悪い騙し討ちをされたかと、アルトは怒りを露わにする。ここで引いては要らぬ出費が増えると強気の態度で迫るが、頭取は恐れる様子もなく、むしろ「何を言っているの？」とばかりに首を傾げていた。

「冗談って、水回りが使えないと困るでしょ？　貴方は勘違いしていたみたいだけれど、シャワーと調理場はちゃんと、設置できる作りになっているのよ？　取り外された箇所はちゃんと修理しておいたわ」

「そりゃありがとさん、って馬鹿ッ⁉　何で今更金を請求してきやがるんだよ。ありゃ、仕事の報酬なんじゃねぇのか？」

「いやだわ、何を勘違いしているの」

噛み合わない話の理由に気がついて、頭取はケラケラと笑った。

「家は報酬として無料で提供するけれど、手入れや壊れている部分の修理は別よ。古い家だから、一遍にキチンと直してしまった方が、後々で面倒がなくて良いの。ちょうど、貴方達が仕事で長期間出かけると聞いたから、その間に直して貰ったの」

「俺に何の説明もなく、勝手にやるってどんな押し売りだよ」

ため息を交えた震え声で、アルトは顔を右手で覆った。

「一応、家の契約書と一緒に、工事の許可証も渡したはずだけれど」

「……ああ、アレか」

思い出した、が、アルトは目を通していない。色々と面倒臭そうだったので、ロザリンに丸投げしてしまったのだ。

「アイツめ……金がかかることなら、一言相談しろよ」

「あら、ロザリンちゃんを責めちゃ駄目よ？　大人の責任を放棄したのだから、原因は貴方にあるのよ」

怒られて、アルトは不貞腐れ気味に椅子へと座り直す。

「まぁ、貴方が貧乏なのは知っているから、一括で払えなんて言うつもりはないわ。家とは長い付き合いをするモノだし、最近は真面目に働いているようだから、分割で少しずつ……そう、今日は言おうと思ったのだけれど」

頭取の視線がテーブルの上の金貨に向けられ、嫌な予感が頭を過った。

「待て。待て待て。落ち着こうぜ、頭取。冷静になろう」

「でも、やっぱり、お金のやりとりはすっきりと一括払いが望ましい、わよねぇ」

両手を差し出して止めようとするアルトを無視して、笑顔で頭取が周囲に問いかけると、カトレアとランドルフは神妙な顔で何度も頷いていた。

視線がアルトへと戻される。

「ではアルト。キッチリ、耳を揃えて料金を頂くわね。急な話だったのは申し訳ないけれど、家が住みやすくなったのだから、結果は上々でしょう？」

「いや、あのな」

「まさか、嫌とは、言わないわよね」

表情は笑顔だが何とも言えない迫力に、アルトはギリギリと歯を鳴らして、ガックリと肩を落とし脱力する。無言で金貨の入った袋を前に差し出すと、了承と受け取った頭取が、後ろの男性に目配せを送った。男性は頷くと気の毒そうな視線をアルトに向けるが、一切の容赦なく袋から金貨を数十枚抜き取った。

パンパンだった袋が、一気にゆるゆるになってしまう。

「では、用は済んだから、私達はこの辺でお暇させて貰うわ。ごめんなさいね、クローズ中にお邪魔しちゃって」

恨みがましいアルトの視線を浴びながら、終始笑顔のままの頭取は、車椅子を押されて店を後にした。

頭取が立ち去るとアルトは、崩れるように頭を抱えてテーブルに突っ伏した。

「……厄日だ」

「大変だね。どうやら、金貨の輝きでも、アルトに取り憑いた貧乏神は、簡単には祓えなかったようだね」

「そんな落ち込むことじゃないでしょ。結果オーライじゃない、シャワー付きの家なんて、東街じゃ殆どないんだから。今度、あたしにも使わせなさいよ」

他人事だと思って二人は口々に勝手なことを言う。

だが、まだだ。まだ、余裕は残っている。大分、減ってはしまったが、約束の代金を差し引いても、まだまだ遊び歩けるだけの金額はある。夢はまだ潰えていないと、決意を込めて顔を上げた。しかし、二人は何故か、アルトに向けて合掌している。

「おいこら。そのポーズは嫌な予感しかしねぇから止めなさい」

「いや、アルト。さっきの幸せそうな顔を見ている分、あたし達もこれから落ち込むアンタを見るのは、辛いんだよ？」

「止めろ⁉　そんな落ち込むことが決定事項みたいな言い方ッ⁉」

慌てて金貨袋を抱き締めるが、そんなアルトの姿を嘲笑うかのように、外から大勢の足音が聞こえて来る。嫌な予感に、サッと顔が青ざめた。スイングドアを勢いよく開かれ、ビクッと身体を震わしながら振り向いたアルトの視線の先に現れたのは、どいつもこいつも、ニヤケ顔を浮かべた、見覚えのある能天気通りや他の地区で暮らしている連中だ。

「アルト、金が入ったんだって！」

「アルト、ウチの飲み代のツケ、払ってくれるよな」

「アルト、昔壊した、壁の修理代」

「橋渡しの運賃」

「博打の負け金」

「焼き栗の肩代わりした代金」

「振った俺の妹への慰謝料」

「とりあえず何か奢れ」

ワラワラとアルトに群がり、亡者の如くアルトから金を毟り取って行く。若干数名、とんでもないことを口走っている連中がいたが。アルトも抵抗するが多勢に無勢。助けを求めるようにカトレアを見るが、巻き添えが嫌なのかいつの間にかカウンター席に避難し、憐憫の眼差しを向けていた。そしてランドルフは、店が荒らされるのが嫌らしく、次々と来訪する住人を誘導し、綺麗な列を形成している。

「や、止めろお前ら……止めてくれぇぇぇぇぇッッッ⁉」

悲痛な叫びは空しく、人波の中に飲み込まれてしまった。

そして数分後。

波のように引いて行った住人達。すっかり萎れてしまった袋を目の前にして、茫然自失のアルトは本日二度目、先ほどよりも覇気の薄い、今にも消え去りそうな動作で揺らめきながら、がっくりとテーブルに突っ伏し泣き濡れていた。

「酷いッ！　あんまりだッ！　俺が一体何をしたぁ⁉」

「なぁんもしなかったのが、悪いんじゃない？」

移動させたテーブルや椅子を直して、カトレアが冷静に指摘する。

金貨の残りは百三枚。流石に冷やかしで来た連中は毟り取っていかなかったが、随分と各方面にツケが溜まっていたらしく、根こそぎ持って行かれた。能天気通りの住人は義理人情に篤い分、在るところからは徹底的に持っていく。要するに人の好意に甘えてばかりは、いけないということだ。

「いいじゃない。マイナスがゼロになったと思えば」

そう言いながらカトレアは袋から金貨を一枚抜き取る。

「あっ、コラ返せ！」

手を伸ばすがカトレアはひょいっとそれを回避する。

「たまぁにアンタのご飯、作ったりしてるでしょ？　アレ、あたしの持ち出しなんだからね。トータルで言えば、金貨一枚じゃ足りないくらいよ」

「そういうことなら、僕も」

便乗してランドルフも金貨を一枚抜き取った。

「だって君、用心棒代より高い飲み食いをたまにするじゃない」

「……ぐぬぬッ」

呻(うめ)きながら袋を覗(のぞ)き込むと残り百一枚。天楼に支払えば、残金は金貨一枚となる。

「あ、悪夢だ……」

直視し難い現実にアルトは魂が抜け落ちたかのよう、椅子から滑り落ちた。

憐れアルト、と、二人は再び合掌する。

ちょうどその時、再び勢いよくスイングドアが開かれた。また金を毟(むし)りにきたのかと、ビビるアルトは急いで金貨袋を懐に隠して、少しでも人目に付きたくないと身体を丸め小さくするが、入って来たのは、お使いに出ていたロザリンだった。

「ただい……ま?」

「……何だよ」

「う?」

妙な雰囲気の店内に、事情を知らないロザリンは首を傾(かし)げる。若干の安堵(あんど)と共に身体を起こし振り向いたアルトの顔色は、数時間前まで艶々していたのにも拘(かか)わらず、今は見るも無残にげっそりとしていた。

「なにか、あったの?」

「いや、実はさぁ……」

苦笑しながらカトレアが事情を説明。話を聞き終えたロザリンは、眉を八の字にすると、テテッとアルトに駆け寄った。テーブルに突っ伏し、口を開けっ放しで放心しているアルトの腕を引っ張る。

「アル。元気、だして？」

「……ん～。無理」

「むぅ」

完全に拗ねてしまったアルトに、ロザリンは困り顔だ。

これでは、どっちが年上だかわからない。

「ああっ。ついさっきまでは、パフダイスだったのになぁ。せめて、頭取の書類を俺がちゃんとチェックしとけば」

「……ごめん」

「別にお前が悪いわけじゃねぇけどな」

愚痴っぽくなったところで、頭取に釘を刺されたことを思いだす。それに自分が見つけたところで、結果的に頭取に口先で丸め込まれるのはわかりきっていた。けれど、豪遊の夢を諦めきれず、未練たらしくアルトは湿った息を吐く。

「ハァ……久し振りに、羽目を外したかったなぁ」

「はめ？」

「いや、外すっつーか、入れるっつーか。その大人の悲喜交々(こもごも)っつーか、青少年のお遊びっつーか」

「おーい。子供に変なこと教えちゃいかんよ」

ショックで歯止めが利かなくなってきた言動を、慌ててランドルフが制する。意味がわからず首を傾(かし)げるロザリンとカトレア。下ネタだと理解しているのは自分だけか、とランドルフは思わず苦笑いを浮かべて止めに入る。すると、ロザリンは手を後ろにやり、モジモジと恥ずかしげな顔をした。

「遊ぶなら、私が一緒に、遊んであげるよ？」

「お前じゃ駄目だ」

一言で切り捨てられ、ロザリンはムッとする。

「……なんで？」

「何でって、全部が小さいから。背も、胸も、年齢も」

「…………」

ロザリンの視線が不満から細くなる。

「やっぱ、女は肉感的じゃなくっちゃ。包容力っつーの？　それって、俺的には視覚的にわかる胸に露(あら)わになると思うわけよ」

「……うー」

ロザリンの頬がパンパンに膨れる。

「ちょっとアンタ、止めなさいよ。ってか、いい加減にしないとあたしの方が先にキレる」

肉感的とは正反対かつストイックなカトレアが、額に青筋を浮かべて拳をポキポキ鳴らすと、アルトは誤魔化すように咳払い。カトレアが大きく息を吐き出してから。

「あ〜、まぁ、個人的な話だ。説明し辛い話題だから、これ以上の追及は勘弁してくれ」

「うん、勘弁する」

聞き分けの良いロザリンは、膨らんだ頬から空気を抜いてから頷いた。

不貞腐れるように頬杖を突くアルトの隣に座るロザリンの前に、タイミングよくランドルフがオレンジジュースを置いてから微笑みかける。

「まぁ、羽目を外すかどうかはさておき、気晴らしに出かけるのは悪い話じゃないんじゃないかな。折角、今日から太陽祭が開催するんだし」

祭りと名が付く催しは年に何度か存在するが、王都全体が盛り上がるのは夏の太陽祭と冬の建国を記念する水神祭の二つだけ。水神祭は儀式的な側面も強い為、純粋にお祭り騒ぎが楽しめるのは太陽祭が一番だろう。その証拠にいつもは穏やかな時間が流れる昼食時が終わった時間帯でも、外から活気のある声が店内にまで届いていた。能天気通りでもこれなのだから、メインとなる大河沿いの大通りは人がごった返しているはずだ。

そんな賑やかさとは裏腹、一気に貧乏人に逆戻りしたアルトの表情は冴えない。

「太陽祭に昼間っから出かけてっても、人込みに揉(も)まれて無駄に疲れるだけだろ。大人の本番は、夜だよ夜」

「アンタの言う本番は、そこらで酒盛りやってる酔っ払いに混ざって、タダ酒にありつこうってヤツでしょ。不健全すぎ」

「倹約と言え倹約と」

　悪びれずに片手を軽く振るアルトに、呆(あき)れた様子でカトレアは大きくため息を吐いた。

「そりゃね。アンタはいいでしょ、毎年のことだから。でも、ここに初めて体験する娘がいること、忘れてんじゃないでしょうね」

「……あ」

　思い出したように見開いたアルトの視線が、横でオレンジジュースを飲むロザリンに向けられた。本人は隠しているつもりだったのだろうが、宙に浮いた足をぶらぶらさせたり、しきりに賑やかな音が聞こえる表の方に目線を向けていたりと、落ち着かない素振りを見せているのは、やはり太陽祭が気になるからだろう。

「なに、お前。祭りに行きたいのか？」

「えっと……うん。楽しそう、だなって」

　その気のないアルトに気を使ってか、ロザリンは躊躇(ためら)い気味に頷(うなず)いた。森の中で祖母と二人切りの生活をしていたロザリン。最近は王都の生活に慣れてきたようだが、太陽祭は国中から人が集まる為、人の通りはとんでもないことになる。人見知りではあるが好奇心が強い性質なので、祭り特有の熱を宿した雰囲気に自然と気分が高揚しているのだろう。

ロザリンの本音に、カトレアとランドルフのジト目がアルトに注がれた。

「って、ロザリンは言ってるんだけど。自称、保護者様はどうするつもりかしらぁ？」

「ま、祭りくらい行ってくりゃいいじゃねぇか。一人で」

「初めての太陽祭を一人で出歩くのはお勧めしないね。尋常じゃない人込みで大人でも迷子になり易いし、詐欺やスリの犯罪だって多いんだから」

「だったら、カトレア辺りが……」

「残念でした。貧乏暇なし、太陽祭は稼ぎ時なんだから、遊んでられないの」

「う、ぐぅ」

有無を言わせぬ正論に、アルトは口をへの字に曲げ言葉を飲み込んだ。

「ならプリシアとか。たまには友達同士、親睦を深める意味もあっていいんじゃねぇか？」

「この時期はギルドの方も忙しいと思うけど」

「……確かに」

王都に人が集まれば、犯罪やトラブルの件数は自然と増える。酒が入っていたり、羽目を外そうと気が大きくなっている者があれば尚更だ。期間中は警備隊を総動員して警備にあたるが、それでも全てをカバーするには手が足りない。その為、民間のギルドにも警備の依頼が殺到する。治安の良さは売上にも比例するので報酬の金払いが良く、ギルドとしても太陽祭は稼ぎ時でもある。生真面目なプリシアの性格なら、ギルドが忙しい時期に一人だけ遊び歩くなんてことはしないだろう。先日までの雇主であるラサラ＝ハーウェイなどは、その忙しさは最たるモノだ。

「この辺りで暇人なのって、アルトくらいじゃないかな」

「うるせぇよ、余計なお世話だ」

苦笑気味の一言にアルトは顔を顰めた。

いかに放任主義のアルトでも、確実に迷子になるとわかっていて、ロザリンを一人で送り出すことはできない。外は照りつくような日差しの上、ごった返す人込みの中に入れば体感温度は倍に感じられるだろう。フード付きのマントなら多少の日差しは避けられるが、歩き回り過ぎて熱中症や脱水症状に陥る可能性だってある。つまり、何か問題が起こった場合、面倒を被るのも、カトレアや近所のロザリン大好き連中に説教を受けるのもアルトなので、とるべき最善の手段は自然と一つに集約される。

「……はぁ。さっき見た通り、金なら殆どねぇぞ？」

椅子の背もたれに体重を預け、面倒臭そうに髪の毛を掻き毟った。

ロザリンの表情がパッと華やいだ。

「平気っ！　お小遣い、貯めて、あるからっ！」

鼻息を荒くしながら、マントの内側から硬貨の詰まった袋を取り出す。ラサラから受け取った報酬を、そのままにしておいたらしい。

「アンタの方も金貨一枚あれば、今日一日分は贅沢に飲み食いできるでしょ。遠慮せず、羽目を外してきたらぁ？」

「ロザリン君が一緒なら、外し過ぎる心配もないだろうからね」

面倒臭がりの背中を押すような二人の言葉に、アルトは仕方ねぇなと眉を八の字にする。

「……ま、他の連中は盛り上がってんのに、俺だけさもしい思いをしてんのも癪だ」

ワザとらしい言い訳を口にしてから、ロザリンの方へ視線を落とした。

「ちょっくら、出店でも冷やかしに行くか？」

「──行く！」

半分ほど残ったオレンジジュースを一気に飲み干し、袖で口元を拭きながら勢いよく立ち上がった。一度、表に出ていた為、既に準備は万端でアルトが立ち上がるのを今か今かと待ち侘びている。これは、今日一日振り回されるな。前言の撤回は命に関わるので、生温かい店長と店員二人の視線を無視して、アルトはじんわりと汗が浮かぶ額を手の平で拭いながら、のっそりと椅子から重い腰を浮かせた。

太陽祭で王都が大いに盛り上がる中でも、禁忌として封鎖される北街の地には、夏の日差し以外の熱気は届かない。それでも例年通りであれば、遠くから聞こえてくる普段だったら苛立ちしか感じない賑やかな喧騒や音楽の音色も、この時期ばかりは渇いた心に潤いを取り戻し、普段より安価で大量に流れてくる酒や食料で、慢性的な飢えを満たすことができただろう。

しかし、今年は違っていた。

別段、生活に特筆すべき変化が現れたわけではない。変わらぬ廃墟の街で、居場所のない無法者達が暴力や快楽を貪る。他の街から流れてくる訳アリの物資も、太陽祭の時期らしく安物が多く露店や闇市に並ぶが、それらやショバ代を巡って大きな騒動が起こる様子もなく、酔っ払い同士の喧嘩が精々と、治安的な意味で言えば北街の割りには、今日は随分と落ち着いていた。だからこそ不気味だ。長くこの地に暮らす何処の派閥にも属さない、根無し草の無法者達は敏感にキナ臭さを察知して、買えるだけの酒や食料を買い込んだら、さっさと地下へと引っ込んでしまった。皮肉なことに彼らの自己防衛に特化した行動が、自然と北街の治安の良さに繋がっているのだろう。

キナ臭い雰囲気の原因。その一端を担うのは、北街中を歩き回る見慣れない連中だ。王都の外からゴロツキや無法者が流れてくるのは、別に珍しいことではない。その手の連中が北街の流儀も知らず、暴れまくった挙句に奈落の社に制裁を受けるのは、年に何度か起こる行事みたいなモノだ。ましてや今は太陽祭なのだから、他所から面倒な人間がやってきてもおかしくはない。問題なのは通りを我が物顔で闊歩するのが、ゴロツキや無法者の類ではないからだ。

北街には不釣り合いな、光沢が出るほど研磨された甲冑で武装した集団。

エンフィール王国の正規騎士団だ。

北街に武装した騎士団が足を踏み入れることは殆どない。奈落の社などの犯罪組織に、敵対行動と思われるからだ。それなのに完全武装で、しかも騎士団の紋章を隠さず北街に入るという行為は、王国が正式な手順を踏み目的があって派遣したことになる。率いているのはアレハンドロ＝フォレスト。第六騎士団の団長を務める、金髪を短く刈り上げた大柄の中年男性で、髪の色からわかる通り貴族としての地位も持つ人物だ。

アレハンドロは勇猛果敢、と呼ぶには少しばかり俗っぽい笑みを唇に湛えながら、数十人で列を作る騎士達を引き連れるように最前を歩く。只ならぬ雰囲気と騎士団の姿に、厄介事に巻き込まれたくない北街の住人達は、そそくさと逃げるように建物の中や、路地の影へと身を潜め、結果的にアレハンドロらが進む先からは人影が波のように引いていった。

それを恐れ戦いていると勘違いしたアレハンドロは、満足げに鼻の穴を大きくする。

「ふん、見てみろ。北街の連中がドブネズミのように逃げていくぞ」

誰の手柄でもないのに、アレハンドロは得意げに斜め後ろを歩く副隊長へ自慢する。彼は貴族派に属する人間なので、北街に対する敵愾心が強く、アレハンドロにとっては言葉通り彼らはドブネズミ同様なのだろう。

「それにしても初めて訪れたが、臭い場所だなこの街は」

言いながらワザとらしく自分の鼻を指で摘む。

「息を吸うだけでも肺の中が腐ってしまいそうだ。こんな場所、早々に焼き払ってしまえばいいものを」

ぶつくさと文句を垂れ流しながらも歩く速度は緩まない。

彼らの目的地が何処なのか、盗み見ている住人達にも明白だった。

ここは北街の中心部に近い区画で一番の歓楽街でもある。廃墟同然の景色が多い北街の中にあって、この一帯は歪ではあるが街としての形を保っていた。天楼のように城壁があるわけでもなく、他の街を模した作りになっているわけでもない。元々、そこに存在していた建物を増築し、それを何度も何度も繰り返したような、ツギハギだらけの街並みには、あちらこちらに提灯や灯籠などの光源をもたらす物が存在している。種類にも統一感はなく、異国情緒あふれる珍しい物から、生き物の骨を使用した物まで多種多様。まるで一歩進むごとに違う街、違う国にいるような奇妙な錯覚を覚えた。夜になれば魔力灯とは一風変わった、赤やオレンジ色の強い暖色で照らされる街の風景は、蠱惑的な歓楽街を演出しているようで、富豪や豪商の中にはこの雰囲気が好きで足しげく通い、金を落としていく人間が後を絶たなかった。

「下品な街の作りだ。センスの欠片もない」

エンフィール王国の文化こそ、最良と考える貴族主義者には不評だったようだ。

蜘蛛の子を散らすように人影が少なくなっていく道を進み、アレハンドロら第六騎士団が目指したのは、二股に分かれる通りに挟まれた真正面の建物。酒瓶が描かれた看板から酒場なのがわかる。

段になっている入り口の正面で足を止め、アレハンドロは顰め面で建物を見上げた。

「下品な街の下品な酒場。あの方のご命令でなければ、訪れることなど生涯なかっただろう」

神妙な面持ちで鼻から息を吸い込むと、騎士らしく眼力を強め部下達に命令を下す。

「行くぞ。逆らう者には容赦するな、これは主命である」

部下の騎士達からの返事はない。しかし、色濃くなる殺気が言葉以上に、雄弁にアレハンドロの命令を肯定した。故にアレハンドロも聞き返すことはせず、甲冑と殺気で重さを増した一歩を荒々しく踏み出し、早歩きで酒場の中へと踏み込んでいく。

両手でスイングドアを勢いよく開き、内部を確認するより早く声を張り上げた。

「貴様ら動くな！　御用改めである!!」

「――っこの野郎ッ！」

瞬間、入り口のすぐ側(そば)に潜んでいた棍棒(こんぼう)を持ったチンピラが、顔面目掛けて力任せに振り抜く。が、一切動じることがないアレハンドロの意に沿うかのよう、一番近くにいた騎士の一人が肩を突き出すようにしてチンピラにタックルをする。甲冑による重量差もあって、不意打ちに失敗したチンピラは簡単に床へと転がされてしまった。

「んぎゅッ!?　ち、ちきしょ――ギャッ!?」

悪態をつく暇すら与えずもう一人、店内に踏み込んできた騎士が、手に持っていた槍(やり)の穂先を躊躇(ちゅうちょ)することなくチンピラの胸部に突き出した。貫くことはせず穂先は素早く引き抜かれ、急所も外れたようだったが、刺されたショックと激痛にチンピラは傷口から血を撒(ま)き散らしながら床板の上を転げまわった。

そんな姿をアレハンドロは一瞥(いちべつ)だけしてから、視線を自身の真正面に向ける。襲来を予想していたのか、武器を持って集まる無法者集団の中央に、両足をテーブルに投げだして余裕を醸し出すサングラスに帽子を被った青年を見定めた。

その姿に舌なめずりをしてから、指示を出すように右手を前方に振る。

「目標の敵性行為を確認した。制圧せよ」

騎士達、そして無法者らの殺気が同時に膨れ上がった。

「奈落の社、最後の日だ。ボスの首を取った者には報奨を与えるぞ」

悠長とも思える命令を下している間に、そこまで広いわけではない店内。血の気の多い奈落の社の無法者、先陣を切るようにアレハンドロへの襲撃を開始する。特別な訓練を受けているわけではないが、彼らとて過酷な北街の生存競争の中で、ある程度の地位を手に入れた実力と度胸を兼ね備えた者達。腰の剣も抜かずに最前で堂々と指揮を執る、間抜けな貴族騎士に後れを取るはずがない。

そんな驕りは嘲笑と共にあっさりと斬り裂かれた。

「――な、にッ⁉」

斬撃を受けた肩や脇腹から血を撒き散らしながら、苦痛より驚きに表情を歪めた奈落の無法者達は、あっさりと床に伏していった。彼らを斬ったのは部下の騎士達ではなくアレハンドロ自身。奈落の無法者らが間合いに踏み込んだと同時に、腰の剣を抜いてほぼ同時に二人に斬撃をお見舞いした。

「下賤な雑魚が強者を侮るから、痛い目に遭うのだ。身の程知らずどもめ」

抜き身の剣を横に翳すと、素早く部下が取り出した布で刃に付着した血を拭った。

奈落の社の面々に動揺が走る。騎士団の団長が実力者揃いなのは、王国民なら子供でも知っている常識だ。しかし、アレハンドロ＝フォレストは根っからの貴族派。団長の地位を得たのも、十二ある騎士団長の席を派閥以外の者に独占されない為、かなり強引にねじ込んだと就任当初に話題になった人物である。故に虚栄心だけが先走り、地位と実力が噛み合わない人物と軽んじられてきたが、それは誤解であると見せつけられた。

アレハンドロ＝フォレストは強い。騎士団の名を汚さない程度には。

サングラス越しの視線と、得意げなアレハンドロの視線が交差する。

「当てが外れたな奈落の王。我ら騎士団の実力を理解したのなら、大人しく従った方が身の為であるぞ。貴様には密輸、密造、それから……ああっと、なんだ？」

「団長。お耳を」

言い淀むアレハンドロを補佐する為、部下の一人が素早く耳打ちするが、眉根に刻まれた深い皺は解かれない。

「ですから、ごにょごにょ……」

「ええいっ、そんなに多く覚えきれるかッ！」

癇癪を起こしたか、耳打ちしていた部下の肩を突き飛ばすように離して、刃の切っ先をハイドへと向けた。

「貴様には複数件の犯罪容疑がかけられているッ！　神妙に我らの縛につけぇい！」

簡単に言葉を纏めながらアレハンドロが大声を響かせると、奈落の社の面々は彼の実力に驚きこそしたモノの、臆する様子は見せず、むしろやれるモノならやってみろとばかりに殺気を漲らせ、腰の剣や斧などに手を伸ばす。

だが、ハイドは無言のまま片手を上げて、部下達の闘争心を戒めた。

上げた片手を後ろに三度ほど振って、下がれという意味のジェスチャーを送ると、怒りを堪（こら）えるように硬く唇を結び数歩後ろに引いていく。それを確認してからハイドは、テーブルの上に投げだしていた足を床に下ろし立ち上がった。

ハイドの従順過ぎる行動に、アレハンドロの表情には疑いではなく愉悦が浮かんだ。

「ふふん、意外に聞き訳がいいではない――かッ⁉」

瞬間。踏み出した一歩で自らの速度を最大限に加速させたハイドは、真正面からの最短距離でアレハンドロに奇襲を仕掛けた。まさかの行動に驚きの表情を浮かべるも、騎士団長としての防衛本能に突き動かされ、剣を正面に構え防御態勢を整えると、激しい金属音と共に槍（やり）の一刺しが如き蹴りが刃を叩いた。

「ふっ、ぐッ⁉」

黄金色の甲冑（かっちゅう）がカチカチと音を立て、恰幅（かっぷく）の良い体格が押されるように後ずさる。

「きっ、貴様……奈落の王じゃないなッ！」

不意打ちを喰らったことに肝を冷やしながらも、確信に近い直感と共にアレハンドロは叫んだ。ハイドはカリスマ性に溢（あふ）れるが、個人的武勇に優れた人物ではないはず。何よりも刃物の鋭利さと鈍器の重量感を宿した蹴りには見覚えがあった。

「くっそ、似合わんモノマネなんぞしおってッ。影武者のつもりか、ミスタッ！」

「あはは。似合わんと言う割には、一目で見破れなかったようじゃん」

蹴り出した足を頭上に振り上げて、その勢いのまま宙がえりをしながら後方へ距離を取る。着地すると同時に白い帽子とサングラス、そしてファー付きのコートを脱ぎ棄てると、露わになったのはハイドとは似ても似つかない伊達男だった。

ストレンジャーミスタ。元エンフィール騎士団の団長で、現在は奈落の社のボス、ハイドの懐刀を務める腕利きだ。

当然、同じ騎士として面識のあるアレハンドロは、ミスタの姿に激昂する。

「貴様ッ、ストレンジャーミスタッ！　奈落の手先になったという噂は、本当だったみたいだなぁッ。恥を知れ、この痴れ者がッ!!」

「否定はできないしする気もないが、お前だけには言われたくないじゃん。弱虫アレク」

「──んぐっ⁉」

揶揄うような口調に、アレハンドロは思い切り顔を顰めた。

「戦地での奇襲を受けた時、お前は誰の背中に隠れて、無事に切り抜けられたじゃん？」

「ぐっ、ぐぐぐっ。古い話を……ミスタ団長。否、ミスタ！」

軽快な思い出話を振り払うように、渋面を晒すアレハンドロは剣の切っ先を向けた。

「無駄口も大概にしろッ！　くだらん騙し討ちなんぞしおって、奈落の王は何処だ！　隠し立てをすると為にならんぞ！」

「騙し討ちまでしたのに、喋ると思ってる方が頭沸いてるじゃん」

正論を返されて、アレハンドロはうぐっと言葉を詰まらせた。

ミスタはニヤッと笑いながら、右足の爪先で床を叩く。

「どうせゲオルグ……総団長の指示じゃないいんじゃん。誰とどう繋がってお前に指示が行ってるかは、まぁ察しは付くが、忠告しておくぜアレハンドロ」

向ける眼差しに真剣味が帯びる。

「身の丈に合わん野心を燃やし過ぎると、死ぬじゃん」

「——抜かせッ、この裏切り者めがッ！」

額に青筋を浮かべ激昂するアレハンドロが、振り上げた剣の一撃をミスタの頭上に向けて放つ。外見からは想像つかない俊敏な踏み込みから繰り出される斬撃は、鋭く一直線に落とされるが、ミスタは右足の蹴りで刃を迎撃する。見た目は特に変哲のないズボン姿なのにも拘わらず、鋼鉄と交差した脛は金属音を鳴らし火花を散らす。それだけではなく、ミスタは左足一本で器用にバランスを取りながら、アレハンドロが振り回す剣と右足で何度も剣戟を奏でた。

「相変わらず足癖の悪い男だな、貴様はッ！」

「お前はそこそこ強くなったじゃん。けど、ちょいと太り過ぎだ」

一瞬の隙を突いて爪先で刃を蹴り上げた。

「――ぬおッ⁉」

両手で握った剣が上に弾かれた所為で、アレハンドロの正面は無防備を晒す。しかし、ミスタは左足だけで立っている状態。足を下ろし踏み込めるだけの猶予はなかったが、踏ん張る左足の膝を折り低く屈んだミスタは、爪先立ちをするように強固な足首の動きだけで身体を正面へと弾き出した。流れる力を利用して左膝、右太腿、右膝、右の爪先と順次稼働させながら、アレハンドロの腹部に速度は遅いが重い一撃をお見舞いする。

「――ごふ、がはッ⁉」

鉄製の鎧が足の形にひしゃげるほどの衝撃に、アレハンドロは後退りながら激しく咳き込み、床に唾液を撒き散らした。それでも倒れたり、膝を突いたりしないのは、流石は騎士団長を名乗るだけはあるのか。

「おおっ、やるじゃん。割と強めに蹴ったつもりなのに」

「げふげふ……な、舐める、こひゅぅぅぅ……な、よぉ。ゲハゲホッ⁉」

遅れて胃の奥から逆流してきた吐き気を必死に耐えながら、咳とえずきで顔面を真っ赤に染めていた。肩を大きく上下させ慎重に息を整えると、汗でびっしょりになった顔面を手の平で拭う。

「ふ、ふん。その余裕、これを見てもまだ保てるかが見物だな……おい！」

今まで様子見に徹していた部下の騎士達に指示を送ると、素早く甲冑を鳴らして左右に二名ずつ、計四名の騎士がアレハンドロの横に並び立つ。一対一では勝てないから数を増やすつもりかと、奈落の社の構成員達も受けて立つつもりで一歩足を踏み出すが、ミスタはそれを制するように片手を翳（かざ）し、自分も警戒しながら騎士達から間合いを離す。

「やれ」

アレハンドロが短く告げると、横並びになった騎士達は腰に吊（つ）るした剣ではなく、ペンほどの太さの細長い透明な筒のような物を取り出す。揺れる光の加減から筒の中は何か、液体らしき物で満たされているのがわかる。逆手に持った先端には短い三本の針が突き出ていた。

「――ッッッ!?」

騎士達は一瞬、躊躇（ちゅうちょ）する素振りを見せながらも、ほぼ同時に針を自身の首筋に突き刺す。先端から注射針のように中の液体が体内に吸収されると、首筋の皮膚が濃い青色に染まり、それが針を刺した部分から急速に全身へと広がっている。変化はそれだけではない。甲冑（かっちゅう）の上からでもわかるほど筋肉が肥大し、首や頬、腕など露出した部分に幾筋もの血管がくっきりと浮かび上がっていた。

異様なのは露出した肌の一部が、透明な結晶体に変化していたことだ。

「……魔術による単純な肉体強化、ってわけじゃなさそうじゃん」

明らかに異常な変化を目（ま）の当たりにして、ミスタも警戒の色を強めた。同時に哀れみと僅かな怒気が、アレハンドロに向ける視線に込められる。

「アレハンドロ。まだ引き返せるって思ったけど、越えちゃならない一線を、もう越えちまったんだな」

残念だと内心で呟く。ミスタの心情など意に介さず、アレハンドロはへこんだ甲冑の腹部を摩りながら、表情に余裕を取り戻していた。

「ふん。騎士団と袂を分かった貴様に道理を説かれる理由などないわ。それでも未だ騎士気取りの物言いを続けるなら最後の情けだ……奈落の王の居場所を吐け。素直に吐けば、貴様の身の安全くらいは保証してやる」

「ははっ、わかり切ったことを聞くじゃん」

軽く笑い飛ばしながら、ミスタは両手で髪の毛の両側を撫でつけた。

「舐めるな三下。ぶち喰らわせるじゃん?」

「……あいわかった。殺せ、皆殺しだッ」

ハッキリと怒気の滲む声色の命令に、強化された騎士達は踏み込んだ衝撃で床板を割りながら、尋常ではない速度でミスタとの間合いを詰める。実力未知数の強化された騎士達と相対するのはミスタ一人だけ。他の面々には予め想定外の出来事が起こった場合、戦闘には参加せず退避することを強く言い聞かせていた。騎士達の変化はまさに想定外の出来事。囮として残ったミスタには、被害を最小限に抑える義務がある。ハイドから命令されたわけではなく個人的な主義で、無駄な怪我人を増やすのを嫌ったからだ。

ストレンジャーミスタとは、そういう男である。

「それじゃあ一つ、大暴れさせて貰うじゃん」

騎士達が接敵する寸前、不敵に笑いながら振り抜いた蹴りの勢いに乗せ、身体を独楽のように高速回転させる。ミスタの足技は斬撃に等しい。本気ならば甲冑諸共、斬り飛ばされる蹴りを受けながら、強化された騎士達は初撃こそ跳ね返されたモノの、十全たる様子で次に攻めかかる準備を完了していた。

太陽祭初日の裏で、今後の王都を予見するような戦いが幕を上げた。

第四十八章　白百合の騎士と毒花の騎士

夏真っ盛りの太陽祭。その舞台とも言える大通りに足を一歩踏み入れれば、日差しの暑さにも負けない熱気が空気を焦がす。一年中、大陸の各所から人が集まる王都ではあるが、太陽祭の時期はその数は倍に膨れ上がり、広いはずの大通りは真っ直ぐ歩くのが困難なほど人で溢れ返っている。普段だったら禁止されている場所も含め、至るところで露店や屋台、出店が並び、色とりどりの豪奢な装飾品や、出どころ不明の見たこともない骨董品、甘い匂いが立ち込める菓子に、食欲をそそる香りを振り撒く肉料理など、大陸中の珍品や貴重品、美食や珍味が集まっているのではないかと思わせてくれる。

目を引くのは何も売り物ばかりではない。

個人の大道芸人からグループの音楽家。広場などには専用のテントまで立てて、大陸でも有名なサーカス団が特別公演を行っている。当然、劇場や演芸場でも、太陽祭を記念する催しが執り行われ、何処もかしこも長蛇の列を作り満員御礼の札を掲げていた。

まさしく文字通りのお祭り騒ぎだ。

昼時が終わった時間帯でも人の流れは途切れず、むしろ時間が経つにつれて数は多くなっている。初日でこれだから、明日以降はもっと増えることだろう。住人も旅行客も商人も貴族も、この日ばかりは身分も忘れて狂乱の宴に、歌い、踊り、手を叩く。日が暮れ、月が流れて、また日が昇っても祭りの喧騒は途切れることなく、太陽に感謝と喜びを奉納する祭りの期限一杯までそれは続くだろう。

カトレアにかざはな亭から追い出されるようにして、ロザリンを連れ太陽祭を見物する為に大通りへ繰り出したアルトは、眼前に広がる黒山の人だかりが濁流の如く行き交う様子に、後悔の念を禁じ得なかった。

「……暑い。息苦しい。帰って昼寝したい」

気怠そうに肩を落とし、少しでも人込みから離れようと通りの隅っこを歩く。

「アル、これ、買った！」

一方で人の隙間を器用にすり抜けながら、何処からか戻ってきたロザリンが、手に持った棒に刺さったテカテカと光る赤い果実を見せた。

「リンゴ飴か。祭りっぽい食い物の代表だ」

「むぐむぐ。甘くておいひぃ」

表面の飴をバリバリ噛み砕きながら、唇についた欠片を舐めとった。

「アルも、食べる？」

「そんな量の飴を食い切れねぇよ。甘い物は得意じゃねぇんだ」

「そう、だった。えっと、向こうにも、美味しそうなの、いっぱいあった、よ」

早くもリンゴ飴を半分食べ切り、ロザリンは急かすように人込みの向こう側を指さす。

「食ってばっかかよ。別にいいけど、あんま跳ね回ってると、人波に流されて迷子になるぞ」

「アルが、いれば、平気。目立つから」

「……まぁ、なぁ」

自然とアルトは自分の灰色の髪の毛を撫でる。この髪色の人間は王都に片手で数える程度しかいないので、人込みの中に入ると余計に目立つ。往来する人間にはそれが珍しく思う人間も少なくなく、時折、物珍しげな視線を感じた。

昔は鬱陶しく思った視線も、今はもう慣れ切って何も感じなくなってしまった。

「目立つって言ったら、お前の傘とマント姿もアレだけどな。暑くねぇのか？」

「アルに、言われたく、ない」

ジト目を向けながら、傘の先端で白いコートの裾を弄る。

「うるせぇな。袖を捲ってるから、意外に涼しいんだよ……それより、飯食うばっかで金使ってちゃ、祭りを十分には楽しめねぇぜ？」

「でも、私、お祭りって、何をするか、わかんない」

森育ちのロザリンには今日が初めての祭り体験だ。各国の名物料理が並ぶ屋台を巡るの

も良いが、前述した通りに街の至るところで催しが行われている。一日では到底、回り切れるモノではないが、初めてだからこそ、焦らず急がずゆっくり巡る方がよいだろう。

「俺も別に祭りの達人ってわけじゃねぇが……」

往来の邪魔にならないように、ロザリンのフードを摘(つま)みもう少し端へと寄せた。

「とりあえず、近場から一つずつ攻めてみるってのはどうだ?」

「へう?」

見上げる赤い瞳をぱちくりさせる。

「面白けりゃそれで良し。もしつまらなくっても、後で他の連中への土産(みやげ)話になる。どうだ?」

「……それ、面白そうっ」

興奮するように鼻息荒く、爪先立ちで輝く瞳を近づけた。

「よぉし。そんならまず、湖の方へ歩いて目に付いたモンに飛び込んでくぞ」

「お〜!」

腕を振り上げるロザリンと一緒に、人の流れに合流しながら大通りを進む。

最初に吸い込まれるように訪れたのは、やっぱり食べ物の屋台。食いしん坊のロザリンは半ば当然として、腹を空かしてないはずのアルトまで誘われたのは、そこが王都でも割と珍しい氷菓の屋台だったからだ。冷気を操る魔石を利用して、大量に生成した氷塊を特殊な機械で削り出した細かい氷の粒を、木の棒にもう一度固めたモノだ。氷塊を作る際に元となる水には、イチゴやオレンジなど様々な果物の果汁や、大人向けには酒類が混ぜてあるので、出来上がった氷菓は先ほどのリンゴ飴に負けないくらいに色鮮やかだった。手間がかかっている分、値段は他の屋台よりも高かったが、この熱気の中で簡単に涼が取れると、棒付きの氷菓は飛ぶように売れていた。ロザリンはオレンジ味、アルトはちょっと贅沢に赤ワイン味を選び、二人は並んで氷菓を齧りながら次の目的地を定める。

次に二人の興味を引いたのは見世物小屋だ。

通りの端っこに布地の天幕で作られた小さな小屋は、南国で作られたと思われるカラフルな柄の絨毯が吊るされており、客が列を作る入り口の前にはターバンを頭に巻いた男が、ワザとらしい訛り声で呼び込みをしている。大々的に掲げられた看板には、『世界で唯一、世にも珍しいユニコーンペガサスのミイラ』と書かれていた。何とも胡散臭い誘い文句に、中に入って一分も経たずに出てきた客達が、皆一様に微妙な表情をしていたが、この珍妙さも祭りの醍醐味と、安価な見物料に釣られて二人も列へ並ぶ。直ぐに列は消化され順番が巡ってきた二人が、そこそこ緊張しながら小屋の中へと足を踏み入れる……四十秒後、戻ってきた二人はやっぱり微妙な表情だった。

「繋ぎ目、ばっちり、だったね。ミイラですら、なかった」

「アレ、隠す気ねぇだろ。近所のガキの工作だってもっとマシだぞ」

まさに安物買いの銭失いだったが、胡散臭い店に金を払うのは自己責任なので、これ以上の愚痴は夜にカトレアらに聞かせる為に取っておくとして、二人は氷菓を食べ切り棒だけになったそれを名残惜しそうに咥えながら、まだまだたっぷりある催しに移動する。

その後も二人は祭りの出店を巡り続けた。

怪しい薬草売りの店では、ロザリンが大量の鉢植えを買わされそうになったり、古書を並べている露店で熱中し過ぎて、危うく時間を数時間飛ばしかけたり、釣銭を誤魔化そうとする商人と喧嘩になって、巡回中の警備隊に追いかけ回されそうになったりと、色々なトラブルにも見舞われたが、それ以上に芸達者な大道芸人や、普段はお目にかかれない珍しい果物や飲み物、陽気な音楽を奏でる路上演奏家集団など、通りを歩いているだけでも丸一日楽しめるだけの催しが、あちらこちらに広がっていた。好奇心旺盛のロザリンは瞳を輝かせながら両手を叩いて大喜び。最初は乗り気ではなかったアルトも、気が付けば額に汗が浮かぶほど一緒になってはしゃいでいた。

文字通り時間を忘れて楽しんでいた二人だが、気が付けば太陽は傾きかけ、周囲はオレンジ色に染まり始める。けれども人の往来が減ることはなく、太陽祭の期間中は王都から賑やかさが薄まることはないだろう。

リュシオン湖の畔にある公園まで辿り着いた二人は、ベンチに腰掛けようやく一息。

「やれやれ。予想はしてたが、すげぇ人込みだったな。普段から歩き慣れてる大通りなのに、今日はもう足がパンパンだぜ」

　言いながらアルトは、疲労が溜まった足を地面から浮かせた。

「凄かった、ね。人もいっぱい、お店も、面白そうな物で、いっぱいだった」

　同じく横に座るロザリンはまだ元気がある様子で、ニコニコ楽しげに微笑みながら、同じように足をぶらぶらと揺らす。

「その割にお前、食い物以外、何も買ってないじゃねぇか」

「買い始めたら、際限なく増えて、荷物になっちゃうし」

「持ち切れなくなったら、一度家に置きに戻ればいいだろ」

　持ってやる、とは言わないアルトがそう提案すると、何故かロザリンはジト目になった。

「今日は、見て回るのが、優先。一緒に、お祭りを、見物するって、言ったでしょ？」

「そりゃ言ったが……なんだよ。その言い方だと、俺と一緒に回りたいみたいじゃねぇか」

　言ってから、余計な一言だったと気が付くが時は既に遅し。ロザリンの眉間には不機嫌を示すように深い皺が刻まれた。

「一緒に、回りたかったたん、だよ」

「……さよか」

「ほら。私達、いつ死んじゃうか、わからないでしょ？」

「理由は斜め上だったな。俺らはそんなアウトローな生活……してないとも言い切れないが、ガキのお前が想定するようなことじゃねぇだろ」

「でも、実際、死んじゃいそうに、なったし……」

ロザリンは何かを思い出すように、正面に見えるオレンジ色に輝く湖の、その更に向こうに浮かぶ水晶宮に視線を飛ばす。水晶宮の真下にある寝所を始め、王都の至るところで死闘を繰り広げてきた。つい先日は地下の異様な空間に放り込まれ、本当に絶体絶命まで追い込まれていたのだから、ロザリンの感傷もあながち間違いではないのかもしれない。

「人の生き死になんてな、普通に生活してて気にするようなモンじゃねぇよ」

「……でも」

「難しく考えるな。今日は楽しかっただろ？」

「うん」

「だったら、それでいいじゃねぇか」

もう一度、ロザリンは「うん」と頷（うなず）いてから、両腕を上に掲げ大きく伸びをした。

春の初めにロザリンと出会ってから、だいたい五ヵ月くらいは経っただろう。それなりに鉄火場を渡り歩いてきたアルトでも、特別な出来事の連続だったとまでは言わないが、この数ヵ月が濃密であったことは否定できない。人はいずれは死ぬ。特に剣で身を立ててきたアルトが、ベッドの上で大往生できるとは本人も思っていないし、その日がいつ訪れても多少の後悔を残すだけで踏ん切りはつけられる。それでも今日くらい、祭りを楽しむ余裕はあるだろう。

だが、厄介事はいつも唐突に訪れる。

「……アル」

「わかってるよ……くそっ、面倒くせぇ」

乱暴に頭を掻き毟りながら、上げていた両足を地面に下ろした。

今日はどこもかしこも人に溢れる太陽祭。特に見るべき催しのない小さな公園でも、騒々しさから抜け出して小休止したいと思う人間が、足を休めるには打ってつけだ。現にアルト達もそれ目当てで訪れたし、公園に入った時には同じ考えの人間が大勢集まっていた。思い違いをするほど、アルトは暑さにやられてはいない。

今、公園にいるのはアルトとロリリンの二人だけ。

それだけではない。通りの方に視線を移してみると、アレだけごった返していたはずの人込みが、一人残らず消えてしまっていた。太陽祭の飾りや屋台、露店はそのままなのに、人だけが何の前触れもなく唐突に消滅してしまっている。アルトや、魔眼を擁するロザリンが消滅の瞬間に一切気が付くことなく。

「何だか既視感があるな。地下に広がってた異空間の再現か？」

「でも、空間が、固定されてる気配は、ないよ」

　右目の魔眼を発動して周囲を見回すが、前回のような歪みは視覚に捉えられなかった。魔眼を通して視えるのは正常な世界。ただし、公園一帯を取り囲むように、ドーム状の魔力帯が覆っていた。

「人避けの、魔術の、凄いやつ……結界も、張られちゃってるから、入れないし、出ることもできない」

　そう解説すると同時に、公園の入り口側の空間が複数歪み、通り側から足を踏み入れるように数人の武装した人間が姿を現した。

「入れないんじゃなかったのか？」

「例外も、ある。結界を、張った人達、とか」

　結界に閉じ込めた上に、武装までしている連中の目的が談笑する為とは思えない。狙われる理由は複数存在するが、現れた連中の恰好にアルトは眉を顰める。白を基調とした甲冑に揃いの剣を腰に下げる姿は、アルトにも馴染みのある装備だった。

「……エンフィール騎士団」

　複雑な心情から吐き出す言葉が苦々しくなる。

　騎士団が身に着ける甲冑は、数十年間変更されたことのない由緒正しい代物だ。腰に吊るした剣も、正規の騎士のみが帯剣することを許された特別製。遠目から見てもアルトが見間違うはずがない。

　不意に込み上げる苦い感情から、無意識にアルトは腰の剣を撫でた。

「なるほど。エンフィール騎士団なら、この手の魔術結界を張れる奴がいても、おかしくはねぇか」

「これ、結構な物凄い、大魔術だよ？　事前準備がなくちゃ、まず張れない」

「お前でも無理なのか？」

「この結界を、即興で張れる人間はまず……ううん、絶対に、存在しない」

「ってことは、前もって仕掛けられてたってわけか」

　騎士団は王国の中でも指折りの実力者が集う場なので、大魔術師と呼ぶに相応しい人物がいてもおかしくはない。ただ、疑問なのは事前に結界を仕掛けていたのなら、連中はここにアルト達がやってくると想定していたことになる。ここは特別な公園でもないし立ち寄ったのも休憩をする為、同じような規模の公園はすぐ近くにも存在する。それら全てに同じ仕掛けを施すのは、流石にコスト面から考えて非効率にもほどがあるだろう。

　それ以上に疑問なのは、騎士団がアルト達を狙ってきた理由だ。

「で、でも、どうして、騎士団が？　お友達じゃ、ないの？」

　ロザリンが戸惑うのも無理はない。エンフィール騎士団といえば、アルトの友人であるシリウスとシエロが団長を務める組織だ。以前にランディウス＝クロフォードが率いる私設騎士団と揉めたことがあったが、アレとは歴史も格も違う。多少、アルトが叩けば埃の出る身であっても、騎士団が完全武装で追い込みをかけるほど彼らは暇じゃないはず。何よりもそんなこと、シリウスとシエロが許さないだろう。

とはいえ、物事には何事も例外が存在する。

「騎士団って言っても、一枚岩じゃねぇからな。俺を狙ってくるとしたら、貴族派の息がかかった連中か？　いや、その手の連中に目をつけられないように、シエロ辺りが骨を折ってくれてるはずなんだが……」

どうにも腑に落ちない状況に首を傾げている間に、現れた騎士達は公園の出入り口、ちょうどアルト達が並んで座るベンチの正面で隊列を作る。特にアルトに対して威嚇する様子もなく、物静かな態度で隊列を完成させると、人一人が通れる列の隙間の奥の空間が歪み、そこから他の騎士達とは違う鎧姿の人物が姿を現した。

「女の、子？」

年頃はまだ十代か。明らかに周囲の騎士達より幼い少女は、長い金髪の巻き髪を右肩に垂らして、頭髪を彩るように真っ白な白百合の造花を飾っている。そんな年齢で正規の騎士になれただけあって、いかにも我が強そうな外見ではあるが、何よりも最初に正面で座るアルトに対して、怒りすら感じられる眼光を飛ばした。

何かを察知、あるいは誤解したのか、すぐさま横のロザリンがジト目を向ける。

「知ってる、女の子？」

「いや、全く知らん。間違いなく初対面だ」

誤魔化しや言い訳ではなく本気で答えた。金色の髪の毛から貴族であることは間違いないが、アレだけ目立つ様相とあれば、見覚えがあったのなら頭の片隅くらいには引っ掛かっていただろう。

一瞬、騎士団長かとも思ったが、腕に腕章がないので直ぐに違うとわかった。

少女は隊列を作る騎士達の前列より、一人分前へ出ると足を止める。位置的にはアルトの対面、十歩ほど離れた位置で足を止めた。

「貴方がアルトという名前の無法者で、間違いありませんわね？」

不躾な口調での開口一番。上から物を言うような口調には明らかな敵意が含まれた。

「無法者ってのは心外だが、俺の名前がアルトなのはその通りだ」

大股開きの膝の上に肘を置き手を組む、偉そうな態度でアルトは少女を見返した。

「んで、そういうアンタは何処のどなた様だ？」

「……ふん」

機嫌を損ねたように少女は眉間に皺を寄せながら、指先で自身の巻き髪を弄る。

「貴方のような下劣な殿方に、名前を覚えられるのも怖気がするけど、騎士の礼儀として一応、名乗らせて頂くわ」

眉間の皺を解してから、少女は背筋を伸ばし右手を腕の前へと回す。

「フレア＝シェイファー。エンフィール王国、第四騎士団副団長を務めさせて頂いてます」

「第四って、シリウスんとこの……」

「団長を呼び捨てにするなッ!!」

脱力しかけたところを、言葉尻に噛み付くようにフレアが叫んだ。瞬間的に荒ぶった感情を誤魔化すように、フレアは咳払いをしてから、敵意の漲る視線はそのままにアルトに向けての言葉を続ける。

「失礼。淑女としての礼節に欠けてましたわ」

「礼節を語るんなら、初対面の相手を下劣呼ばわりするのはどうかと思うがな」

そう反論するとフレアは、汚い物でも見るような侮蔑の表情を浮かべる。

「あら。女と見ればすぐに手を出して、とっかえひっかえする殿方の品性が下劣でなければ、何だと言うのかしら」

「手も出してねぇしとっかえひっかえもしてねぇよ。誰だ、んな無責任な噂流してんのは」

「シリウス団長ですわ」

言いかねない。納得の一言に反論の余地はなかった。

口籠もったのを肯定と受け取ったのか、フレアは表情に侮辱の色を強めながら、チラッと側にいるロザリンを横目で見る。

「団長のお言葉に間違いがあるはずはないし、事実偽りではありませんでしたが……改めて目の当たりにすると、軽蔑以外の感情が湧いてきませんわね。そんな小さな子供までかどわかして……汚らわしいっ」

吐き捨てるような言葉に、この手の誤解は既に慣れっこのアルトは大きく嘆息する。

「おい、ロザリン。この場合、お前が声を荒らげて否定する場面じゃないのか？」

「え～。アルが、女ったらしなのは、嘘じゃ、ないし」

「……やっぱり、最低のクソ野郎でしたのね」

ロザリンの余計な一言の所為で、フレアから向けられる視線が更に冷たくなった。自分的には全く心外な評価だとは思うが、口先で彼女らの意見を覆すのは不可能と判断し、この場は涙を飲んで反論の言葉を飲み込んだ。

それでもフレアの敵意は緩むことなく、むしろますます激しさを増していた。

「けれども、考え方を変えれば好機かもしれませんわね」

激情で乱れる呼吸を整えながら、表面上の落ち着きを取り戻したフレアは、腰の剣に手を添えるとゆっくり、大きな動作で鞘から通常より長く厚みのある刃を解き放った。流麗な動きで柄を両手で握り、お手本のような正眼の構えで剣の切っ先をアルトへと向けた。

「シリウス団長と同じく北方戦線を生き延びた人間……相手にとって不足はないですわッ」

直後、フレアは地面を蹴り、疾風の如き速度で間合いを狭めた。

「――ロザリン、横に避けろッ！」

「――っ⁉」

左右に分かれるように二人がベンチから飛び退くと、直後に距離を詰めて迫ったフレアが、肩に背負った大剣を上段から一閃。誰もいなくなった木製のベンチを、木片を飛ばさない鋭さで両断する。

「――っと、危ねぇ⁉」

地面の上を一回転してから右手で地面を叩き、膝立ちに体勢を整えたアルトは、すぐさま腰の愛剣に手を伸ばすが、柄を軽く握るだけで鞘から刃が抜かれることはなかった。アルトの動きを制したのは、鼻の頭に突き付けられた鋭い切っ先。視線を刃から上に向けると、眼前にいたのはつまらなそうな表情を晒すフレアだった。

「な、中々、素早いじゃねぇか……副団長ってのは伊達じゃねぇな」

「貴方は拍子抜けでしたわね。本当にシリウス団長と肩を並べて戦ったのかしら？」

「アレと比較されんのは頭の痛い話だが、おかげで一つわかったことがある」

「ふん、なにかしら」

「アンタじゃ俺は斬れないってことさ」

軽薄な表情で片目を瞑り一笑すると、瞬時にフレアの表情が怒気に強張った。

「こっのッ!!」

怒りが全身から伝わるように、鼻先に向けられた刃の先端が揺れる。

その刹那。転がった時に握り込んだ地面の砂をフレアの顔面に投げつけた。反射的に片手で顔を覆い身を反らすことで直撃を避けたが、それこそがアルトの狙いだった。

「――くっ、卑怯な……ッ!?」

「そうら――よっと！」

無意識に離れようとしたフレアの足首を左手で掴み、立ち上がる勢いで思いっ切り引っこ抜くと、鎧の重量もあって簡単にバランスを崩した少女の身体は、踏ん張ることもできず背中から盛大に倒れ込んだ。立場が逆転。今度はフレアが地に伏せて、アルトがそれを見下ろす形となる。

見守る騎士達の間から動揺が漏れ、苦痛に表情を歪めながらフレアは上半身を起こす。

「痛っ……ひ、卑怯な真似を……恥を、知りなさいッ」

「いいや、恥を知るのはアンタの方だよ、副団長」

油断は見せず腰の剣に手を添えながら、アルトは彼女の間合いから一歩分だけ下がる。

「どんなつもりで俺に喧嘩を売ってきたかは知らないが、剣を抜いた以上は相手が誰であれ冗談じゃ済まされねぇ……相手を見下して油断ぶっこいてるから、足元を掬われるんだよ。シリウスだったら、二撃目を止めることはしなかっただろうぜ」

「……ん、ぐっ」

自覚はあるようで、フレアは表情を苦痛以外の感情で歪めた。

「ふ、副団長……おのれッ！」

「止めなさいっ！」

一時は動揺していたが、すぐに加勢に入ろうと剣に手を添える一部の騎士達を、起き上がりながらフレアが声で制すると、窘められた騎士達は武器に添えた手を離して、素早く乱れた隊列を正した。副団長の一声で冷静さを維持する規律の高さは、流石はシリウスが率いる騎士団だけあるだろう。

フレアは背中の違和感を馴染ませるように深く深呼吸をしてから、再び正眼の構えを取る。昂っていた感情は抑えられているようで、向けられる切っ先が今度は揺れることなく真っ直ぐ鋭い輝きを放っていた。あからさまな殺気はより研ぎ澄まされたモノに昇華され、溢れる魔力がパチッと空気を爆ぜさせる。

「気に入りませんわ。騎士でもない癖に先輩面で上から目線……」

強く奥歯を噛み締めると集中していた魔力が解放され、青白い電撃がバチバチ音を立てて断続的に鳴り響く。魔力により生み出された電撃は、青白い蛇のような動きで刃に纏わりついた。

一歩、足を踏み出すと反応するように、全身から再びバチバチと放電を始める。

「その口の利き方、後悔なさいッ！」

電撃の足跡を残しながら、雷の魔術で強化された身体能力で稲妻の如き速度と、不規則な軌道でアルトへの間合いを詰める。

「なるほど。電撃使いか」

視線でフレアの軌道を追いながら、アルトは左手で素早く抜剣した。剣先が鞘から解きはなたれると同時に、全身から放電しながら左側に回り込んできたフレアが、電撃を纏った斬撃を放ち、アルトの剣と交差した。厚みのある大剣の刃から繰り出される斬撃は、普通に受けるだけでも重量がある上、電撃を帯びて更に圧力を増している。爆ぜて尾を引きながら伸びる小さな電撃が、蛇が噛み付くようにアルトの顔や腕など露出した部分の痛覚を刺激する。

だが、それだけ。

斬り返したアルトの斬撃を切っ掛けに、二度三度打ち合うと、あっさり攻守が逆転。一撃放つ間に二撃返され、フレアは刃から発する電撃を生かす間もなく、守勢に回ってしまっていた。刃が触れ合えば爆ぜた電撃が蛇となってアルトに噛み付くが、皮膚を噛み千切るほどの力のない牙など物ともせず攻勢を強める。

「くっ……ふっ……あっ⁉」

焦りの表情を浮かべるフレアは、流れを自身に引き戻そうと強引に打ち込むが、アルトはそれにつき合わず身を反らして回避。防御をこじ開けるつもりで放った斬撃が空を切った所為(せい)で、バランスを崩し前方へ数歩つんのめった。

「――ふッ」

「――ぐっ⁉」

何とか踏み止まったフレアに近距離からの斬撃。防御を誘う為の緩い打ち込みにまんまと嵌(はま)ったフレアが、正面から切り結ぶことで防いだ。瞬間、受けた大剣の刃を滑らしながら、横滑りするようにフレアの側面に回り込むと、身体を捻(ひね)る勢いのまま肘打ちを側頭部に叩き込んだ。

「――ガッ⁉」

「ほら、おまけだッ！」

バランスを崩したところに、トドメとばかりに前蹴りを叩き込んだ。さほど力を込めず、蹴ると言うより押すといった勢いの一撃だったが、肘打ちを側頭部に喰らった衝撃と、崩れた体勢の所為で踏ん張ることもできず、フレアは倒れるように尻餅を突いた。その際、力が抜けたからか、手の中から大剣が滑り落ちてしまう。

慌てて拾い直そうと手を伸ばすが、アルトが刃を足で踏みつけて阻止する。

「握りが甘いんだよ、戦い方と武器が合ってない証拠だ。アンタはもっと、軽い武器の方が手に馴染む」

「くっ……知ったような、ことを」

「見てりゃわかるさ。アンタはシリウスに対する憧れが強すぎる」

踏みつけていた刃から足を上げて、警戒を緩めずアルトは座り込むフレアと距離を取る。

「重量のある剣で正統派の剣術をぶん回すなんて、まともな神経のある奴がやる戦い方じゃない。ああいうのはシリウスだから成立する戦法だ。アンタはもっと軽い剣、細剣みたいな片手で扱えるサイズがちょうどいい」

「わたくしを、馬鹿にしているのっ⁉」

「馬鹿にしちゃいない。アンタは綺麗な剣の使い方をする。今のままじゃ、勿体ないって言ってんだよ」

お世辞ではなく率直な意見だ。噛み合わない戦い方で駄目になる人間を、今までに何人も見てきた。シリウスは人間性に問題はあるが、騎士としては実直な人物だ。実力の伴わない者を副団長に据えるほど、他人に無関心な人間ではないから、フレアの実力は彼女も買っているのだろうし、忠告していないとも考え辛い。それでも武器を変えていないのは、シリウスに対する憧れが強すぎるが故なのだろう。

柄にもなくアドバイスをしてしまうのは、彼女の青臭さが何処か懐かしいからか。

しかし、フレアにはそんな態度がお気に召さないようだ。

「こ、のっ……騎士でもない癖に、先輩風を吹かせて……ッ！」

バチバチッと音を立て、座ったままのフレアの周囲に小さな青色の稲妻が弾けた。

「くそっ。気の強さまでシリウス譲りかよ……面倒くせぇッ」

もう一歩分、間合いを離しながらいつでも剣を構えられる体勢に腰を落とす。互いに様子見だったから軽くいなすことが出来たが、フレアが本当に殺す気で攻めてくるとなると、こちらも相応の力を入れなければならない。殺し合いまでには発展しなくとも、騎士団の副団長の片腕を叩き落とすのは気が進まないが、やる気を前面に出している相手に手を抜いてやるほど、アルトも甘い人間ではない。

「……アル。駄目、だよ」

「駄目って言われても相手さんはやる気満々だ。悪いが売られた喧嘩は買う主義だ、見たくないなら暫く目を瞑ってろ」

気配の変化を察して、ロザリンが心配の声を上げるが、既に立ち上がったフレアは荒い息遣いで、先ほどまでより激しく魔力を宿した稲妻を爆ぜさせている。隊列を作る騎士団員達も、過熱する状況に制止すべきか判断に惑っていた。

相対する刃の切っ先が拳一つ分、届かない間合い。互いにもう半歩進めば再び開戦となる。

息を潜め僅かに靴裏が地面と擦れる音が聞こえた瞬間、上空から酷く気の抜ける間抜けな声色が振りかかってきた。

「ちょぉぉおっと、まぁぁあって、くださぁぁぁぁぁぁいいいい！」

「――なッ!?」

声に反応して見上げる前に、真っ黒い物体が二人の間を阻むように落下してきた。反射的に後ろへ下がることで間合いは離れ、研ぎ澄ました二人の殺気もそれに伴って霧散してしまった。

「な、なんだぁ？　何が落ちてきやがった？」

警戒するように刃を向ける先には、頭から全身をすっぽり覆う黒装束に身を包んだ、恐らくは人間と思われる物体。彼か彼女は二人の間で丸くなるように蹲り、もぞもぞと身体を芋虫のように動かしてから、ふらふらと不安定な様子で立ち上がった。

「駄目ですよぉ、フレアさん。喧嘩する為にここに来たわけじゃ、ないでしょう？」

少年のようにも少女のようにも聞こえる、おっとりとした中性的な声で窘められて、フレアはすぐさま剣を納め、申し訳なさそうな表情で頭を下げた。

「も、申し訳、ありません……」

副団長で貴族の彼女が素直に謝罪する辺り、この真っ黒な物体はフレアより立場が上の人物なのだろう。

「もおぅ、謝るべきは小生ではないでしょう……まったくぅ」

迫力のない声で叱ってから、妙に鈍い足取りでアルトの方を振り向いた。

「ほらほら、謝罪謝罪」

「……くっ。申し訳ありませんでしたわ」

現れた人物に促され、フレアは渋々といった面持ちで頭を下げた。しかし、アルトはそんな彼女の殊勝な態度より、もう一人の顔に目を丸くしていた。

向けられたのは人間の顔……ではなく、大きな鳥の嘴(くちばし)だった。彼、あるいは彼女の顔は鳥を模した仮面で覆われていた。大きな嘴が特徴の鳥を模した仮面に帽子を被り、フード付きのだぼっとした余裕のあるコートは、目の前の人物の身体を露出なく覆い尽くしている。その所為(せい)もあって性別の判別はつかなかったが、ロザリンと同じくらいの小さな体格と中性的な声色から、もしかしたらかなり若い人物なのかもしれない。

唯一、正体を示すモノといえば腕につけた腕章だ。

「……あいつ、騎士団長かよ」

それならばフレアがしおらしくする理由がわかる。

「知ってる人、じゃないの？」

戦いが中断して安全と判断したのか、側(そば)に駆け寄ってきたロザリンが問う。

「別に騎士団長と全員、顔見知りってわけじゃないしな。それでなくたって、あんなインパクト抜群な奴、一目見たら忘れねぇよ」

　アルトが騎士団長を把握しているのは、戦争に行く以前まで。それ以降は十二人いた騎士団長の半数以上が、戦争責任を追及され失脚。英雄シリウスと始めとする若い血を入れることを名目に、新体制となったのが今の騎士団だ。続投している人間やシリウスなどの有名どころはともかく、他の騎士団長の名や姿を自然に知ることはないだろう。

「初めましてぇ、ええっとぉ、アルトさん、ですかぁ？」

「ああ、そうだ」

「どうも、ロザリン、です」

「これはこれはぁ、ご丁寧にありがとうございますぅ」

　片手を上げるロザリンにも、仮面の騎士団長はペコペコと低姿勢に挨拶を返す。

「で。随分と派手な登場をかましたアンタは、何処のどなただ？」

「これは失礼。ええっと、お初にお目にかかります」

　恭しく頭を下げてから。

「小生、エンフィール王国第八騎士団で、非才の身ながら団長を務めさせて頂いてますう、ワイズマンと申す者で御座います」

　丁寧過ぎて妙な口調になりながら、ワイズマンはもう一度、深々と頭を下げた。

「第八騎士団ってぇと、魔術関連が専門の騎士団だったな」

「魔術？」

　魔女としては興味深いらしく、ロザリンが瞳を輝かせ反応する。

「ええ、ええ。よくご存じですねぇ。第八騎士団は地味ですからぁ、あまり実態が知られてないんですよぉ。一応、医療関係も兼ね備えてますからぁ、騎士団としては戦闘より、後方支援を主にしてますねぇ」

「そっか、だから、鳥の仮面を、してるんだ」

「おやおや、お嬢ちゃま。よぉくご存じでぇすね。えらい、えらい」

　手を伸ばしてロザリンの頭をポンポンと撫でた。自分と同じくらいの身長の人物に、子供のような扱いを受けることに、ロザリンは困ったような表情を見せていた。姿形のみならず内面も掴みどころのない性格をしている故、ロザリンの戸惑いも致し方がないだろうが、アルトからしてみればこの飄々とした雰囲気には、騎士団長らしさを感じていた。後方支援が主だと言っていたが、アルトとフレアの剣戟に臆することなく割って入る辺り、ワイズマンの実力も相当なモノだと推測される。

　一方のフレアは流石に他の騎士団長の前では、先ほどまでの我の強さは発揮できない様子で、ワイズマンの話の邪魔にならないように、列を作る騎士団員達と共に並び待機をしていた。ただ、表情に隠し切れない不満と、時折、アルトに注がれる敵意の混ざった視線は、フレアの未熟さと実直さを物語っているだろう。

個人的なフレアの私怨はさておき、問題なのは騎士団長が自ら、アルトに会いに来たという事実だ。

「それで。後方支援の騎士団長様が、わざわざ俺みたいな一般人に何か用事か？」

「アルトさんが一般人かは疑問ですけれどぉ、とっても大切なご用件があって参りました」

「その割には、凄い、喧嘩腰、だったけど」

「……ぐっ」

そう言ってロザリンがジト目を向けると、流石にバツが悪かったのか、フレアは顔を顰めて逃げるように横を向いてしまう。

「まぁまぁ。物凄く重要な案件ですのでぇ、騎士団の中でもアルトさんに話を聞いて頂くことに、納得しない人が多かったんですよぉ。フレアさんはその筆頭でしたぁ」

「……ふん」

宥めるワイズマンの言葉に反応するよう、フレアは腕を組んだまま鼻を鳴らす。

「納得しない連中がいるんなら、無理に俺を連れて行く必要はねぇだろう。折角の祭りなんだ、厄介事は御免被るぜ」

「最初は、嫌がってた、癖に」

体の良い言い訳に使われ、ロザリンは不満げに呟いて肘でアルトの横腹を突いた。

「いやはや、ご不満もごもっともだと思いますよぉ。この場での不備や不義理は、全て小生の責任ですぅ。ご不快な思いをされたのならぁ、重ね重ね謝罪させて頂きます」

ワイズマンは腰の低い態度と口調で頭を下げるが、仮面の所為か何処までが本心か読めない。仮にも騎士団長を担うくらいの手練れ、言葉や態度を額面通りに受け取れるほど、短絡的な性格はしていないだろう。

顔を上げてから、黒いレンズで隠れた瞳を僅かにアルトへと近づけた。

「是非に是非に、お話を聞いて頂けませんかぁ。お手間は……かけてしまいますけど」

「嫌だ」

キッパリとした言葉に誰よりも早く、フレアが怒気の滲む表情を向けた。

「……と、言ったら？」

「困っちゃいますねぇ。小生は非力な身ですからぁ、力尽くは無理ですしぃ……しかしながら、どぉしても嫌だと仰るなら、無理にとは申しません。だけど……」

意味深に言葉を止めると、感情の読めないレンズの瞳が怪しく光った。

「シリウス団長が、困ったことになるかもしれませぇんね」

空気が一気に重苦しくなる。

「……おいおい。口調に似合わず、底意地の悪い挑発だな」

「いえいえ、挑発ではありませんよぉ、事実を言っているだけですぅ」

あくまでマイペースを保ちつつ、ワイズマンは両手を振って否定した。

「ただ、何事もなかったらこの場にいるのはぁ、フレアさんじゃなくって、シリウス団長だったと思いませんかぁ？　たとえ総団長の命令じゃなくっても、あの方がアルトさんに対する命令を、人任せにするとは小生は想像できませんねぇ」

「確かに」

説得力のある説明に、ロザリンは口をへの字に曲げて頷いた。アルトも同意だ。

「やれやれ」

ワザとらしくアルトは肩を大きく竦めてみせた。

「折角の楽しい祭りを、途中で切り上げて行きたくもない場所へ行くんだ。茶の一杯くらい、ご馳走になれるんだろうな？」

「ええ、ええ。勿論ですぅ。何でしたら、美味しいお茶菓子もご用意しますよぉ」

「……ふん。俗物が」

対照的な二人の反応に内心で苦笑いしながら、アルトとロザリンの太陽祭一日目は、唐突に打ち切られるのであった。

太陽祭で人の出が倍になった大通りは、普通に進むだけでも一苦労だ。特に日が傾いてからが祭りの本番という風潮と、精霊への感謝に比べれば、貴族も庶民も関係ない無礼講という考えから、普段だったら通りかかれば道を空ける高級な箱馬車も、今日ばかりはむしろ馬車の方から人通りの多い場所を避けていた。

その中で例外とされるのは、エンフィール騎士団の団旗が掲げられた馬車だ。

剣と槍と盾が刻まれたエンフィール騎士団の紋章。まだ日が落ち切らぬ内から酒臭い息と赤ら顔を晒す中年も、口説き文句に夢中な青年も、嫌がりつつも満更でもない表情の女性も、祭りを楽しめぬ偏屈老人や、親を困らせるほど遊び倒す子供達、そして無法を名乗る跳ねっ返りの不良連中も、この旗を一目見れば慌てて通りの端に寄り道を空ける。

貴族と庶民の関係が険悪と言われるエンフィール王国の中で、三人の英雄を頂く騎士団の存在は国の宝という認識が強い故に、誰もが尊敬し敬意を抱く。一部、それにそぐわない者達も存在するが、総団長を始めとする多くの騎士達が、この国や民の為に心血を注いで戦ってきたことは、幼子にだって理解できる事実、歴史の一つなのだ。

そんなわけで、大混雑の大通りでも、ワイズマンが事前に用意してあった騎士団専用の馬車は、アルト達を乗せて一度も立ち止まることなく正面の大橋を渡って、水晶宮の敷地内へと入っていった。

ロザリンにとっては二度目。フランチェスカとの戦い以来の訪問だ。

馬車を降りてからは一般の騎士達とは入り口で別れて、ワイズマンの先導の元、フレアと共に水晶宮の内部へ足を踏み入れる。太陽祭が開催中であっても、水の宮殿は別世界のような清廉さを保っていて、祭りの熱で浮かされていた気分も一気にクールダウンしていった。静寂と静謐に満たされた宮殿、無駄な調度品など何一つない長廊下は、青い水晶のような壁自体が芸術品のように美しく、その独特の雰囲気の中は足音を立てて歩くことも躊躇われ、もっと言えば呼吸一つとっても気を使って吸い、吐かなければならない気分にさせられる。

本物の神が奥底に座する宮殿だけあって、存在するだけで厳かな空気を生み出す。

「……相変わらず、堅苦しい場所だぜ」

国に忠を尽くす騎士達ならば、使命感に背筋が伸びる空気感であっても、自由人のアルトにとっては息苦しさ以外の何物でもなかった。同じく縛られることを嫌うロザリンも、言葉にこそしなかったが、水晶宮に自身は場違いだと感じていた。

もっとも、騎士らしい騎士、貴族らしい貴族であるフレアには、漏れ聞こえた呟きが不快だったらしく、最後尾を歩きながら露骨に顔を顰めていた。ここが水晶宮の内部でなければ、またアルトと喧嘩が始まっていただろう。

一方でワイズマンは仮面で顔色こそわからないモノの、飄々とした様子で廊下を進む。此方側への説明は、馬車に乗せられている最中も一切なかったが、水晶宮に入ると内部はこの雰囲気である。余計に問いかけるのを躊躇われた。

アルトはこの道順に見覚え、歩き覚えがあった。

(これって、目的地はあそこだよなぁ……やべぇ。久しぶりにビビってきたかも)

水晶宮を正面から入って、足が痛くなるほどの階段を上った奥にある王城の中腹。長い廊下を真っ直ぐに進み突き当たった、国の心臓とも言えるその部分に存在するのは、騎士団の紋章が刻まれた大門だ。門番も見張りの騎士も存在しない門の手前で足を止めたワイズマンは、敬礼を(最後尾のフレアも従うようにする)してから、両手で薄い青色の大門を押し開いた。

「——ふぬっ⁉」

一際明るい光が漏れると共に、形容しがたい圧迫感にロザリンは足を竦ませる。

押し開かれた先は大きな円卓が置かれた会議の間。高い天井から降り注ぐ太陽光に似た灯りが、広い室内を隅々まで照らす様子は、この場所の清廉潔白さを内外に示しているかのように思えた。ただ、それ以上に激しく空気を重苦しくする気配が、初めてここを訪れるロザリンの感嘆を飲み込ませた。

一足早く円卓の間に陣取っていたのは、いかにもな圧迫感を放つ騎士達だった。

「第八騎士団長ワイズマン。騎士団総長殿の命に従い、野良犬騎士のアルトさんと、小さな魔女のロザリンさんを、お連れしましたぁ」

心なしか硬くなったような口調で、ワイズマンは敬礼と共に報告の声を上げた。

「うむ。ご苦労」

対面、円卓の中では上座にいる顎髭(あごひげ)の男が、腕組みをしたまま重々しく頷(うなず)いた。

その姿からアルトはぐるっと視線を室内に巡らせて、視界に映ったあり得ない光景に、胃がキュッと絞られるような感覚に陥る。

「おいおい……勢ぞろいかよ、どうなってやがる」

騎士の姿は計七名。年齢も性別も恰好(かっこう)もバラバラで、一見すれば何の集まりなのか想像できないだろうが、注意深い人間なら一人を除いて身に着けている腕章で、彼ら彼女らが何者なのか推測ができる。そして唯一、身に着けていない人物の顔に、ロザリンは見覚えがあった。

「メイド、長？」

目を丸くして呟(つぶや)くと一歩引いた位置にいる澄まし顔のメイド長……ミレーヌ＝アトランザムは視線だけをロザリンに向け、僅(わず)かに微笑(ほほえ)むように唇の端を持ち上げ会釈をする。

同じくアルトもまた全員の顔に見覚えがあった。

「……仕事ですので一応、手短にご紹介しておきます」

背後から近づいてきたフレアが、無愛想さが滲(にじ)む声で囁(ささや)いてきた。

向かって右側、一番アルト達に近い位置にいる、薄い桃色の髪におっとりとした雰囲気だが妙に体躯(たいく)が大きい女性が、第十二騎士団長のシャルロット＝リーゼリア。その反対側、この中で一番若く短い真っ白な髪の毛で、涼しげな表情が印象的な少女、第九騎士団長アレクシス＝シャムロック。その隣が第七特務の副団長、ミレーヌ＝アトランザム。そのまた隣がこの場で一番の巨躯、豪快さが顔にも滲み出ている髭モジャで、頭部が禿げあがった大男が第五騎士団長ローワン＝バロウズ。その反対側には最年長、几帳面に整えられた白い髭を蓄えた細身の老紳士、第三騎士団長のヒューム＝バッケンローダー。そして上座の左手側にいるのが三傑の一人、第一騎士団のライナ＝マクスウェル。最後に上座で腕組みをしている、一見すれば傭兵の頭目とも思える、幾つかの傷痕を顔に刻んだ歴戦の戦士が、エンフィール騎士団総団長のゲオルグ＝オブライエンだ。

「騎士団長総出ってわけでもねぇ、微妙な数を揃えやがって……反応に困るじゃねぇか。しかもどいつもこいつも見知った顔とか、騎士団ってのはどんだけ人材不足なんだよ」

顔を顰めながら、アルトは妙ななつかしさと居心地の悪さを感じて頭を掻き毟ってから、一歩前へ進みジトっとした横目をワイズマンに送る。

「まさかとは思うが、お前も仮面外したら顔見知り、なんてオチはねぇだろうな？」

疑いの目を向けられたワイズマンは、おっとりした動作で首と手を左右に振った。

「いえいえ、それはご心配なくぅ。小生、人見知りで引き籠もりなんで、友達とか知り合いは殆どいませぇん」

「むむっ。妙な、親近感を」

「抱くな抱くな」

油断すると研究や実験に夢中になって部屋から出てこなくなる悪癖があるロザリンの頭を上から押さえながら、アルトはぐりぐりと手の平を押し込んだ。

二人の微笑ましさすら感じるいつものやり取りに、微笑や苦笑いを零す者もいれば無関心を貫く者、不快そうに眉を顰める者と多種多様の反応だった。最後の反応を示したのは、すぐ背後にいるフレアだけだったが。この中で一番、序列が低いであろうフレアは、円卓の間に足を踏み入れると、すぐさま片膝を突いて居並ぶ騎士団長達に礼を尽くす。

「第四騎士団副団長、フレア＝シェイファー。ただいま帰還致しました」

「ご苦労」

総団長のゲオルグが短く告げると、フレアは棒立ちのアルトを膝を突いたまま睨んだ。

「貴方ッ、先ほどの暴言に加え、お歴々の前で不敬ですわ！　元騎士なら最低限の礼は……」

「その発言は穏やかとは言い難いわ」

フレアの怒りを遮ったのはアレクシス＝シャムロック。

「彼が剣の徒であった事象は、既に過ぎ去った幻影。けれども、人のあり方は大河の如く、流れはすれど不変なモノよ。彼は空を気ままに行く雲。今も昔も、他者の言葉で揺らぐ人物ではないわ」

此方(こちら)に視線を向けるわけでもなく、演劇の芝居じみた独特の言い回しで窘(たしな)める。独特すぎてフレアも困惑気味だ。

「そうね。アルト君、昔から堅苦しい礼儀作法とか、大嫌いだから」

困り顔のフレアをフォローするように、頬に片手を添えて微笑(ほほえ)みながらシャルロットが補足する。他の面々もアルトの野良犬根性には心当たりがあるのか、言葉にはしなかったが皆、苦笑を隠せずにいた。団長二人にそう言われては、叱責を続けるわけにもいかず、フレアは苦々しい顔をしたまま口を噤(つぐ)んだ。

そうそうたるメンバーだ。しかし、一方で違和感もあった。

「見知った顔触れの中で、特に見慣れた顔がないってのが不穏だな。シリウスとシエロはどうした？」

「それについては追々、説明しよう。アルト、まずは卓についてくれ」

ゲオルグに促され、アルトとロザリンは前へ進み彼の正面に位置する円卓に立つ。ワイズマン、フレアらがそれぞれの定位置についたのを確認してから、ゲオルグは組んでいた腕を解き改めて口を開いた。

「まずは急な呼び出しをしてしまったことを詫びよう、すまなかった。応じて貰(もら)ってありがたいと思っている」

そう言ってゲオルグが頭を下げると、他の面々も一斉に同じく頭(こうべ)を垂れる。嫌味の一つも飛ばしてやろうと思っていたが、先手を打って筋を通されてしまうと、面白くない顔をしながらも「ああ、まぁ、別に」と言葉を濁すしかできなかった。これも計算の内かと思うと、余計に腹が立ってくる。

下げていた頭を戻すと、ゲオルグは気を抜くように柔和な笑顔を見せた。

「久しぶりだな、アルト。暫く見ない間に、随分と男前になったんじゃないか？」

「いやだねその爺臭い挨拶。アンタは親戚の親父か。俺が男前なのは昔っからだよ」

幾分、砕けた口調に対してアルトはジト目で肩を竦める。

「そちらのお嬢さんも申し訳ない。呼び付けてしまったのもそうだが、円卓の間はしきたりで立ったまま会議が行われる。もしも、辛いようだったら椅子を用意させるが……」

「大丈夫。足には、自信がある、から」

「うむ。健脚なのは素晴らしいことだ」

「俺も一般人だから椅子を用意して貰って構わないぞ。あと、茶と茶菓子」

「昔は同じ釜の飯を食った騎士同士、水臭いことを言うな。遠慮せず、俺達と一緒に立っていてくれ」

上手く切り返されて、アルトはコートのポケットに手を突っ込んで舌打ちを鳴らした。

「では、遅くなってしまったが改めて名乗らせて貰おう。俺はゲオルグ、ゲオルグ＝オブライエン。エンフィール騎士団の総団長を務めている」

「総団長……一番、偉い人？」

「ああ、いや。まぁ、立場だけで言えば、そうかもしれないな」

小首を傾(かし)げながらの質問にゲオルグは苦笑を漏らす。部下にシリウスがいるだけでも、彼がいかに苦労を強いられているのかは、ロザリンにも理解できた。ワイズマンや他の面々も、素直に言うことに従うような面子(メンツ)にも思えなかった。事実、癖の強さは王都でも屈指の面々ではあるが、逆を言うならばこの濃い騎士団長達を御せるのもまた、ゲオルグ以外に適任が存在しないのも本当だ。

「それで、ゲオルグのおっさん。騎士団長が雁首(がんくび)揃えてのお出迎えで、俺らにいったい何の用件があるってんだ。こんだけ揃えてんだ、茶飲み話がしたいってだけじゃねぇんだろう？」

「そうだな、呼び付けておいて、長々と無駄話をしているわけにもいかんだろう」

ゲオルグがそう言って表情を引き締めると、呼応するように室内の雰囲気が硬くなる。

「諸君らも知っての通り王都は目下、太陽祭で賑わっている。しかし、その裏である人物の思惑により、危機的状況が迫りつつある……アルト。その一端をお前は見ているはずだ」

「あん？」

一瞬、アルトは怪訝(けげん)そうに眉を顰(ひそ)めるが、直(す)ぐに思い当たる節が脳裏に閃(ひらめ)いた。

「ボルド＝クロフォードが地下に作ってやがった、あの妙な空間か」

ボルドがマガマガの樹と呼ばれる特別な魔術を扱い地下に形成した、王都とそっくりの疑似空間と、ミイラ男のような姿をした巨大な異形の存在。あの場にはここにいるミレーヌもいたので、ゲオルグの耳にも入っていて当然だろう。

「けど、アレは、もう消えたんじゃ？」

消失を確認しているロザリンが疑問を口にすると、ゲオルグは「ああ」と頷(うなず)いた。

「報告を受けた空間は、な。けれど、その後の追加調査では現在も王都の地下には、同規模の歪(ゆが)みが複数確認されている。ミレーヌ」

「ハッ」

返事と共に詳細の書かれた紙切れを取り出し、ミレーヌは冷静な声で読み上げる。

「東西南北、全ての区画に報告にあったマガマガの樹と同種、あるいは近い種類の術式が、確認できただけでも六十四ヶ所存在するわ。その内の七割が稼働状態で、停止に追い込むのに特務の騎士達に複数人、負傷による離脱者が出てしまっているわ」

負傷者。明確な被害を耳にして、騎士団長達の間にも僅(わず)かな驚きが広がった。

「力技ではなく、魔術による排除はできんのかね。ワイズマン、その辺りはお主の担当であろう？」

髭(ひげ)を弄(いじ)りながらヒュームに問い掛けられ、ワイズマンは挙動不審に身体を揺らす。

「ええっと、ええと。難しい、って言うより、無理ですよぉ。中途半端な状態ならともかく、完成品、しかも稼働状態ってなると、完全に消去するのは時間も道具も予算も足りませぇん」

「なんじゃい。魔術というモノも頼りにならんな」

「でもでも。周囲に被害が出て構わないなら、短時間、低予算で何とかなりますけど」

「それは流石に……ねぇ？」

頬に手を添えたまま困り顔のシャルロットが見回すと、他の団長達も無言のまま同意の意を示した。

報告を受けてゲオルグが言葉を引き継ぐ。

「クロフォード邸地下で確認されたモノに比べれば、現状確認されているマガマガの樹は小規模な存在だ。しかし、数が多い、多すぎる。ミレーヌ副団長が報告してくれたモノは、あくまで現時点での数。実際はもっと多いと推測されている」

「アレがそんなにあるのかよ。どうやって仕掛けやがったんだ」

地下に広がっていた幻影の王都や、それの元となるマガマガの樹は、短時間で作り上げられるような存在ではない。膨大な資金と資材と人材、何よりも数ヵ月単位の時間が必要となるだろう。それを騎士団に気取られることなく、王都の地下の至るところに作り出すには、それこそ倍の日数、倍の人数が必要となる。

当然の疑問にもゲオルグはちゃんと答えを用意してくれていた。

「話の肝となるのはその部分だ。王都は現在、表面化こそしていないモノの、非常に危うい状態にあると考えられている。ワイズマンの見立てでは地下の樹が完全に発動した場合、王都全体が異界化するそうだ」

「王都を異界化してどうすんだよ。それに、どれだけ金や技術を注ぎ込もうが、んな大それた大魔術、王都で使用したら流石に水神様に弾き返されちまうだろ」

前回の事件でも水神リューリカは、人の枠を超えた危機と判断して、間接的ではあるが妨害の為の手段を講じていた。それと同質の、しかもより強力な現象が王都を襲うならば、今度はリューリカ自らが寝所から姿を現す可能性も高い。

しかし、事態はアルトが想像するよりずっと、悪い方向に針を傾けつつあった。

「忘れたかアルト、今は太陽祭だぞ」

「……あ」

言われて思い出したように、アルトは大きく空けた口を丸くした。

「太陽の、精霊の影響力が、大きくなるから、水神様の、力がすっごく、落ちるんだよね」

ロザリンの説明通りである。

太陽と月は地上にあるあらゆる精霊より上位に位置する。エンフィール王国では絶対的な存在である水神リューリカも、それは例外ではなく、太陽祭の時期はその影響力が著しく低下してしまう。とは言っても国民の生活に何かしら、目に見えた不都合が起こるわけではないので、例年ならそれほど肌に実感するようなことはない。しかし、マガマガの樹を仕掛けた何者かが太陽祭に時機を合わせ、水神リューリカの影響力の低下を狙い澄ましてきたのなら、大精霊を相手にしても打ち勝てる見込みがあるのだろう。

「不敬であるッ。まったくけしからんのであるッ！」

怒りを露わにするのは、この場で一番信心深い大男、ローワン＝バロウズである。

「ローワン殿のお怒りはごもっともだと思います。けれど、水神様の力が落ちているからと言って、人の知識と力だけで対抗できるモノなんでしょうか？」

鼻息を荒くする姿に苦笑をしつつも疑問を口にしたのはライナだ。ちなみにここまで、ライナとアルトが視線を互いに向けるようなことは、一瞬たりともなかった。

「可能性はゼロではない。いや、ゼロだとしてもこの一件を仕組んだ黒幕は、成功すると確信して仕掛けてくるだろう。その時になって後手に回りましたでは話にならない。故に騎士団は全力をもって、敵の思惑を食い破るべくここに集結させたのだ」

反論を許さぬ圧を言葉に込めながら、ゲオルグは集まった一同を見回した。全員ここに集められた時点で、ある程度の情報は頭に入っていたのだろう。王都は危機的状況であるという判断から、皆、一様に厳しい面持ちで総団長を注視していた。

　一方でゲオルグの言葉には疑問が残った。

「騎士団の全力、って言う割には、顔を見せてない団長もいるようだけど？」

　当然の疑問を口にしながら、アルトは円卓の所々にできた隙間を見た。十二の騎士団はそれぞれ率いる騎士団長の数も十二人。けれど、この場でその役職に当てはまるのは六名だけ。第四、第七騎士団以外は、副団長すら出席していなかった。この指摘に他の面々も表情を強張らせる。

「出席していないのは、貴族派の騎士団長よ」

「なんだよ。相変わらず派閥争いを、騎士団にまで持ち込んでんのか」

　答えたのはミレーヌ。嫌な部分を見せつけられて、アルトは思い切り顔を顰めた。

　エンフィール王国の政治的な派閥は、大きく二つに分けられる。王族を中心とした政治を推進する王権派と、純血の貴族による主導を主張する貴族派の二つだ。数年前までは貴族派が権力の中枢を牛耳っていたが、先の戦争が終わった後、責任を問われ勢力が大きく衰退、現在は王権派が政治の主導権を握っている。エンフィール騎士団は基本的に政治に関与しない、王国の中でも特別な立ち位置にあるが、影響力という意味では決してその存在感は無視できない。その証拠に戦前はほぼ九割の騎士団長が貴族派、あるいはそれに準じる人間が占めていた。戦後に騎士団が一度解体され、新たに再編成されたのは、騎士団に巣食う貴族派を一掃する為でもあったが、発言力が低下したとはいえ貴族派の力は根強く、全ての席を奪うことは叶わなかった。

この場にいるのは全員、王権派。貴族派はアルトも好きではないが、彼らを排斥した上での全力という言葉は、何処か薄ら寒いモノに感じてしまう。

「アルト。権力嫌いのお前だ、こういうやり方が気に喰わないのは理解している。だが、ことは政治が絡む。綺麗事だけで片付く段階は、とっくに過ぎてしまった」

「既に第六騎士団のアレハンドロ＝フォレストが、独断で北街に侵攻を始めているわ。狙いは奈落の社、首領であるハイドの首よ」

部下からの報告書だろう。ミレーヌが小さな紙切れを読み上げると、アルトはまさかと耳を疑った。

「はぁ？　独断で侵攻って、そのアレハンドロって野郎は、騎士団を巻き込んで北街と戦争でも始めるつもりか？」

「ところが、北街に目立った動きは確認されてはいないのさ。混乱も最小限だ。どうやらアレハンドロの動きは、向こう側でも容認されていたんだろう」

「結託、してるって、こと？」

「奈落を潰すって、んなことをして得する連中なんて……あったな」

思い当たる節にアルトは面倒そうに頭を掻いた。

「アレハンドロと結託しているのは天楼……つまり、一連の首謀者は首魁のシドだ」

天楼のシド。直近でアルトも顔を合わせたことのある男だ。

「あのクソ爺。物わかりの良さそうな顔しやがって、とんだ大狸じゃねぇか」

苦々しい表情で吐き捨てる。

「だが、なんであの爺は急に、んなだいそれたことを始めたんだ。北街の縄張り争いに勝つ為でも大袈裟過ぎるぞ」

「目的は縄張り争いに勝つ為じゃないからだろう。ついでに言うなら、これは急に始まったことではない。少なくとも数年……いや、数十年単位で計画されていたことだ」

「そいつは、随分と気の長い話だな」

「それだけの長い期間、騎士団の目を欺き通せるわけがない。最近まで発覚しなかった理由は、恐らく貴族派の有力者達と早い段階で深く繋がり合っていたから。故に今回は万全を期す為に、貴族派の騎士団長には話を通さずにこの面子だけで解決に当たることにした」

「後々の軋轢になるんじゃねぇのか？」

言ってから、「俺が気にすることじゃないが」と付け加えた。だが、ゲオルグの表情は揺るがない。

「先刻承知の上だ。多少、貴族派との関係が悪くなろうと、この一件に関しては後手に回るわけにはいかん……まぁ、元より俺は貴族派に好かれてないから、今更、連中の好感度など気にせんがな」

　最後はちょっと茶化すように言いながら、ゲオルグは顎髭を手で弄った。

「話はわかった。で、結局のところシドの爺は、王都に何を仕掛けようってんだ」

「それはわからん」

　ガクッとアルトは片方の肩を落とした。

「アレハンドロって野郎は？　勝手に動いてんなら、締め上げれば何かしら吐くだろ」

「現時点で此方の動きを悟られたくはない。それにもっと良い情報源を俺達は握っているんだ。その為に、お前達を呼び付けたのだからな」

　頭にハテナを浮かべながら、アルトとロザリンは思わず互いの顔を見合わせた。

「まさかとは思うが、俺達は天楼との関係を疑われてんのか？　そりゃ、爺から勧誘を受けた事実はあるが、ちゃんと断ってるぞ」

「ハハッ、違う違う」

　予想外の答えだったのか、ゲオルグは苦笑しながら手を左右に振る。

「決定的な情報を持っているのは別の人物だ。既に騎士団も彼女に接触しているが、中々に手強い相手でな。辛抱強く交渉を重ねた結果、一つの条件を引き出すことに成功した」

「じょう、けん？」

　ロザリンは首を横に傾けた。

「情報を渡す相手を指名してきたのだ。アルト、お前と魔女のお嬢さんの二人に」

「どうして俺達なんだよ？」

「さて。彼女の心情まで計ることはできないが、俺はある意味でお前達を指名したことに納得している。なにせお前達は、今まで尻尾を掴むことすら難しかった相手を、表舞台に引き摺り出した立役者だからな」

「前置きはいい。名前だけをさっさと教えてくれ」

勿体ぶった態度にアルトは苛立つように答えを急かす。

ゲオルグは一度、言葉を区切って表情から笑みを消した。

「フランチェスカ＝フランシール。貴族派を裏から牛耳る女傑だ」

第四十九章　王都動乱

太陽祭初日のかざはな亭夜の部の営業は、通常より早い時間帯で看板となった。原因はランドルフの発注ミス。夜の営業に必要だった食材を、うっかり平日と同じ数の発注数にしてしまい、夕食時が終わる頃には在庫がすっからかんになってしまった。買い出しに行くにしても道は混雑しているし、祭りの真っ最中ということもあって、他の店へ回せるような食材や酒類の余裕はどこにもなかった。そうなると打つ手は皆無で、ランドルフ達にできるのは卸問屋に頭を下げて、納品を増やして貰って翌日の営業に備えることだけ。仕方なく本日の営業は、周囲の賑わいがピークを迎える前に終了となった。

「まったく。折角の稼ぎ時なのに、なぁんで発注ミスなんてしちゃうかな」

ぶつくさ文句を言いながら、カトレアは外から流れてくる喧騒を聞き流しつつ、唇を尖らせ掃除用のモップを振り回していた。

「ごめん。本当にごめん、申し訳なかったよ、本当に」

カウンターで洗い物をしているランドルフが、酷く落ち込んだ様子で謝罪を繰り返す。

「言い訳するわけじゃないけど、僕も疲れてたのかなぁ。連日の準備に追われてた所為で、かざはな亭の業務がおろそかになってたから……」

「それが言い訳じゃなくって、何だっていうのよ。もっとちゃんと反省してください！」

「……面目ない」

モップの先端を床に強く擦り付けながらカトレアに叱責され、ランドルフは子供のように肩を落とす。稼ぎ時に予定外の早じまいをするのは、かざはな亭にとっても損害ではあるが、時給で細かく働いているカトレアにとっても損である。特に今日は大量の客を予想して、本来より長めの営業時間を予定していたので、がっぽり稼ぐつもりでいたカトレアには肩透かしもいいところ。嫌味の一つも飛ばしたくなるのは、感情ある人間として仕方のないことだろう。ランドルフも責任の十割が自分にあることなので、苦言を真摯な気持ちで受け止めつつも、憤慨するカトレアの気持ちを何とか宥めようと試みながら、自分もモップを手に取り床掃除を始める。

「ま、まぁ、暫くは鬼のような忙しさが続くことは確定してるんだし、一日、いや半日程度の遅れなんて、誤差みたいなモノだよ。屋台で美味しい物でも買って、ご両親や弟さん、妹さんと一緒に食べながら、初日の夜くらいはゆっくりするのも悪くないんじゃないかな」

「そりゃお気遣いありがとう」

澄ました声で礼を述べてから、モップをかける手を止めジト目を店長に向ける。

「でも、生憎なことにお父様もお母様も、祭りの手伝いで今日は帰ってきません。弟達も今日は貴族時代の知り合いの家に、泊まらせて貰うことになってるから。なにせ、あたしも帰りが遅くなる予定、だったから」

手痛い切り返しをされて、ランドルフは二の句が継げず、引き攣った笑顔のまま無言で床を磨き続けた。

少し、いや、かなり意地の悪い切り返しだっただろう。けれど、ランドルフが卸問屋に明日の納品を確認しに行っている間、ひっきりなしにやってくるお客に頭を下げて帰って貰ったり、同じように今日は稼ぐつもりだった他のアルバイトを宥めたりと、矢面に立って対応したのはカトレアだ。これくらいの意地悪、許されても良いだろう。

とはいえ、すっきりしない気持ちはモヤモヤと胸の奥に残り続けた。

「あ〜あ、こんなことなら、あたしもアルト達にくっ付いていけばよかったわ」

中途半端にしか働けないのなら、いっそのこと全体にして一緒に祭りを回った方が、恋する乙女であるカトレアにとっては、明日への強い活力となっただろう。

カトレアの呟きから逃げるように、ランドルフが窓から暗くなっている外を眺めた。

「この時間でもまだ帰ってきてないってことは、何だかんだ文句を言ってても、祭りを満喫しているんだろうね」

言ってから名案を思い付いたように、素早くカトレアの方を振り向いた。

「よかったら後は任せて、今からでも合流してみるかい？」

「無理言わないでよ、いくらあの二人が目立つからって、合流できるわけないでしょ」

じゃぶじゃぶと床に置いたバケツの中に、モップの先端を突っ込んで洗う。

「それに夜は夜で大通りの方は酔っ払いやナンパが多いから、面倒臭いでしょ。蹴っ飛ばしちゃったら」

「蹴飛ばすこと、前提なんだね」

確かにカトレアの腕っぷしなら、ナンパ男や酔っ払いなど相手にならないだろうと、ランドルフは困ったような笑みを浮かべ、床を隅々まで磨き終えたのを確認してから、手を伸ばすカトレアにモップを渡した。

「さて、あらかた終わったかな。どうするんだい？　お詫びに夕飯くらいなら、作ってあげられるけど」

「そうねぇ」

二本のモップとバケツを持ち上げたカトレアは少し考えてから。

「遠慮しとく。どうせ明日以降は死ぬほど忙しいんだし、家に帰って一人でゆっくり適当なものでも摘むわ」

「そうかい。たまにはそれもいいかもね」

「店長もたまには奥さんにサービスしたら？　店の忙しさにかまけて、あんまり会話してないんでしょ。前に会った時に愚痴ってたわよ」

まさかの指摘にランドルフがギョッとしてから、恐縮するように肩を狭めた。

「いつの間にそんな会話を……いやはや、面目ない。そうだね、僕も今日は家族サービスの日にしようかな」

「そうそう、奥さんは大切にしないとね」

ランドルフの答えにご満悦そうに笑みを浮かべ、カトレアはバケツの中の汚れた水を排水口に捨て、瓶に溜めてある綺麗(きれい)な水で二本のモップを一緒に洗ってから、店内の隅っこにある掃除用具入れにまとめてしまう。最後にもう一度、綺麗な水で自身の手を洗ってから、エプロンで水滴を拭いカトレアは店内を見回した。

掃除が終わった店内は、テーブルの上に椅子が乗せられ完璧に片付いている。

「さて、客席の方もこれでオッケーかな。後は裏手の戸締りを確認して……」

言いかけた瞬間、壊れる勢いで出入り口のスイングドアが轟音(ごうおん)を立てて開かれた。

「――ひゃん⁉」

不意打ちの音に全身をビクッと跳ね上げたカトレアが何事かと視線を入り口の方に向けると、飛び込んできた何者かが豪快に床の上を転がり、思わず避けるように後ろへ飛び退いた。

「な、何事よっ⁉　今日はもう店じまいだけどぉ⁉」

「多分、お客さんではないと思うけどねぇ……おや？」

カウンターに向かおうとしていたランドルフは、倒れ込む人物の姿に訝しげな顔をする。

「……アンタら⁉」

遅れて気が付いたカトレアも、驚くように口元を押さえた。

飛び込んできたのは三人組の男女。素性を隠すようにフード付きのマントを羽織っていた。見た目は怪しいが外は祭りの真っ最中なので、仮装している連中に紛れれば、それほど目立つことはないだろう。普段だったら、酔っ払いがクローズの看板に気が付かず雪崩れ込んできたと思うところだが、三人の顔に見覚えがあったのと、倒れ込んだ床が血で汚れていることに、只ならぬ事態であるのを察した。

「久しぶりだねミスタ君。スイングドアはもう少し、丁寧に開けて欲しいんだけど」

「あ、ははっ。そいつは申し訳なかったじゃん。何分、急いでたモンで」

三人の内の一人、ストレンジャーミスタがフードを外しながら、若干青ざめた顔色の悪い表情をランドルフに向けた。血色の悪さの原因は彼の身体。マントに隠れて直接は確認できないが、傷口を押さえていたのか、倒れた拍子に手を突いた床の一部が赤黒く汚れていた。出血による疲労もあってか、謝罪しながらもミスタは座り込んだまま立ち上がれずにいる。

「なによ、店長。この人と顔見知りだったの？」

「ん？　まぁ、昔ちょっとね。そんなことより問題なのは……」

軽く誤魔化された後、二人の視線はミスタの背後にいる男女に注がれる。

相当疲れているらしく、床に倒れるよう座ったまま肩で息を切らせている二人。ランドルフが問題だと語るのは男の方だ。日が暮れているのにも拘わらず、サングラスをかけた派手な顔立ちは、カトレアも忘れるはずがなかった。

「どうして奈落の社のボスが東街の、しかも能天気通りにいるのよ」

「………………」

汗ダクの顔を驚くカトレアに向けると、奈落の社のボスであるハイドは、呼吸が乱れ過ぎて言葉がすぐに発せない癖に、唇の端っこを吊り上げ不敵な笑みを覗かせる。もう一人の女はボディガードのラヴリ。此方もハイドや負傷しているミスタほどではないにしろ、舌をだらしなく出して疲労感を前面に表現していた。

「色々と話を聞きたいけど、その前に水分補給だね。この暑い中、マントを頭から被ってたら脱水症状になっちゃうよ。後は傷の手当てもしなくっちゃ……カトレアくん」

「わかったわ」

頷いてからカトレアは治療道具を取りに、小走りで階段を上り二階へと向かった。

怪我もそうだが疲労も激しい三人を少しでも休ませる為、とりあえずは床に座らせたままにして、ランドルフは三人分の水を用意する。身体に負荷がかからないように冷やした物ではなく、予め瓶に汲んであった常温の水をコップに注いでから三人の元へ急ぐ。

「酒ってわけにもいかないだろうから、ほら、これでも飲んで。少しは身体が楽になるから」

「サンキュ、店長さん。気が利くね」

比較的、疲労が軽度だったラヴリがコップを受け取り、まだへばっているハイドと怪我で苦悶の表情を浮かべているミスタに手渡す。

「ありがたい。喉が渇きすぎて、気持ち悪くなってたところだ」

礼を述べてからハイドはコップに口を付けて一気に飲み干した。大量の汗をかいて脱水寸前だった喉に、温めの水が心地よく吸い込まれる。不足した水分が補われる感覚が全身に染み込み、最後の一滴を喉を鳴らして飲み干すと同時に薫る柑橘系の香りが、清涼感のある後味を与えてくれた。

「美味い。ほんの少しレモンが絞ってあったのか……アンタ中々、粋なことするじゃないか」

「本当は仕事終わりの一杯のつもりで、準備しておいたんだけどね」

突然の来訪に困り眉は隠せないが、褒められたことは満更でもない様子だ。他の二人も、特にラヴリは満面の笑みを浮かべていたので、味に対する反応は悪くなかったのだろう。

おかわりの二杯目を再び飲み干す頃に、足音を立てて二階からカトレアが毛布と救急箱を持って戻ってきた。

「お待たせ！　ほら、おじさん。毛布敷いてあげるから、そこに横になって傷口を見せて」

「おじさんって……俺はまだまだ若い……痛たたた⁉」

「文句は言わない言わない。ほらほぉら、怪我人はおとなしくしなさぁい！」

遺憾の意を示すミスタを後ろからラヴリが、持ち前の怪力で押さえ付けながら、無理矢理着ているマントを脱がしてから、カトレアが敷いた毛布の上へ転がす、もとい、寝かせる。介護のような真似が気に障るのか、何度も舌打ちをしていたミスタだが、怪我の痛みと疲労には抗い切れないらしく、言われた通りおとなしく毛布の上に横たわる。

脱力すると同時にミスタは深く息を吐き出した。

寝ている横に両膝を突いたランドルフが、救急箱を受け取りながらミスタに話しかける。

「一応、怪我の手当てはしてみるけど、ボクは医者じゃないから応急処置程度だよ。あんまり酷いようなら、医者に見せないと」

「ひ、必要ないじゃん。ざっくり腹を斬られちゃいるが、内臓までは届いてないじゃん」

「内臓が無事なら大丈夫ってわけでもないけどね。でも、その口癖もどきが崩れてない内は、大丈夫かもね」

苦笑しながら乾いた血でべっとりくっ付いている服を、ハサミで切り取りながら傷口を露出させる。患部はヘソの上部分。一文字の裂傷が走っているが、ミスタが言う通り生乾きではあるが血は既に止まっていて、素人判断ではあるが深い傷ではなさそうだ。

ランドルフが治療に専念している間、カトレアはハイド達に向き直る。

「それで、奈落の社で何があったのよ。部下にでも裏切られたりした？」

「残念だけど、狙った標的をおめおめ東街に逃がすような間抜けな部下を、持ったつもりはないんでね」

「嫌味な男ね。じゃあ、誰に狙われたってぇのよ」

回りくどい物言いに若干苛々しながらカトレアが問い質す。

「騎士団の連中さ」

「騎士団？　騎士団ってエンフィール騎士団？　うそぉ」

カトレアが訝しげな顔をするのも当然だ。騎士団と奈落の社は立場上、敵対関係ではあるが、実質的な北街の支配者である奈落の社を完全に潰すのは、最低限保っている秩序の崩壊に繋がるので、小さな衝突はあれど組織構造が崩れるような大捕り物は、行われないのが通例だった。ランディウス＝クロフォードが率いた私設騎士団ならいざ知らず、エンフィール騎士団がそんな行動に出るなんて普通は考えられない。

「ところがそんな嘘みたいな行動を起こした連中がいるのさ。もっとも手足は騎士団でも、頭の部分は違うかもしれないがね」

「……どういう意味よ」

「エンフィール騎士団も一枚岩じゃないってことだよ。奈落の制圧に動いたのは、貴族派に属する騎士団だ」

「つまり、貴族派が裏で動いてるってこと？」

「それだけだったら、事態はもっと簡単だったんだけどな」

ラヴリに汗を拭って貰いながら、ハイドはマントを脱いで隠し持っていた帽子を被る。

「この件の主犯、全体の絵を描いているのは天楼のシドだ」

迷いも躊躇いもなく、ハイドはキッパリと言い切った。

「貴族派が天楼と組んだっての？　あり得ないでしょ、水と油どころの話じゃないわ」

「現在の関係だけで考えるならな。けれど、天楼……もとい、シドが貴族派と繋がっているのは、もうずっと以前の頃からだ。アンタらだって覚えがあるだろ、シドの息子であるボルドが、養子としてクロフォード家に迎えられている。アレだって繋がりがあったから、すんなりと受け入れられたんだ」

確かに。と、カトレアは腕を組みながら唸った。

「シドが仕掛けてくるのは時間の問題と予想していた。色々と準備をして不意打ちを喰らうことは避けたんだが、あの爺(じい)さんも中々に老獪(ろうかい)だ。ミスタとは途中で合流できたが、ここに来るまでに部下が何人かやられちまったよ……全く、情けない限りだぜ」

「……夜の営業ができなくなって、ほんとに幸運だったわ」

噴き出した冷や汗を拭いながらカトレアは絶句する。

楽しげな外の喧騒(けんそう)とは正反対に、突如、かざはな亭に訪れた王都の闇の部分に触れ、カトレアは続く言葉を失っていた。押しかける形になったとはいえ、わざわざ自分達の騒動に巻き込むのは不本意だから、ハイドも問われる以上の説明は重ねなかった。

暫(しば)しの沈黙の中、ひとまずの治療を終えたランドルフが大きく息を吐き出す。

「包帯も巻いたし、消毒もしたから、これで一応は大丈夫かな」

「ああ、悪くないじゃん。大分、痛みもやわらいだ……悪かったな、ランドルフ」

「まぁ、別に構わないんだけど、本当に応急処置をしただけだから、後でちゃんと医者に診せなきゃ駄目だよ？　傷口、確かに内臓までは届いてなかったけど、裂傷の具合が中々に衝撃的だったよ……それ、刃物による傷じゃないでしょ？」

包帯が巻かれた腹部を指さされ、ミスタは苦笑しながら手で押さえた。

一見すればただの裂傷。騎士団と戦ったらしいので剣による斬り傷かとも思ったが、よく見るとちょっと様子が違っていた。確かに裂傷、鋭い物で斬られた傷には違いないが、注意深く観察すると皮膚の裂け方が粗く、傷口自体が普通に斬られた状態より広かった。

研いでない鈍らで斬られれば、このような傷口になるかもしれないが、騎士団長も務めたストレンジャーミスタが、得物の手入れも碌にできないような人間に、真正面から手傷を受けるとは想像もつかない。

指摘は図星だったらしく、ミスタはやれやれと肩を竦めた。

「流石は元お役人、鋭い見立てをしてるじゃん」

「茶化さないでよ。この手の傷なら、腕のいい医者に縫って貰わないと……傷口を焼いて、強引に出血を止めただけでしょ、これ」

「う、うひぃ⁉」

止血方法を聞いたカトレアが、青い顔をして思わず震えあがってしまった。

「ギリギリで避けてはいるけど君らしくもない。油断でもしていたのかい？」

「油断ってほどでもないじゃん。ただ、ちょっと面倒な手合いとやりあっただけじゃん」

軽く誤魔化してから、ミスタは包帯で隠れた自身の傷口を指さす。

「ちなみにこれ、手刀で受けた傷じゃん」

「手刀って、素手で付けられた傷なのっ⁉」

これにはランドルフも仰天する。徒手空拳でこの鋭さは並の達人ではない。

「とにかく、アンタ達は天楼と騎士団の一部に追いかけられてるってわけよね。ってか、何でここに逃げてきたのよ。まさか、またアルトを巻き込もうってつもり？」

睨みつけるカトレアの視線が険しくなるが、ハイドは首を左右に振って否定する。

「いや、ここに来たのは偶然ってわけじゃないが、目的は野良犬や魔女じゃないさ」

「だったら、どうしてここに？」

警戒した色を見せるランドルフに改めて問われ、答えようとするラヴリを制してから、ハイドは誠意を示すように座る形を正座に変え二人を見上げた。

「俺達……いや、奈落の社は協力を求めている。元エンフィール王国の参謀長、能天気通りを仕切っているギルドかたはねのギルドマスター、頭取に」

まさかの発言にカトレアとランドルフは、驚いた表情を見合わせ絶句した。


フランチェスカ＝フランシールは現在、水晶宮内のとある一角に幽閉されている。

国家転覆を企み複数の重要な犯罪の被告人として、裁判を待っている身ではあるが、彼女は貴族派の重鎮。本来なら然るべき場所に隔離されるのが常識ではあるが、フランチェスカの処遇に関して、多くの有力貴族、富豪、大商人から擁護の声が相次いだ。貴族派の影響力が強かったひと昔前なら、簡易的な裁判といくらかの罰金で投獄されることなく釈放されていたが、現在の体制下ではそうはいかない。しかし、国内外に対して強い発言力を持つ有力者の声を完全に封殺はできず、フランチェスカの身柄を監獄の中に放り込むことはできなかった。とはいえ野放しにするわけにもいかないので、彼女は幽閉という名目で水晶宮内にある区画に拘束されている。

アルトとロザリンの二人は、そんなフランチェスカに会う為に、ワイズマンの先導の元、水晶宮の足を踏み入れたことのない場所にまで歩を進めていた。最後尾にはお目付け役としてフレアも同行しており、相変わらず厳しい視線をアルトの後頭部に注いでいた。

水の結晶が如き宮殿内とは打って変わって、目指す区画への道のりは何というか古風な作りをしている。具体的な場所は水晶宮の地下。水神リューリカが座する寝所とは真反対の、北側にある古びた低い尖塔から、地下へと続く通路が存在していた。どうやって作ったのか想像し難い水晶宮の宮殿とは違い、赤レンガを組んで作られた尖塔は、この敷地内では異質な存在感を漂わせ、内部も地下へ続く螺旋階段があるだけで、何とも言えないおどろおどろしい雰囲気がある。定期的に清掃はされているらしく、かび臭さや埃っぽさは皆無で、むしろ清潔感すら漂わせていたが、光源などは灯されておらず、先導するワイズマンが用意してくれたランタンの頼りない光だけが頼りだ。それでも作り自体は確りしているようで、螺旋階段は薄暗い足元でも問題なくリズミカルに下れた。

「随分と長いこと下りてくんだな」

日差しの厳しい屋外とは違い、ひんやりと涼しい空気に満ちているので汗はかかなかったが、延々とグルグル螺旋階段を歩かされたことで、ちょっと酔ってきたアルトが湿っぽい息を吐きながら呟いた。

「水晶宮の地下は下りれば下りるほど、水神様の影響が強くなりますからぁ。正確に測ったわけではありませんけど、空間が歪んでるようですねぇ」

「それって大丈夫なのかよ」

「多少、伸び縮みしているだけよ。気にするほどのことではありませんわ」

「いや、気にするだろ。大事だろ、空間が伸び縮みしたら」

背後からの不機嫌な声に振り向かず反論すると、面倒臭げにフレアが舌打ちを鳴らす。

「水神様の恩恵で日々の生活が送れているのに、意外に肝の小さい男ですわね」

「まぁ、実際。この建物の用途を考えれば、多少は歪んでいた方が、こちら側からしてみれば都合が良いかもしれませんねぇ」

「やっぱり、監獄、なの？」

薄々、予感していた言葉を問いかけると、ワイズマンは困るように唸り声を漏らす。

「う〜ん。監獄という表現は、当たらずとも遠からずでぇすね」

返って来たのは歯切れの悪い答えだった。

これから会う人物のことを考えれば、一般的な物とは違うにしろ、監獄に準じる建物だと想像していた。しかし、ワイズマンの様子からするにそれは全くの見当違いというわけではないが、適しているとも言い難い表現のようだ。

不可解な表情を作る気配を察知してか、ワイズマンはのんびりとした声で続ける。

「まぁまぁ。色々と疑問は御座いましょうが、百聞は一見に如(し)かず。どうぞどうぞ、足元にお気を付けながら先に進みましょう。ほら、見えてきましたよ」

言いながらランタンを前へ突き出すように翳(かざ)すと、階段の終わりとその先に伸びる広い通路が現れた。真っ暗だった螺旋(らせん)階段とは違い、通路の左右の壁には魔力灯による光源が灯されており、正面の突き当たりには鉄製の扉、その前に軽装鎧(よろい)を身に着けた二人組の守衛が立っていて、人の出入りなど殆(ほとん)どなさそうな場所を険しい表情で守護していた。

通路の中に足を踏み入れると、守衛の視界が此方(こちら)の姿を捉えた。

ワイズマンの姿は一見すると怪しいが、腕章を見ればこの人物が騎士団長なのは直(す)ぐに理解できる。水晶宮内に勤務する守衛ならば、敬意と畏怖をもってすぐさま敬礼をするところだが、何故(なぜ)か扉を守る二人組は此方側に対して敵意の混じる視線を向けてきた。

あからさまな殺気に、直ぐに反応をしてしまうのはアルトの悪い癖だ。

「…………」

「無言で剣を抜ける体勢を作らないで。この場での刃傷沙汰(にんじょうざた)はご法度(はっと)ですわ」

「……へいへい」

真後ろからフレアに咎(とが)められ、アルトは左の手の平を振りながら、手持ち無沙汰(ぶさた)を誤魔化(ごまか)すように後頭部を掻(か)いた。

ランタンを下ろしてワイズマンが扉に近づくと、守衛は道を塞ぐよう正面に立ちはだかる。

「お待ちください。この先に、どのようなご用件で？」

口調は丁寧だがハッキリとした敵意に、アルトとロザリンは戸惑うように顔を見合わせた。しかし、ワイズマンとこの中で一番怒り出しそうなフレアは、彼らの対応を予想していたのか特に驚く様子は見られなかった。

ワイズマンは足を止めて懐から取り出した書状を、守衛に見せるように差し出す。

「総団長からの指示で、この先に収容されている最重要人物に面会を……はいはい、これが指示書ですぅ。ちゃんと評議会の印も、入ってますよぉ」

「……ふん」

不躾な視線を向けてから、守衛は差し出された書状を受け取り内容に目を通す。

「くれぐれも軽率な行動は慎んで下さい……命の保証ができかねますので」

物騒な物言いと共に書状をワイズマンに返した。

「はいはい、心得てます、心得てますよぉ」

「ご案内は必要ですか？」

「いえいえ、結構。大丈夫ですよ」

物腰は柔らかいが有無を言わせぬ圧を込め、ワイズマンは守衛の言葉を封殺する。明らかに此方に対して敵意を持っている人間の同行は好ましくない。監視する腹積もりだった守衛も、ワイズマンの迫力に負けて不承不承ながらも、「……わかりました」と引き下がるように道を空けた。扉の側にいたもう一人の守衛が鍵を外すと、中へ足を進めるワイズマン達を睨みつけながらも、一礼と共に見送った。

「……こいつは驚いたな」

本格的に地下の内部に踏み入ったアルトは、異様とも言える光景に息を飲む。

眼に映るのは高級ホテルのエントランスに似た広い空間。流石に受付はなく扉の側に同じような守衛が立っているが、煌びやかな調度品や観葉植物まで置かれ、真正面には幅のある大きな階段が二階へと伸びていた。上の階層に何があるのかも疑問だが、これが幻覚などではないのならば、尖塔の地下にはホテル並の建造物が埋まっていることになる。何よりもこれだけ広々としていながら、守衛以外の人影が全くないのも不気味だ。

ワイズマンは仮面でわからないが、背後のフレアも驚くように目を見開いているので、彼女も足を踏み入れるのは初めてなのだろう。

「いや、こんな場所に人が常駐してる方がおかしいのか。しかし、すげぇモンだな」

周囲を見回しながらアルトは感嘆の声を漏らす。

「変な、魔力は視えないね。むしろ、凄く綺麗な、清浄な力で、満ちてる」

同じようにロザリンも右目の魔眼を発動させて、グルっと周辺に視線を走らせていた。

ロザリンが感じ取った清浄な力は、ワイズマンに問うまでもなく水神リューリカのモノだろう。アレだけ地下深く降りてきたのだから、寝所が近づいている影響から加護も強まっているはず。その意味では安全と言えなくもない。

「ほらほら。観光にきたわけじゃないんですから、ちゃっちゃと行きますよぉ」

「あ、ああ。わかった」

振り向いたワイズマンに促され、アルト達は再び足を動かし始めた。

進む先は正面の階段を上った二階フロア。赤い絨毯(じゅうたん)が敷き詰められた柔らかい階段を踏みしめ、二階へと上がった先は階段と同じ幅の廊下と、その手前に人の往来を遮るように鉄格子が嵌(は)められていた。そこにも守衛が立っていて、同じように敵意混じりの視線で睨(にら)まれながらも、ワイズマンが見せた書状に従い格子の扉と、それとは別に鍵を一つ手渡してから先に進む許可を貰(もら)った。

厳重なのかそうでないのか。何とも不可思議な雰囲気の中、廊下を歩くと目的の場所へ直(す)ぐに到着する。ワイズマンが三度(みたび)、足を止めたのは突き当たりの扉の前。今度は鉄や格子ではなく、細かい意匠が施された木製のドアだ。扉は歩いている途中の左右にも複数あったが、高級感は正面にあるこれの方が数段も上だろう。ここにも二人の守衛が立っていて、やはり歓迎されていない視線ではあったが、妨害されるわけでもなく道を空け、ワイズマンが預かった鍵で扉の施錠を外した。ドアノブに手をかけたまま、扉を開く前にワイズマンは此方(こちら)を振り向いた。

「面識はあるから大丈夫だとは思いますけどぉ、くれぐれも圧に飲まれないように気を付けて下さいねぇ……特に初対面のフレアちゃんは、要注意ですよぉ」

「……それほどの人間なのですか？」

伝聞でしか知らないフレアが訝(いぶか)しげに言うと、真っ先に反応を示したのは左右の守衛だ。

「失礼ながら、あのお方は水晶宮の誰と比べても遜色のない偉大なお人です」

「騎士団の方々にはご理解頂けないかもしれませんが、本来ならばこのような場所に隔離されて良い人物ではないと、知って頂きたい……出過ぎた真似を致しまして、申し訳ありません」

畳み掛けるように熱弁され、フレアも思わずギョッとしてしまう。アルトも「こりゃ、やべぇな」と顔を顰(しか)めていたが、ロザリンには見覚えがあった。クロフォード邸で自分をイジメてきたメイドや使用人。連中と同じ妄信を水晶宮の守衛であるはずの二人から、強く感じ取れた。

一度、手を離し扉から距離を空けたワイズマンは、アルト達に近づくと守衛らに聞こえない音量で囁(ささや)きかけた。

「御覧の通りですぅ。注意を怠らないでくださいね」

「……了解」

三人が頷くのを確認してから、ワイズマンは改めて扉へと近づき三度、ノックをすると返事を待たずに扉を開いた。

「失礼しますよぉ」

呑気な声と共に入室。アルト達も並んで続いた。

中はかざはな亭の客室や、アルトの自宅など比べものにならないほど広く、足を踏み入れた瞬間に、ふわっと鼻孔を甘い花の香りが擽る。室温も温かすぎず寒すぎずちょうどよい温度で、こんな場所ならば暑さ寒さを気にせずに、一日中でもぐっすりと惰眠を貪れるな、などとアルトはくだらないことを考えてしまう。部屋のレイアウトもシンプルながら高級感に溢れ、本や酒類が飾られた棚が多めに置かれていることから、ホテルのような宿泊目的の場所というより、人生の大半を過ごす自宅のような落ち着いた雰囲気に満ちていた。

異様なのは室内の半分を仕切る鉄格子。その向こう側、此方に背を向けるような恰好で、安楽椅子に揺られながら読書に耽る金髪の女性がいた。

揺れる際に椅子が軋む僅かな音と、ページを捲る音に女性の吐息が混ざる。

真横には赤ワインの注がれたグラスとボトルが置かれ、この匂いの元と思われるアロマが焚かれていた。

「フランチェスカさん。フランチェスカ＝フランシールさん」

　ワイズマンが声をかけるのに合わせてフレアが強めにドアを叩く。

　読書に勤しむ少女、フランチェスカ＝フランシールは音に驚く様子はなかったが、来客には気づいていたらしく、安楽椅子を揺らすのを止めると、閉じた本を飽きたかのように横の机に放り投げた。

「そろそろ来る頃だと思っていたわ。私の呼び出しに応じてくれたのかしら……それとも」

　椅子から立ち上がってバスローブの衣擦れの音を立てながら、フランチェスカは軽く伸びをしてから此方側を振り向いた。風呂あがりなのか露出した胸元や首、頬には赤味が差していて、束ねた金髪がうっすらと湿っている。鉄格子越しとは思えないほど、気怠げで蠱惑的な魅力を醸し出す少女、フランチェスカが不敵な薄笑みを唇に張りつけていた。

「私を殺しに来たのかしら？」

　本気とも冗談ともつかない口調で、挑発するように人差し指で下唇をなぞる。

「そいつは、決まってんだろ」

　不機嫌そうに舌打ちを鳴らしたアルトは左手を剣の柄に添える。

「テメェをぶっ殺す方だ」

「――え、ええっ⁉」

　容赦のない殺気に本気で殺す気だと察したフレアが声を張り上げる。ワイズマンも慌てた様子で勢いよく振り返ると、アルトの進行方向を塞ぐように両腕を広げ正面に立った。

「ちょちょちょっとちょっとアルト殿！　ここでの刃傷沙汰はご法度ですよと……」

「うるせぇ！　お前も騎士団長ならわかってんだろ。アレは駄目だ、ヤバすぎる。あの女は人の皮を被った怪物だ……ああ、改めて顔を見てようやく合点がいったぜ。アイツが正体をひた隠しにしてたのは、凶悪すぎる人間性を抑える為だ。あの面で水晶宮を出歩いたら、まず間違いなく問答無用でシリウス辺りにぶち殺されるぞ」

言葉だけ聞くと無茶苦茶すぎる理屈だろう。しかし、この場にいる者は誰も、フレアですら否定することはできなかった。ちょっと勘の鋭い人間なら誰だって理解できる。この世に絶対悪があるのなら、フランチェスカ＝フランシールは人の形をしたそのものだ。彼女に人を魅了する魔眼は必要ない、人の精神を虜にする霊薬は必要ない、人を縛る金も、人を押さえ付ける権力も必要とはしないだろう。彼女の視線は、微笑は人の心を慰め、癒やし、そして堕落させる。フランチェスカはカリスマ性の権化だ。強い警戒心で意識を保っていても、彼女が薄紅色の唇を開こうと動かせば、自然とそこに注視して耳を傾けてしまう。守衛達の態度も頷けた。彼らは皆、例外なくフランチェスカに囚われてしまったのだ。そう言えば下世話な人間ならば、まだ青い果実と例えられる身体を使ったのだと、下種な妄想を働かせるのだろうが、そんな真似は彼女には必要ないだろう。彼女に抱くのは恋慕や劣情ではなく、崇拝や忠誠に他ならない。手練手管など学ぶ必要も使う必要もなく、彼女の存在そのものが魅了の魔術、否、呪いとも言える。

生かしておけない理由は単純だ。フランチェスカ＝フランシールという存在は、生きている限り誰かを堕落させ続ける。その証拠に、国に忠義を捧げるべき守衛達が、既に彼女の魔手に落ちている。

「テメェの顔を見て話を聞く気が一気に失せたぜ。悪いがその首、この場で叩き落とすッ」

脅しではない本物の殺気を滲ませる。しかし、フランチェスカは余裕の態度を崩さない。

「あら物騒ね。私の美貌を前にして、野犬のように吠えるのは貴方くらいだわ」

「いくら美人でも口から腐った腸の腐臭をさせてる女にゃ、起つモンも起たねぇな」

軽口と共に剣の鯉口を切る。二人の間は鉄格子で遮られているが、アルトの技量をもってすればこの程度の格子を寸断するのなど容易いこと。この場で真っ先にアルトを咎めるべきワイズマンとフレアも、フランチェスカの異常性は肌に感じて理解しているので、語気の強さに口を挟むのを躊躇していた。

それでもフランチェスカは平然とした表情で、傍らに置いてあるグラスを手に取る。

「別に生き死にに興味はないけど本当にいいの？　私をこの場で殺せば、守衛達が怒り狂って貴方達に襲い掛かってくるわよ」

「だったらそいつらもぶち殺す。テメェに与したんなら俺の敵だ」

「素晴らしい答えだわ。世の偽善者共には、陰口でしか叩けない言葉ね」

満足そうに微笑んでから、グラスに注がれたワインを飲み干す。

「やれるモノならやってみなさい」

「上等だ。地獄に堕ちて後悔……ッ⁉」

剣を抜き放とうとした直前、コートの裾を強く引っ張られた。

視線を落とすと横に立っていたロザリンが、裾を握った状態で此方を見上げ、強い視線で首を左右に振り乱す。

「ダメ。ダメ、だよ。お話、聞かなきゃ」

「……お前」

反論しようと口を開くが、力強い眼差しに出かけた言葉を喉元で留められ、アルトは奥歯を噛み締めるように唇を閉じてから舌打ちを鳴らし、抜きかけた剣を鞘へと戻した。魔眼の力を使われたわけではない。単純に威圧の押し合いに負けただけ、情けない話だ。

一連の流れはフランチェスカの予想通りなのか、くすくすと嫌な笑みを零していた。

「やっぱり犬ね、貴方って。飼い主によく躾けられてるわ」

「うるせぇよ。たまに飯を作って貰ったり、小遣い貰ったりしてるだけだ」

「飼い主じゃありませんか。というか、こんな小さな娘にお金をせびってるんですか？」

蔑むようにフレアは視線を細めるが、脱線し始めた話題を修正する為、ワイズマンが手を叩いて音を鳴らす。

「はいはい、お喋りはここまでですよぉ」

変わらず呑気な声でワイズマンは、仮面で隠された顔をフランチェスカに向ける。

「お約束通り、アルトさん達を連れてきましたよ……お話、聞かせて頂けますよね？」

最後の部分は顎を軽く引き、少し低めの声で問い掛ける。見た目を除けば争い事にはそぐわない呑気な性格と、間延びした口調が際立つワイズマンだが、言葉に込められた圧の強さは、やはり騎士団長を務めるだけはあると再認識させられた。

問われたフランチェスカはワインを一口含んでから、安楽椅子を鉄格子の方へ向けて再び座り直す。絶妙に中が見えない優雅な動きで足を組み、ペロッと唇を舌で湿らせた。

「ええ、よくってよ。ちょうど退屈していた頃よ、私の舌の滑りがよくなるように、精々頑張ることね」

挑発的な物言いにアルトは不愉快から顔を歪ませるが、口に発すればまた無駄な問答の繰り返しになってしまうので、下っ腹に力を込めてグッと堪える。ここからが問答の始まりだ。相手は伏魔殿と例えられる貴族社会で、足を取られることなく上位に君臨し続けてきたフランチェスカ＝フランシール。条件を付けて呼びだしたのが彼女だからと言って、此方の都合よく話が進むわけがない。総団長のゲオルグもそれを理解しているからこそ、案内役にフレアだけではなく、団長であるワイズマンも同行させたのだろう。ワイズマンが交渉事に長けているのかは、アルトも疑問に思うところだが。

話の主導をまず握るのはワイズマン。防毒マスクに隠れ読めない表情でフランチェスカと対峙する。

「再三、お聞きしに参りましたのでぇ、此方の用件はわかっているとは思いますが、改めてお聞きしたいと思います。天楼の首魁シド。彼はどのような手法をもって、王都に仇をなすつもりなのでしょうかぁ？」

「…………」

仮面越しでもハッキリと聞こえるワイズマンの言葉。しかし、フランチェスカはまるで耳に届いていないかのように、素知らぬ表情で足を組み直してから、ゆったりとした動作でワインを口に含み香りを楽しむ。不遜な態度からギリッと、アルトの直ぐ側から奥歯を噛み締め怒りを耐える音が聞こえた。横目を向けるとフレアが今にも怒鳴り出しそうな表情をしていたが、奥歯と一緒に拳を硬く握り締め感情を押し留めている。

ワイズマンの表情は当然、不明ではあるが、醸し出す気配に特別な変化はなかった。

短い沈黙の後、溜息をつくように肩を上下させてから、ワイズマンは此方を振り返る。

「アルト殿の方から、ご質問をして頂いてよろしいですかぁ？」

「……あいよ」

仕方なしにワイズマンと代わり、アルトは鉄格子の近くへ進み出た。

ギロッと睨(にら)んでから、アルトは鉄格子で仕切られた室内を見回す。

「罪人の分際で、随分と上等な部屋で暮らしてるじゃねぇか……ここはアンタの別荘だったりするのか？」

「残念だけど、地下に別荘を作る趣味は持ち合わせてないわ」

今度は会話として成立する形でフランチェスカは応じてくれた。

「ここは昔から通常の裁判では裁けない、上級貴族を幽閉する為に使用されている施設よ。今代の王に変わってからは、私しか暮らしてはいないけれど……意外と快適よ？　ただ、気軽に屋外の空気を吸えないのが難点ね」

「人様の税金で優雅に暮らされちゃ、下々の人間は納税し甲斐(がい)がねぇって話だな」

自分は税金をちゃんと納めてないけれど。というふざけた言葉は心の内にしまって、アルトは脅すよう鉄格子に片手を強く押しつけた。ガチャンと小さく揺れる格子越しに、鋭い眼光と優雅な視線が交錯する。

「おい、性悪。シドの爺(じじい)は何を企んでやがるんだ？」

「神崩し」

待ち構えていたかのようなタイミングで、ニヤッと笑いフランチェスカははっきり言った。やはり条件を付けた通りにアルト、もしくはロザリン以外の問いに口を開くつもりはなかったらしい。

　面倒臭い女だとアルトは後頭部を掻いた。

「その神崩しってのは、具体的にはどういったモンなんだ？」

「神崩しは一連の計画の最終段階の名称よ。そこに至るまでの工程を踏まえて初めて、神崩しはなされる。盾崩し、剣崩し、そして国崩し」

　記憶より幾分フランクな口調で、単語に合わせて指を一本ずつ立てていく。

「現段階でこの三つは既に工程を完了しているわ」

　言いながら立てた三本の指を全て折った。

「最後の段階ももうまもなく、太陽祭中に発動するわ」

「発動、したら、どうなるの？」

「この国はおしまい。シドが新たな王となって君臨するわね」

「正気の沙汰とは思えない発言ですわね、馬鹿馬鹿しい」

　呆れかえるフレアだったが、フランチェスカは何の反応も示さなかったので、むっとして苛立ったように両腕を胸の前で組み直す。

「まどろっこしいな。もったいぶった言い方してねぇで、知ってることをもっと簡潔に話しやがれッ」

「質問に答えるというのは、こういうことよ」

一喝するも全く動じることなく、フランチェスカはグラスのワインを飲み干した。

「でも、意地悪もこの辺りにしましょうか。怒って帰ってしまっては、折角呼び付けたのが無駄になってしまうわ」

その言い回し自体が面倒なんだよ。という言葉をギリギリで飲み込み、続きを待った。

「あの老人、シドの目的は王権の簒奪。この国の王となることよ」

「以前にテメェがやって失敗したようにか？」

「嫌味にしてはウイットに欠けるわね。嫌いじゃないわ、その子供っぽさ」

笑顔で切り返され、アルトは舌打ち交じりに両手をコートのポケットに突っ込む。

「寝所での事件は私も聞き及んでいますわ」

アルト一人に任せては話が先に進まないと苛立ったのか、フレアが若干の早口で言葉を挟む。フランチェスカに向けても返答されないので、アルト達二人に向けてだ。

「エンフィール王国の王権とは即ち、水神リューリカ様のとの契約を意味します。太陽祭の時期はリューリカ様のお力が一年で一番落ち込みますから、その隙を狙って契約を断つつもりなのでしょう。それ以外にあの男が王権を奪う術はありませんわ」

フレアの意見はもっともだ。天楼がどれほど強大な力を持ち、貴族を使って裏工作をしようと、国一つをひっくり返すのは難しい。否、不可能と言い切ってもよい。たとえ奈落の社と手を結んで、北街が一枚岩になっても無理だろう。

「それに、契約の上書きも、無理、かも」

言い添えたのはロザリンだ。

「前回の事件で、完全に、水神様を、怒らせちゃってるから、天楼のお爺さんとは契約は、してくれないと思う」

水神リューリカに人間の善悪は関係ない。王国に住まう人間全てが保護対象であり、その中での諍いは人の営みと判断され、リューリカが誰か一人に肩入れすることはなく、たとえ契約者が命を落とすようなことになっても、積極的に手を貸すことはないだろう。他国から侵略があった場合は、契約内容にもよるが限定的に力を行使する場合もある。例外があるとすれば、人の手に余る異常が王国内で発生した場合だ。前回のマガマガの樹の一件は、それに該当した故に、リューリカの指示を受けてアニルマニアと呼ばれる、獣族の二匹が事件解決に力を貸してくれた。引き続きシドが前と同様、あるいは同等の手段を用いて王国の転覆を狙っているのなら、王権を得ることは叶わないだろう。

だが、人の宿業と抗い続けた老獪なる者達。その程度は想定済みだ。

「水神との再契約は必要ないわ。その為の三つの工程だもの」

「さっき言ってた、何とか崩しってヤツか」

「そう、直に関わった貴方達は知っているはずよ。この数ヵ月に起こった数々の事件。それらは点ではなく線で結ばれているの。言ったでしょう？　神崩しは三つの工程を経てなされるって」

不敵に笑って衆目が集まるのを待ってから、フランチェスカは指を一本立てた。

「最初の工程は王都の守護に楔を打つこと。王都攻略で最大の障害になるのが騎士団の存在なのは明白。切り崩す為に利用したのは、貴族派と王族派の対立だったわ」

貴族と王族という区別の仕方をしているが、この場合は貴族とその他と言い換えて構わないだろう。それ位にエンフィール王国の貴族達が持つ特権意識は高い。

「戦後。政治的な優位を失った貴族派は、いいえ、失ったからこそ王族派との対立はより根深いモノになったわ。だって、国の象徴である騎士団の団長を、若手や王族に近しい者達で固めようとしたんだから、激しい反発があって然るべきじゃない」

「まぁまぁ。その結果、押し切られて貴族派の中枢に近い人間を、騎士団長に据えなければならなくなっちゃいましたけどね」

「それこそが盾崩しよ」

「大仰な名前の割りには、随分と地味な所業じゃねぇか」

半笑いで小馬鹿にするように挑発するが、フランチェスカは意に介さない。

「盾崩しの本領は目に見える部分ではないわ。政治、経済、軍事。王国を運営するに不可欠なあらゆるライフラインに、バランスを崩さないギリギリの力加減で楔を打ち込む。有事の際、全ての分野で一歩、後手に回るようにね」

「どうして、そんな、手間のかかる手段、を？」

　ロザリンが眉を八の字にして問う。それほど用意周到に根回しが可能なら、もっと自分達にアドバンテージを寄せることが可能なはず。だが、フランチェスカはわかってないと嘲笑するように、浮かんだ唇の笑みを指で隠す。

「出る杭は打たれるモノよ。パワーバランスが片方に傾けば、それを修正しようと反発する力も強力になる。かつての貴族主義が繁栄した時のようにね。たった一度の勝利で全てを得るには、それでは駄目なの。気づかれないようでも駄目。真実を知った時の突発的な行動に、対応し切れない場合があるから……最適解は付かず離れず。怪しまれてはいても、決定的な尻尾は掴ませない。そうすれば相手がどのような行動を起こしても、先手、後手に拘わらず柔軟に対応できる……その時になって初めて楔が役に立つわ」

　興が乗ってきたのか、フランチェスカの言葉が段々と熱っぽくなってきた。

「同時に目眩ましも必要だと思わない？　地位と野心と功名心だけは強い小物に力と情報を与えれば、上手い具合に場を掻き回してくれるんじゃないかしら。黒幕気取りの人間を用意しておくのも悪くないわ。全ては自分の手の平の上。そうほくそ笑んでいる癖に、実はもっと大きな手の平で転がされてたと知ったら、どう思うかしら？」

「……それ、って」

　ロザリンの脳裏に浮かぶのは二人の男。ランディウス＝クロフォードと、ボルド＝クロフォードの異父兄弟だ。

「巧妙に打ち込まれた楔は鉄壁の守備に穴を空けるわ。一つでは誤差に過ぎなくとも、百、二百と増せばその遅れは致命的なモノへとなっていく。けれど、エンフィール王国の地力は追い詰められてこそ発揮されるわ……故にもう一つ」

　フランチェスカは二本目の指を立てた。

「剣崩し。攻撃は最大の防御。王都攻略には攻め手を確実に削ぐ必要があったわ」

「今度は騎士団に何か仕込むってことか？」

「それも含めてよ。これ自体は難しいことじゃないわ、貴族派の人間を団長に据えればいいだけだもの。覚えがある方もいるんじゃないかしら」

「アレハンドロ＝フォレスト団長のこと、ですねぇ」

　自分に問われているわけではなかったが、ワイズマンは思い当たる名前を呟いた。彼だけではない。十二ある騎士団長の席は四つまで貴族派の人間が得ている。全員が天楼に与していないとは限らないが、少なくとも総団長のゲオルグはそう考えて今回の一件に対応しようとしている。その意味でもフランチェスカの語る剣崩し、騎士団内での分断は成功していると言えるだろう。

「王国が持つ剣は騎士団だけじゃないわ。天楼が王手をかけてもそれを覆せる逆転の裏技を、王国は隠し持っている……いいえ、『いた』と過去形で語るべきでしょうね」

くすくすと心底おかしそうに、フランチェスカは上品な笑みを零す。

何がそんなに面白いのかとアルトは訝しげな顔をしたが、ロザリンには直ぐに思い当たる節があったらしく、手をポンと叩いてから口をへの字に曲げる苦々しい表情を作った。

「……もしかして、久遠院、のこと？」

これにはワイズマンも思わず「あっ⁉」と少し大きい声を出してしまった。

久遠院とは王都の上空に浮かぶ魔道兵器。地表を大きく抉るほどの強大な砲撃を撃てる久遠院は、確かにエンフィール王国の切り札とも呼べる存在だ。しかし、アレは先の事件で使用不能なほど破壊されてしまった。

「シリウスが容赦なくぶった斬って、何処かに飛んでっちまったからなぁ」

「久遠院はある程度の破損なら、自動で修復する能力を持っていますがぁ、報告を聞く限りは、砲塔を丸々破壊されてしまったらしいですからぁ、使えるようになるまで、一年以上の期間が必要ですねぇ」

解説をしてくれるワイズマンの声も、何処か困っているようにも聞こえた。

「まさかとは思うが、テメェが起こした騒動は、久遠院を潰す為の計画でした。なんて今更な負け惜しみを言うつもりじゃねぇだろうな？」

「あら、心外の極みね。私は人を操る人間で、操られるのは趣味ではないわ」

冗談や虚勢ではなく、声のトーンは本気で心外そうだった。

「私は本気で寝所の扉を破壊して、リユーリカと契約を結ぶつもりだったわよ？　残念なことにあと一歩で失敗してしまったけれど」

「まんまと、私達に、負けちゃった、からね」

得意げな顔をしてロザリンは、ここぞとばかりに胸を張る。ロザリンにとってフランチェスカは、直接的に関与したわけではないにしろ、母親の仇と言ってもよい相手。本当なら斬りかかろうとしたアルトを止めたくはなかったのだから、これくらいのドヤ顔は許されるだろう。

しかし、そんなロザリンの心情を見透かしたように、フランチェスカは冷笑を零す。

「失敗は認めるわ。けど、貴女に負けたのは私の影武者よ、私自身じゃないわ」

「それこそ、負け惜しみ」

「甘っちょろい小娘ね。けど、その甘さが命取り」

小馬鹿にするように舌を鳴らして指を左右に振る。

「最終的に物事の勝敗を決めるのは死ぬか生きるか。生き残る布石を打っていた私は、痛み分けはしたモノの、完敗までには至ってないわ」

「口では、何とでも、言える」

「なら証拠を見せましょうか」

徐々に険しくなるロザリンの視線を受け流しつつ、楽しむように冷笑を零し続けた。

「野良犬が私を殺そうとしたのを、貴女は制したでしょう？」

「それが、なに？」

にっこりとロザリンに向け満面の笑顔を咲かせた。

「お役目、ご苦労様。貴女を同行させた価値があったわ」

「──っっっ⁉」

昂った感情に反応するように、ぶわっとロザリンの髪の毛が浮きあがる。同時に抑え切れなかった魔力の余波が、静電気となって周辺の空間にバチバチッと、音を立てて断続的に爆ぜた。それでもギリギリ理性を保ったロザリンは、大きく胸を膨らませるように息を吸い込み、ゆっくりと吐き出すことで魔眼の発動を抑える。今のロザリンなら魔眼の力を全開にすれば、鉄格子に阻まれていようと視線だけでフランチェスカの精神を絡めとり、窒息死に陥れることができただろう。ロザリンはそれをしなかった。大切な友人が暮らす王都を、守ることを優先したのだ。

だが、それこそがフランチェスカの思惑通りでもある。

「貴女に私は殺せないわ。今し方、踏み止まってしまったのが何よりの証拠。他のボンクラならいざ知らず、貴女の言葉こそが私を殺す可能性のある野良犬を制することができる。ありがとう、小さな魔女さん。おかげで私はもう少し、読書とワインを楽しむことができるわ」

「……くっ」

露骨な挑発にロザリンは怒りを堪えるように身体を震わせた。悔しさから顔が強張るほど奥歯を噛み締めるロザリンの頭を、少し乱暴な手つきでアルトがポンと叩いた。

「阿呆が。簡単に口車に乗るな。あの女の理屈なんざ、便所の落書きと大差ねぇ」

そう言ってから手の平を頭頂部にぐりぐりと押しつける。

「それに人なんか殺さないに越したことはねぇ。そんなの、当たり前の話だろう」

「同感ね。善性に満ちた素晴らしい言葉だわ」

全然、説得力のない賞賛と共にフランチェスカは手を叩いた。

アルトは不機嫌そうに鼻を鳴らす。

「なら、生かされてる喜びを噛み締めながら、さっさと話を続けやがれ」

「ふふっ、そうね。えっと……何処まで話したかしら？」

上目遣いで顎を摩りながら思案してから、仕切り直すように話を引き継いだ。

「剣崩しを成した後、最終段階の仕込みとなるのが第三の矢、国崩しよ」

フランチェスカは改めて三本の指を立てた。

「小さな魔女ちゃんは薄々、気が付いているようだけど、国崩しの根幹となるのは王都の地下に張り巡らされた結界よ。最上位の精霊は土地に宿る存在。長い年月をかけてもっとも馴染む形に形成された土地の霊脈、レイラインを著しく乱すことで水神リューリカの存在力を大幅に削ぐことができるわ」

「そんなの、焼け石に、水。王都の土地の、範囲くらいじゃ、どうにもならない」

すぐさまロザリンが睨みつけながら反論する。

「そんなわかり切った事実で反論したつもりかしら？　勿論、手段は講じているわ。貴女もその一端を見たはずよ」

「……っ？」

一瞬、怪訝な顔をするロザリンだったが、思い当たる節に表情を顰める。

「地下の、異空間」

記憶の中で一番新しい王都の異変。マガマガの樹を触媒に王都の地下に作り出された、人影のない全く同じ街並みの異なる空間の存在は、レイラインを乱すのに打ってつけ。更にはマガマガの樹自体が反属性の塊のような物なので、同規模の異空間を作り出すことができるならば、王都内限定ながら水神リューリカの力を削ぐことが可能だ。しかし、それはあくまで水神を弱体化できるというだけの話。大規模な大仕掛けをして、太陽祭という力が一番制限される時期を選んだ上で、何の滞りもなく作戦を実行できたとしても、水神リューリカに一太刀浴びせることも難しいだろう。

「この時点でアンタの見解はどうなんだ？　まさか、成功するとか言わないだろうな」

「まぁ、無理でしょうね」

一切、思案することなくフランチェスカは言い切った。

「二重三重の罠を仕掛けても人の考えられる範囲で、水神リューリカをどうにかするのは不可能だわ。一か八かのギャンブルにすらなりえない。私だったら自殺願望を疑うわね」

「けど、現状はそうじゃない。神崩しってのは、そんなにヤバいモンなのか？」

　アルトの問い掛けに真剣味が増す。長くなったがここまでが前座。話はいよいよ核心へと迫り、フランチェスカの微笑みも表情自体は崩れはしなかったが、何処か底の知れない不気味な色合いが濃くなっていった。組んだ足の上に両肘を突いて、不敵に笑いながらフランチェスカは優雅な手つきを顎の下に添える。

「上位精霊の存在は、言い換えればこの世界の理そのもの。水神リューリカの存在を抹消するには、エンフィール王国内の水という水を全て蒸発させなければ無理。つまり、事実上は人の力で精霊を滅するのは不可能と言えるわ」

「それは、当たり前」

「けれど、発想を変えれば土地そのものの影響を、水神リューリカは如実に受けるとも言えるわ。それを利用したのがマガマガの樹の反属性で作り出した異空間。水神を引き摺り込むことができれば、本来持つ力を四分の一にまで削ることが可能よ」

「馬鹿言うな。それでも人がどうにか出来る相手じゃあ……」

　言いかけた言葉は、フランチェスカが顎に添えていた手の人差し指を立てることで制されてしまった。アルトが黙るのを確認してから、薄く唇の端を吊り上げ続ける。

「神崩しの切り札となるのは二つ。炎神の焔と偽神よ」

「炎神の焔？　ハウンドが執拗に狙ってた理由はそれかよ……つまり、またラサラの奴が狙われるってことか？」

「それはないわ。だって現在、ラサラ＝ハーウェイが持つ炎神の焔は偽物だもの」

予想外の発言にアルトとロザリンは驚いた顔を見合わせた。

「ミューレリア＝アルバの手術が終わった直後に、炎神の焔は精巧な模造品とすり替えられているわ」

「すり替えたって、いったい何処のどいつが？」

「一人しかいないじゃない。ドクターシーナよ」

指摘されてアルトの脳裏に義足の闇医者が思い起こされた。確かに彼と出会ったのは天楼楽土の内部だ。色々と文句は言っていたが、シーナが天楼やシドと繋がっていないという保証は何処にもなかった。

「俺やラサラはあの闇医者に、まんまと騙されたってわけか」

「それはちょっと違うわ。ドクターシーナと繋がっていたのは、天楼ではなく奈落の社。あの医者と奈落の王ハイドは昔馴染なのよ……つまり、現在、炎神の焔は奈落の社のハイドが手にしているわ。袂を分かった関係だもの、神崩しは奈落にとっても許容できるモノではなかったのでしょう。そしてシドにとっても面倒な手合いに確保されてしまったと、頭を抱えているでしょうね」

「……俺も頭が痛くなってきたよ」

聞けば聞くほど面倒な状況に、アルトは知恵熱が出そうな頭を掻き毟った。

「もう一つの、偽神、って、なに？」

こんがらがる頭を冷やしている間に、険しい表情でロザリンが問い詰めた。

「地下の異界に行ったのなら、けしかけられなかったかしら。影が具現化したかのような怪物を」

「——っ⁉」

ゾクッと、ロザリンの背筋に冷たいモノが走る。偽物の西街を走り回る際に押し寄せてきた、蠢くような影から生み出された異形のミイラ。獣族のネロはアレを精霊とは真逆の存在、虚無の深淵と呼んでいた。上位精霊にも匹敵する存在感を持つ異形のミイラなら、確かに偽神と名乗るだけの力は持っているだろう。

「引き摺り出されたのか、出さざるを得なかったのか……恐らく地下で貴女達が見た偽神は、まだ成熟しきっていない未完成品よ。王都に巡る水神の力を反転させて作られた存在だから、水神にとってはアンチテーゼとなるでしょうね」

「ひ、人の作った、紛い物の精霊で、上位精霊を打倒する、なんて不可能……」

「を、可能にする為の三つの仕掛けよ」

搾り出すような反論もあっさりと論破され、ロザリンは悔しげに唇を結んだ。

「貴女は頭の切れる娘よ。その勘の良さは私も認めてあげる……だから、貴女も認めなさい。既に天楼は水神を攻略するまで、後一手のところまで駒を進めているということに」

「…………」

ここまで粘ったが、遂にロザリンの口から反論の言葉は潰えた。

鉄格子で仕切られた豪華で奇妙な一室に沈黙が流れる。ワイズマン、フレアには元よりこの場での発言権はない。仮面で表情が読めないワイズマンはさておき、激しい気性の持ち主であるフレアは、歯痒そうな面持ちで握る拳に力を込めていた。ここへは討論する為ではなく、フランチェスカに対する尋問の為に彼らはやってきたはずなのに、気が付けばこの場の主導権は彼女に握られてしまった。自身の対応が悉く裏目に入ってしまったことで、ロザリンも言葉を繋げられなくなった。

「ふふっ。意地悪がすぎてしまったかしら」

小悪魔っぽく微笑みながらも、決して謝罪の言葉は口にせず、空になったグラスにワインを注ぐ。

「まぁ、話はわかった」

幾分、硬い口調でアルトは両腕を胸の前で組んだ。

「だが、テメェが事実を語ってるってどうやって証明する。天楼の爺云々（じじいうんぬん）の話はさておき、今までの説明には明らかに、テメェがここにぶち込まれた以降の話も混じってやがる。とち狂った守衛共から聞き出して、適当を吹いてるんじゃねぇだろうな？」

「あら心外。けれど、筋が通った質問ね」

全く動揺することなく、まずはワインを一口含む。

「ここに座っていても裏と表に限らず、王国内の情勢くらい耳に入ってくるわ。蛇の道は蛇、とも言うしね」

「答えって言い張るには、随分と曖昧じゃねぇか」

「その程度は聞こえる耳を持っていないと、腹黒い貴族共を御することはできないわ。信じるか信じないかは貴方（あなた）次第だけれど、出来れば信じて欲しいわね。流石（さすが）の私も水晶宮ごと押し潰されたくはないわ」

確かに。表情には出さずアルトは内心だけで納得する。この地下でどれだけ気ままな生活を送っていても、水晶宮の敷地内であることは変わりない。たとえ有力貴族の手助けがあったとしても、アレだけの大事を起こした身の上、大手を振って外に出ることは勿論（もちろん）、闇に乗じて逃げだすことも不可能だ。先のことは政治も絡んでくるので定かではないが、少なくともフランチェスカは後数年、地下暮らしを続けるだろうから、水晶宮を天楼に潰されては堪（たま）らないだろう。

「テメェとシドはグルなんじゃねぇのか？」

「共闘関係ではあったわ。でも、それは思惑が一致していたから。既に舞台上から降りた私がシドの手助けをする義理はないし、シドも私を助けるつもりはないでしょうね」

事実だろう。全てのお膳立てが済んだ以上、フランチェスカのような危険な女を助ける必要はない。むしろ潰せる機会があるのなら、最優先に潰しておきたいと考えても不思議ではないだろう。

それを差し引いても、わからない部分がある。

「そもそも、テメェはどうしてシドと手を組んだ？　しくじれば切り捨てられるのは、最初からわかり切ってたことだろ」

「あら、意外に女心には疎いのね」

揶揄うようにほくそ笑んでから、優雅な手つきで指先を下唇に添えた。

「勿論、面白そうだからよ」

「……救えないほど、クズっ」

再びバチバチと魔力を爆ぜさせながら、ロザリンが口汚く罵った。当然、フランチェスカが動じるわけもなく、悔しげに歯軋りする様子を肴にするようにワインを口にした。

アルトもロザリンの感想に同感だ。本当なら今でもこの場で叩き斬ってやりたいところだが、ワイズマンやフレアが許さないだろう。それにシドの動向も気になる。後は行動を起こすだけなら、悠長にしている場合ではない。悔しいが現状では、フランチェスカから引き出す以外に方法はないだろう。

　大きく息を吐き出してから、アルトは面倒臭そうに後頭部を掻いた。

「単刀直入に聞いてやる……どうすればシドを止められる？」

「……流石にそれは率直すぎますわ」

　ストレートな質問にフレアも思わず顰め顔で口を挟んでしまう。

　しかし、フランチェスカは動じず一拍の間を空けるようにワインを飲み干す。

「現状ではチェックメイト一歩手前だけれど、まだ詰みではないわ。天楼は一つの懸念を抱えている」

「懸念？　炎神の焔に関してか」

「その通りよ」

　頷きながら空になったグラスを横のテーブルに置いた。

「疑似的に上位精霊を作り出しても、どれだけ緻密な計画を仕込んでいても、世界の理を担う本物の精霊には届かないわ。届かせるには少なくとも同等の質を持つ力が必要となるの。そのカギとなるのが炎神の焔よ」

「あんなちっぽけな欠片で、どうにかできんのかよ」

「人間より高度な概念である精霊に、物質の大小は関係ないわ。重要なのは存在としての質よ。魔力の純度や大きさではなく、水神リューリカに届かせる最大の要因として必要なのは、同質の存在であるということ……そんな大切な物を、目の上のたんこぶである奈落に奪われたのだもの、シドも内心では腸が煮えくり返っているでしょうね」

「あのグラサンのことだ、狙って邪魔してたんだろうな」

元を辿ればシドは奈落の社の大幹部だった。ゲオルグの話では作戦決行に数十年単位の仕込みを要していたらしいので、恐らくは奈落の社に籍を置いていた頃から、密かに動いていたに違いない。袂を分かった原因の根幹はその部分にあるのだろう。それならばシドの妨害をする為に、炎神の焔を奪ったことも納得できる。

「爺が貴族派の騎士団を動かしたのは、奈落を潰すっていうより炎神の焔を奪う為かよ」

「奈落を潰したいのも本音でしょうね。いいえ、潰したいというより、北街を一枚岩の状態に持っていきたいのでしょう」

「それって、不味いんじゃや、ないの？」

炎神の焔が既に奪われてしまっているのではと、ロザリンが不安げな声を漏らす。

「ハイドは抜け目のない男よ。そう容易く捕まるような人間なら、シドが奈落の社を抜ける必要はなかったでしょうね」

確かに、とアルトも同感するように頷いた。

「とはいえ、シドもこの状況が全く想定外だとは考え辛いわ。事態がここまで動いてしまった以上、立ち止まることは許されない。だったらなりふり構わず、是(ぜ)が非(ひ)でも炎神の焔を奪おうとすると思わない？」

「……至急、ハイドさんの捜索を、総団長に打診しましょお。フレアさぁん」

「わかりましたわ」

指示を受けたフレアは頷(うなず)くと、素早く部屋を退出していった。本来なら守衛に言伝(ことづて)を頼むのだが、ここの人間はフランチェスカに魅了されているので、最善、最速を尊(たっと)ぶのならフレアが動くのが一番だろう。

長い話を終えて疲れたのか、フランチェスカは息を吐きながら安楽椅子の背もたれに体重を預ける。

「私の語りたいことはこれで終わり……貴方(あなた)達はどうする？　まだ話し足りないなら、雑談のお相手くらいしてあげるわよ。ちょうど読書にも飽きてきた頃なの」

「金貰(もら)っても嫌だね」

心底、嫌そうに顔を顰(しか)めながら断ると、ワイズマンの方を振り返る。

「一応、最低限のことは聞き出せたんじゃねぇのか？」

「十分ですねぇ。何より時間が差し迫っていることを、知れただけでも重畳(ちょうじょう)ですぅ」

色々と煽(あお)られたが収穫はあった。炎神の焔の存在が再び重要となるのは予想外だったのと、天楼の動きが想像以上に早かったのは驚きだが、まだまだ逆転できる状況であることも確認できた。悠長に構えてられるような余裕はないが、態勢を整えるだけの時間は得られただろう。

「早速、上へ戻って総団長に報告しに行きましょう」

　そうと決まればこんな場所に長居は無用。一礼だけをして退出しようとするワイズマンに続き、動き出したアルトだったが、一つ気掛かりだったことを思い出して足を止めると、フランチェスカの方を振り返った。

「一つだけ聞かせろ……どうして俺達を呼び付けた？」

　振り向いた時、フランチェスカは既に此方(こちら)に対する興味の大部分を失っていたのか、入室した際に読んでいた本を手に取り、しおりを挟んだ部分から再読するところだった。

　視線を本に落としたまま、ペラッと一枚ページを捲(めく)る。

「だって癪(しゃく)じゃない。私が引き分けた相手が、私より格下の年寄りに負けるなんて」

　自然体な口調と態度で、傲慢(ごうまん)にもほどがある言葉を言い放った。負けてないと言い張るのは今更だが、天楼のシドを格下呼ばわりするのは、呆(あき)れていいのか笑っていいのか反応に困ってしまう。

　だが、フランチェスカ＝フランシールの思考ならば、納得できる答えでもある。

「くれぐれもうっかり負けたりしないでね。私、自分の関係ないところで格が下がるのは、死ぬほど嫌いなの」

「テメェが死んでくれるんなら、爺(じじい)の思惑通りに進むのも悪くねぇな」

軽口に軽口を返してから、フランチェスカに対して背中を向ける。

「けど、残念なことに俺はサボるのは好きでも、負けるのは嫌いなんだ……けど、澄ました面ぶら下げてんなよ。次、テメェと顔合わせた時は、遠慮なくその首を叩き落としてやる」

「誘い文句にしては断新ね。構わないわよ、返り討ちにしてあげるから」

アルトは背を向けたまま、フランチェスカは読書を続けたまま、視線どころか顔を回さず互いに殺気だけでバチバチと火花を散らす。ワイズマンは困ったような素振りで、何度も振り返っていたが、それ以上の舌戦は挑まず動き始めたのを確認してから、ドアを開いて先に部屋から出ていった。

「小さな魔女ちゃん」

アルトの背中に引っ付きながら最後に出ていくロザリンを、直前でフランチェスカは呼び止めた。口で負かされたこともあって一瞬、肩をビクッと震わせてから訝(いぶか)しげな表情で振り返ったが、フランチェスカは自分で呼び止めた癖に視線は本に落としたままだった。

「……なに?」

ちょっと不機嫌に聞き返す。フランチェスカの顔は本からロザリンに向けられることはなく、口調も相変わらず何処(どこ)か他人事(ひとごと)だった。

「小娘の貴女がここまで生き延びてこられたのも、勝ち続けてこられたのも、貴女自身の実力ではないわ。全ては幸運と、貴女に助力した人間の恩恵。決して自分が強いなんて傲慢を、抱かないことをお勧めするわ」

声色に挑戦的な色が滲む。ロザリンは少しむっとしながらも、深呼吸で心を落ち着かせる。

「大丈夫、だもん。余計な、お世話」

フランチェスカにベロを見せて強がると、ロザリンは先に行ってしまったアルトを追いかけるように走り出して扉を閉めた。乱暴に閉ざされた木製の扉は、バタンと大きな音を立ててから娑婆と牢獄を隔てる。錠をかける音を最後に再び隔離された空間は、外から聞こえるはずの憎まれ口や立ち去る足音すら遮断して、一人残された世界に元々あった静寂を取り戻した。

フランチェスカ＝フランシールは黙々と暇潰しの読書を続ける。

そう、これは暇潰しで、ひと時の休息だ。最後の瞬間は直に訪れる。生か死か、などというロマンチックな二択ではない。未来は自ら作り出すモノなら、この先にフランチェスカを待ち構える結末は決定事項と言えるだろう。

読書の内容とは無関係に、フランチェスカは自然とほくそ笑む。

地の底に沈んでも尚、この王都での出来事は彼女の手の平の上なのだ。

第五十章　昇らぬ太陽

天楼の首魁シド。この呼び名が北街に広まったのはここ数年の間だが、シド自身の名前はずっと前から、それこそ北街が廃墟と化す以前から轟いていた。正確に言えば二人。北街ではとある熱血漢と無頼漢の二人が名を馳せていた。

シドとジロン。幼い頃から悪ガキとして北街では有名だった二人だ。

貧しい生まれだったシドは、腕っぷしが強く若い頃から喧嘩三昧で、権力と群れることを嫌う性格から、周囲と上手く馴染めない孤高の存在であった。一方のジロンは貴族の妾腹の三男坊で、父親にも特に期待されておらず気ままに育った自由人だ。一人を好むシドとは対照的に、喧嘩は特別強かったわけではないが偉ぶった態度を取らず、わけ隔てのない剛毅で気前の良いジロンは周囲の人々に好かれ、とりわけ世間から邪魔者扱いを受ける無法者連中には、兄貴分としてとても慕われていた。その所為もあってか、シドとジロンは顔を合わせれば、いつも殴り合いの喧嘩ばかりだった。

睨みつけてきた。舌打ちを鳴らした。肩が触れた。服の色が自分と同じだった。影が爪先にかかった。最後の方になると喧嘩の理由も些細なモノとなり、最終的には特に何も言わず取っ組み合いになったりしていた。普通に考えれば北街に敵なしのシドの圧勝だ。当然、初めての喧嘩の際は、ジロンはシドに触れることすら叶わず、たった一発の拳で気絶してしまった。しかし、次の日には猫のような拳が届き、その次の日には二発目、更にその次には蹴りが。喧嘩三昧の日々を過ごす内に気が付けば、ジロンはシドと互角の喧嘩を演じられるようになり、初めて気絶させられた日から数えて一年後。二人はいつもの川べりで傷だらけの状態で、夕陽に照らされ大の字で寝そべっていた。年齢を重ねてから思い返せば、青臭いにもほどがあると顔を顰めるだろうが、当時の二人には輝ける日常の一ページであった。

そんな二人の喧嘩を多くの仲間達は、娯楽の一つとして楽しみにしていたが、唯一たった一人だけ、呆れたような物言いをする女性がいた。

『アンタ達って本当に馬鹿ばっかりやってるのね』

そう言って傷だらけの二人を手当てする同い年の女性。彼女の存在があったからこそ、相性最悪だったはずの二人が、いつしか無二の親友同士と呼ばれることになったのだろう。子は鎹という言葉とは違うけれど、間に入って肩を並べる存在は、青春の日々に僅かな暖色をもたらしてくれた。初恋と呼ぶには尊過ぎて、友愛と呼ぶには俗すぎる彼女と二人の関係を表現するなら、やはり同志という単語が相応しいのかもしれない。たとえ嫁ぐ姿を陰ながら見守る胸の内に、鈍い痛みを感じていても、その感情を愛とは呼んでも恋と呼ぶべきではない。だから男は苦笑交じりに結ばれる二人に祝福を送った。

奈落の杜。それは亡くなった彼女を弔う墓標だ。

あの日から五十年。一人の男と一人の女が死んで、残ったのは未だ青春の日々を忘れられない男、ただ一人だけだ。


疲労と怪我の治療で動けないハイド達に代わり、彼らから託された物と伝言を携え、カトレアはギルドかたはねに急ぐ。当初は彼らが直接、訪ねるつもりだったようだが、丸一日以上逃げ続けた疲労と怪我により、無理はさせられないというランドルフの判断から、カトレアが先行して頭取を訪ねることにした。

「ったく。なんだってあたしが」

普段よりも多い人通りをすり抜けながら、カトレアは面倒臭そうな顔で愚痴った。口では文句を言いつつも、彼女自身は非常に責任感と正義感が強い人物なので、王都の危機となれば率先して身体を動かすのがカトレアの信条。つまりは照れ隠しだ。

「……えっと。一応、怪しい連中は見当たらないわね」

早足で歩きつつも、きょろきょろと顔を巡らし周囲への警戒は怠らない。ストレンジャーミスタは、天楼が王都の各地に散っているから、くれぐれも気を付けろと言っていたが、流石に真昼間から襲い掛かってくるような、心臓に剛毛が生えた馬鹿はいないだろうという楽観的な考えもあった。

「でも、油断は大敵だよね」

もしもアルトだったら、手を抜いているように見せて、確りと周囲の警戒を怠らないだろう。面倒臭がりに見えて、いや、実際に面倒臭がりなのだが、そういう抜け目のなさはカトレアも口には出さないが尊敬していた。

歩き慣れた能天気通りでも、今日は見知らぬ顔が大勢往来している。狭い路地の近くや怪しげな人間、武器を持った集団には近づかないように注意しながら、カトレアはスカートのポケットに入れた届け物を落としてないか、上から布地を弄るように確認、硬くほんのり温かい感触に軽く安堵する。

「なんでこれをアイツが持ってたのかは疑問だけど、状況が状況だし諸々のことは、頭取に詰めて貰いましょう」

託されたポケットの中の物に疑念を抱くが、それを理由にハイド達と争っても得はないのはカトレアにも理解できた。なのでとりあえず、疑問の清濁は腹の中へ納めておいて、やるべきことをやるために足を急がせた。

それほど長い距離ではないこともあり、カトレアは何事もなくギルドに到着する。

「こんにちはぁ～。頭取に用事があって……って、あら？」

通い慣れた入り口を潜り、挨拶をしながら建物内に足を踏み入れるが、普段だったら賑々(にぎにぎ)しい受付フロアが今日は静まり返っていた。

「誰も、いない？」

扉を閉めつつ見回すフロアは、人っ子一人見当たらなかった。太陽祭の時期はギルドの人員も引っ張りだこなので、外来の受付を制限、あるいは中止していたりはするが、それでも緊急事態に対処できるように、二、三人は待機しているはずだ。今がその緊急事態である可能性もあるが、それでも受付役が立っていないのは異様だった。

自然とカトレアの警戒心が高まる。

「……このまま回れ右して、逃げ帰った方が良さそうなんだけどなぁ」

ぼやきとは正反対に、カトレアの足は受付側の方に向けられる。天楼が暗躍している可能性を考えれば、戻ってランドルフやハイド達に相談か助力を求める方が正しいのだろうが、ギルドかたはねは能天気通りの象徴で、ギルドマスターの頭取にはカトレアのみならず住人達は皆、何かしらで世話になっている。危機が迫っている可能性が高いなら尚更、頭取らの安全を確認しないわけにはいかない。

そう考えながらカトレアは、台を挟んだ受付の向こう側を覗(のぞ)き込む。

「予想が悪い方に的中ってわけね」

覗いた先では顔見知りの受付嬢が床の上に倒れていた。台を乗り越えて受付内に入り込んだカトレアは、受付嬢の首の後ろに手を回し助け起こしながら、正しく脈や呼吸が動作しているかを確認する。

「異常なし、か。特に目立った外傷もないし、気絶しているだけのようね」

安堵の息を吐いてから受付嬢を抱え上げ、ひとまずはフロア内にあるソファーへと運び寝かせた。介抱してあげたいのは山々だが、先に頭取の安全を確認しておきたいと、カトレアは表情を引き締めながら二階に続く階段に向かった。

ギルド内にくせ者が侵入していると仮定して、カトレアは足音を立てないよう慎重に階段を上っていく。普段だったら軽妙な足取りも緊張から少し重く感じて、気の所為なのだろうが上り切るまでの時間も倍かかったように思えた。

上がった二階に不審な様子はない。

「…………」

ゴクッと唾だけを飲み干し、同じく物音を立てない足取りで頭取の執務室の前に立ち、つい癖でノックをしそうになる手を途中で止めてから、ドアノブを掴み一呼吸の間を置く。息を吸い込むと同時に下っ腹に力を込め、勢いよくドアを押し開いた。

「――っ⁉」

瞬間、顔面を目掛けて飛んで来たのは拳だ。

不意打ちに驚くがほぼ反射だけで身体が動き、突き上げた左手の甲で滑らすように打撃を逸らしながら、カトレアは重心を横に傾け転げるように退避する。

「――お、女か⁉」

聞こえたのは驚くような男の声。床に片膝を突きながら顔を上げると、拳を突き出した状態で困惑するように動きを止める、黒衣の男の姿が視線の先にあった。男はアルトと近い年齢だろうか。明らかにただ者ではない佇まいの男は、追撃のタイミングだったのにも拘わらず、仕切り直すかのようにカトレアから二歩分、後ろに下がって距離を取った。次の瞬間にも殴り合いが始まりそうな緊張感の中、場を支配するのは重苦しい沈黙だ。

部屋に視線を巡らせれば、床に倒れるギルドに所属する傭兵の姿が三人ほど確認できた。

（……こいつは、やべぇ奴と出くわしたわね）

本能が激しく警鐘を鳴らす。

本人は知る由もないだろうが、カトレアの危機感は的を射ていた。目の前で対峙する男はハウンドの名を継ぐ男オメガ。本来なら真昼の東街で出くわすような、生半可な手合いではないだろう。彼ほどの実力者ならば、初撃を外しても追撃で問題なくカトレアの命、あるいは意識を狩ることが可能だ。鋭い打撃からカトレアもそれを察していたからこそ、この無意味な膠着状態を不思議に思っていた。

カトレアは壁に背を預けながら、男の真意を測るよう睨む。その背後、仕事用のデスクの前で車椅子に腰掛けたまま、ぐったりと気絶している老婆の姿が確認できた。

「と、頭取⁉」

驚きの声を上げたカトレアの視線がより険しい物に変化した。

「アンタっ、頭取に何をしたのよっ！」

「待て」

激昂して足を踏み出すカトレアを押し止めるように、男は手の平を向け冷静な声を出す。

「彼女は気絶しているだけだ、外傷はない」

意外な発言をしながら、ハウンドは向ける手の平を人差し指に変える。

「俺の目的は君が持っている物だ。それさえ渡してくれれば、これ以上の手荒な真似はせずに引き下がろう」

「……あたしが持ってる物？」

首を傾げて直ぐカトレアはハッと息を飲む。炎神の焔のことだ。

反射的にポケットの中の炎神の焔を、スカートの上から手で押さえてしまう。しかし、その行動が不味かった。

「やはり持っていたか。気配だけで確信は持てなかったが、君の性根が素直で助かった」

「んぐっ。隠し事ができない自分が憎いっ」

狙いが炎神の焔ということは、この男は天楼関連の人間だということだ。

「炎神の焔を渡して欲しい。俺としてもこれ以上の争いは好まない」

念を押すハウンドの言葉に、直ぐには返答はせず睨み返す。

後ろで気絶している頭取は、ぐったりしているモノの目立った外傷はなく、顔色も特に悪いわけではない。そこから判断するに確かにハウンドの、ことを荒立てたくないという言葉は本当なのだろう。嫌なタイミングで鉢合わせてしまった。当然、炎神の焔を渡したくはないのだが、殴り合いで勝てない相手ということくらいは、カトレアにも理解できた。

頭取やギルドメンバーの安全を考えるなら、炎神の焔を渡すのが最善だ。

「…………」

奥歯を悔しげに噛み締めながら、カトレアはスカートのポケットに手を突っ込む。

「物取りするのにわざわざ先回りするなんて、随分と面倒な手段を選ぶのね」

せめて嫌味の一つも言ってやろうと、炎神の焔を取り出しながらふんと鼻を鳴らす。

「鉢合わせしたのは偶然だ。ハイド達が頼るとしたらギルドか……」

差し出された炎神の焔を受け取ろうと、ハウンドも手を伸ばす。

「かざはな亭という酒場だと予想していたまでだ」

ピタっと、渡しかけたカトレアの手が止まる。

「……何で奈落のボスが、かざはな亭を頼ると思ったのよ」

些細な疑問だ。王都でも勇名を馳せるギルドかたはねならともかく、ただの酒場兼宿屋のかざはな亭が、当然のようにハイド達が頼る場所だと発言したのが気にかかった。天楼の関係者なら、知っていても不思議ではなかったが、次に発したハウンドの発言にカトレアの心音が大きく高鳴る。

「この手の厄介事なら、背負い込むのはアルトの性質だろう」

　当然のようにその名を口にした。

「……アルトと会ったこと、あるの？」

「一度だけな。知り合いというほどじゃない」

「そう」

　何気ない会話の後、受け取ろうとするハウンドから、カトレアは手をスッと引いた。

「んじゃ、やっぱりアンタ、敵ね」

「どうしてそういう結論になる」

　流石にこの手の平の返し方は想定外だったか、ハウンドは怪訝な表情をする。

「だってアンタ、とっくにアルトとやり合ったか、これからやり合うかするんでしょ」

「可能性はある。だが、それと今が何の関係がある？」

「わっかんないかなぁ」

　言いながらカトレアは一歩分、間合いを離して拳を固めた。

「惚れた男の敵に戦いもせず白旗あげたら、恋する乙女の名が廃るってモンなの」

「――ッ⁉」

表情の変化に乏しかったハウンドの顔色に僅かな変化が起きた。

ハウンドの……いや、オメガの脳裏に浮かんだのはミューレリアの姿。同じ貴族の生まれだけに、根本的な部分に似たところがあったのか、啖呵を切るカトレアの姿がミューレリアと重なって見えた。

当然、カトレアの方はそんなこと、知る由もない。

「これが欲しかったら、力尽くで奪ってみなさいな！」

「それは、少し困ったな」

躊躇うようにハウンドは中途半端な位置に拳を構えた。

戦う気満々のカトレアに対して、襲撃者のハウンドの方が戸惑いを見せている。しかし、壁に背を預けていたカトレアが、上体を正面に倒しながら間合いへと踏み込んでくれば、暗殺者としての本能が煮え切らない闘争心を凌駕する。

カトレアが両の拳を顎の下で構え、短いステップで身体を左右に振りながら、ギリギリの間合いを狙って右のジャブを打ちだす。風を切る鋭い拳。町の喧嘩ならば十分な威力を発揮する一撃も、伝説の暗殺者の名を継承するハウンドにとっては児戯に等しく、僅かに身体を後ろに倒し紙一重で打撃を見切る。見切る、つもりだった。

「――むッ⁉」

右のジャブから左ストレートに繋げ、更に右からのフックで締める。基本的なコンビネーションでハウンドを攻め立てるも、防御や受け流しをすることなく、上半身の動きだけで全てを回避されてしまう。

「にゃろう、掠っただけか」

そう。最初のジャブが微かにハウンドの顎先に触れた。有効打には届かない、本当に触れただけの一撃だったが、完璧に見切ったと思っていたハウンドの予測を凌駕するように、直前でカトレアの拳はより鋭い伸びを見せたのだ。

「……言い訳のしようもないくらい、油断したな」

「へん。可愛いウエイトレスさんだと思って、舐めてかからないでよね」

カトレアは特別、戦闘能力に秀でているわけではないが、日々のトレーニングは欠かさない上、ここ数ヵ月は命のやり取りを伴う戦闘も複数経験している。勿論、本気の殺し合いなら勝てる道理はないが、ハウンドにその気はなく、及び腰であるが故にこの場の主導権をカトレアが握ることになる。

勇猛に攻めかかるカトレア。室内という限られた空間を小刻みなステップ移動を駆使して、狙いを絞らせないようにしながら拳による連打を小刻みに繰り出す。真正面から戦っても勝ち目はない。むしろ下手に突けば相手の本気を掘り起こしてしまうだろう。消極的なハウンドの防戦を無理にこじ開けようとはせず、左右のステップワークで相手の動きを制限しながら、拳での牽制を繰り返す。これは根比べだ。焦らしに焦らす攻め方で、我慢し切れなくなった一瞬の隙を狙い、強力な一撃を急所に叩き込む。

一撃必殺。格下のカトレアが勝つには、これ以外の道は存在しない。

持久戦になれば人が異変を察知して、人が集まってくる可能性も高くなる。如何にハウンドとはいえ、ギルドに所属する腕利きの冒険者を数人まとめて相手にするのはリスクが高い以上、何処かで腹を決めて勝負に打って出なければならないだろう。

拳による牽制を繰り返すカトレアと、スウェーによる回避に集中するハウンド。

打撃が触れることのないスパーリングのような攻防が続く中、やはり先に均衡を破ったのはハウンドの方だった。

「――――えっ⁉」

一瞬の出来事だった。

繰り出した右からの打撃を、腕が完全に伸び切るタイミングに合わされ、巻き付くような動きでハウンドの右腕がカトレアの右腕を絡めとる。そのままハウンドが腕を掴むと最低限の体重移動で、素早くカトレアの側面に回り込み腕を捻り上げた。関節を固められたカトレアは、与えられる激痛から逃れるように腕を背後に引っ張られながら、前のめりになって身動きを封じられてしまう。

完全に攻めの動きとタイミングを見切られてしまっていた。

右腕を後ろに捩じりながら、ハウンドは更に両手で腕を掴み強く捻りを加える。

「残念だったな。基本に忠実なのはいいが、実戦で扱うならもっとバリエーションを増やした方がいい」

「だ、だからってこんなあっさり――痛たたたたたたっっっ⁉」

軽口すらも封じるように、固められた関節に負荷がかけられ、肘から肩、背中にかけて痺れるような激痛が駆け巡った。これ以上、曲がらない方に力を込められれば、肩だけではなく肘が手首の骨までぽっきりと折られてしまうだろう。

「いぎぎっ……こっ、のぉぉぉ」

「無茶は止めろ。この状態で折れれば、完璧には治らんぞ」

身体を振って強引に腕を引き抜こうとするが、ガッチリと極められた腕はビクともしないどころか痛みが増すばかり。まるで自分の腕が、ハウンドとのつっかえ棒になっているかのようだ。

（あ、足で蹴りを……駄目だっ。少しでも踏ん張りが弱まると、前に倒されちゃう）

同じく二人の間は大きく空いているので、後頭部での頭突きも届かない。

詰みだ。このまま首を落とされても抗えない状況だが、相手は元より争う気のない人間。ここからどう落としどころを見つけるべきか、固められた腕越しに思案しているのが伝わってきて、カトレアは余計にそれが腹立だしかった。

手を抜かれた上にあっさり負けた不甲斐なさに、悔しさから唇を噛み締めながら、ならば腕の一本くらいはと余計な思考が頭を過る。

勿論、そんな不穏な気配は、直ぐにハウンドに察知された。

「よせ。無駄な怪我をするだけだ」

素早く忠告の声を飛ばす。が、余計にカトレアの癇に障った。

「無駄かどうかなんて、あたしが決めること――ッ⁉」

「いいえ、決めるのはわたくしですわ」

声とほぼ同時に斬撃が入り口側の壁から室内に駆け抜けた。

強烈な斬撃により斬り裂かれた壁の木片が、巻き起こる衝撃波で更に細かい塵へと削られていく。巧みなのはそこまでの一撃でありながら、カトレアや気絶している頭取達に、一切の危害が届かなかったこと。その代わり斬撃を纏いながら飛び込んできた人影が、凶悪な殺気と共にハウンドへ斬りかかった。

「――ぬッ⁉」

疾風迅雷の動き。不意を突かれたとはいえ、素早さには自信があるハウンドですら、迎撃が間に合わない速度でカトレアとの間に割り込まれた。何者だと口を開くより早く、新たな襲撃者は振り翳した大太刀を、迷うことなく大上段から落としてきた。

「――痛ッ⁉」

身を捩るが間に合わず、大太刀の刃がハウンドの右肩を抉った。鮮血を飛び散らしながらハウンドは間合いを離し、同時に追撃を阻止する為に踏み込んでくるタイミングに合わせ、懐に忍ばせていたナイフを投擲した。

ナイフは容易く大太刀で叩き落とされるが、呼吸を崩されたことで場は仕切り直しだ。

一瞬の静寂の中、カトレアは驚きにぽかんと口を開く。突然の乱入者もそうだが、その人物が見知った女性であったことに、続く言葉が咄嗟に生まれなかった。

「あ、ああ、あんた……ラヴィアンローズ⁉」

「あらあら。あから続く言葉なら、ありがとうございます強くて可愛くて美しい天才美少女剣士ラヴィアンローズ様、が最適解のはずなのだけれど」

「そんな最適解は初耳、じゃなくて。何だってあんたが闖入してくるのよ⁉」

「わかりきったことを聞くのね。それはもちのろん……」

ラヴィアンローズは血のついた大太刀の切っ先をハウンドに向けた。

「この手癖の悪い新人ちゃんを、お仕置きしようと思ったのよ」

「……やれやれ。厄介な手合いに目を付けられたものだ」

傷口を押さえ付け止血しながら、ハウンドは油断ない視線で嘆息する。

「あんたら、知り合いなの？」

「顔見知りという意味なら違うわ。戦場で悪名を轟かせた伝説の暗殺者ハウンドが、代替わりをしたというから興味津々殺意マックスで、うきうきと会いにきたのだけれど……まあ、がっかりにもほどがある、今世紀稀に見る大外れでしたわね」

大太刀を向けながらもラヴィアンローズは落胆の表情を覗かせた。

「酷い言われようだな。これでも腕っぷし一つで、ここまで成り上がった人間なんだが」

「成り上がっただけの人間が言いそうな言葉ですわ」

「だけ、とは言うじゃないか。俺も舐められたモンだな」

「伝説の暗殺者を名乗る癖に、皆殺しの一つもできない腰抜けは、ぺろぺろと舐められても仕方がないのじゃないかしら」

侮蔑するように視線を細めてから、ラヴィアンローズは大太刀を肩に担いだ。

「ま、一途で身持ちの堅いわたくしは、小汚い殿方などぺろぺろしませんけど」

一転して軽口を叩くが、今度は反応を示さない。ラヴィアンローズから注がれる殺気が濃度を増したことで、警戒心が高まりハウンド自身の警戒心も強まっていた。場は途端に一触即発のキナ臭さを醸し出し、空気が湿り気を帯びるような重さを宿す。刹那、極限の殺意を纏った刃と拳が真正面から交差する。達人の域に達する者達に、武器の有無によっての有利不利など存在しない。ラヴィアンローズは相手が素手であることなど一切考慮せず、力任せな斬撃を繰り出し続け、対するハウンドは握った拳を開き手を上下に構えながら、指先や手の平、手の甲に刃を逸らせ捌いていく。一見するとハウンドが防戦一方に思えるが、大振りの大太刀が僅かでも勢いを弱めれば、すぐさま不利な近距離戦に持ち込まれ、形勢は容易く逆転させられるだろう。その意味ではラヴィアンローズが、攻勢を続けながらもハウンドの狙う隙を完全にシャットアウトしているとも言える。

長々とした説明も当人にとっては一瞬で過ぎる出来事。素手と大太刀で切り結びながら、ハウンドとラヴィアンローズは互いに勝利への布石を組み続ける。

戦う人間の命の張り合いに、放り出されたのは壁に張りつくカトレアだ。

「……なんだってのよ」

鳥肌が立つ殺気を間近で浴びて、カトレアは自身の未熟さを突きつけられたような気分になり、悔しさから奥歯を噛み締めた。改めて説明する必要もないくらい、二人の戦いは次元が違うモノだった。これに比べればカトレアの戦い方など児戯に等しく、鼻息荒く挑んでいった行為が恥ずかしく思える。

それでも諦めではなく悔しさが湧いてくるのは、持ち前の負けん気からだろう。

「って、ぼんやり眺めてる場合じゃないわよね」

背中を壁に張りつけながら、何か自分にできることはないかと、顔をキョロキョロと室内に巡らせる。流石に戦いに割り込んで助太刀、というのは身の程を知らないにも程があるが、ラヴィアンローズが相手となればハウンドといえど、此方に意識を割き続けるのは難しいだろう。ならばその隙に、頭取達の安全は確保しておきたい。

そう判断し隙を見て行動を開始しようとしたが、ハウンドは中々に侮れなかった。

「おっと、勝手な行動は危険だぜ、お嬢さん」

一歩、足を踏み出した瞬間、横目で此方の動きを察知したハウンドは隠し持っていたナイフを投擲、カトレアの動きを封じるように眼前をすり抜け壁へと突き刺さった。

「――あぶなっ⁉」

思わずのけ反り声を上げてしまう。

ただ、その余計な動作を見逃さないのが、ラヴィアンローズの抜け目ない部分だ。

「あらあらあら。美少女を目の前に田舎娘にちょっかいなんて、頭がおかしいにもほどがありますわね」

千日手に近い攻防の中、差し込んだ投擲が僅かに呼吸を乱し、その乱れた呼吸分、具体的には半歩分だけラヴィアンローズが踏み込むと、更にリズムを崩す為、これまで使わなかった真横からの一閃でハウンドを狙う。全身を使って身体を大きく捻った横薙ぎの斬撃を、流石に素手では捌けないと判断したハウンドは、小さく舌打ちを鳴らしながら両膝を屈伸させ、置きざりにされた髪の毛の一部を犠牲に、何とかギリギリで回避する。

動からの静。

舞った髪の毛が重力に引かれるより早く、再び動き始めた二人はほぼ同時に接敵する。

無手のハウンドが接近戦を挑むのは当然だ。しかし、対するラヴィアンローズも臆するどころか、あえて自身の不利になる位置での戦いに挑んで行った。二人が踏み込むことにより近接戦は超接近戦になり、大太刀が振り難いのは当然のことだが、一歩分の間合いしかない距離では、ハウンドも蹴りや拳を放ち辛いだろう。

「――ふっ」

ラヴィアンローズは右手に握った大太刀を肩に担ぎながら、腕を真上に押し上げ柄でハウンドの顎を狙うが、ハウンドは首を傾けそれをギリギリで回避しつつ最小限の動作で、素早く腕を横に振るう肘打ちで、逆に相手のこめかみを打った。本来なら確実に相手を捉えた一撃だが、ラヴィアンローズは空いた左腕を滑り込ませることにより、急所を守り致命傷を避けた。

同時に膝を曲げて身体を沈み込ませると、持ち上げていた右手を下ろしながら、逆に跳ね上がる大太刀の刃をハウンドに狙いを澄ました。すぐさま、反応したハウンドは体勢を落とす顔面に膝蹴りを合わせたが、それは速度が乗る前に下げた大太刀の柄で太腿を押さえられてしまう。

「ちっ、ここまでお見通しだったかッ⁉」

「おほほのほ。男心を弄ぶなどお茶の子さいさいですわ」

距離の有利不利を嘲笑うように、ラヴィアンローズは完璧な読み合いで魅せた。

膝蹴りを放ったことが徒となり、動きが取り辛くなったハウンドに大太刀の刃が迫る。

通常の斬撃のような威力はないが、鋭い刃を押しつけ体重をかけて滑らせれば、人間の身体など容易く斬り裂かれてしまう。

勝負あったと、唖然と口を開き見守っていたカトレアは頭の中で叫んだ。

だが、ハウンドの名前、伝説の暗殺者の異名は伊達ではない。

「――がっ⁉」

苦悶の音が漏れる。声の主はラヴィアンローズで、決定的な場面を得ていたはずの彼女は、常に張りつけていた余裕の表情に苦痛の色を浮かべていた。肩に担いだ大太刀の刃はハウンドの身体に触れてはいるモノの、ピタッと動きが止まってしまった影響で、服の表面を軽く裂いているだけに留まっている。

原因はハウンドの左手。手刀に構えた指先がラヴィアンローズの肋骨部分、ちょうど骨と骨の隙間を貫くように差し込まれていた。

「ぬ、貫手っ⁉」

カトレアが驚きの声を上げた。

打撃では有効打は難しいと判断したハウンドは、手刀で身体を穿つことを選択した。限界まで関節を固めた指先は、達人ならば鉄板すら貫く槍と化す。狙った場所も絶妙だ。腹部や脇腹を刺された程度でラヴィアンローズは止まらないが、肋骨の隙間から肺に衝撃を加えれば、如何に化物の如き胆力の持ち主である彼女でも動きが止まってしまう。

だが、ギョッと目を見開いたのはハウンドの方だ。

「オレの貫手が刺さらないって、どんだけ頑丈な身体してるんだよ！」

上半身を先に後ろへ逃がしながら、下がりつつ右の打撃で顔面を狙う。

「わたくしのグラマラスボディを貫くには、男の度量が必要なのですわ！」

苦痛に顔を歪めていても軽口は健在で、反応が悪い右半身の代わりに左手で大太刀の柄を押し上げ、跳んできた拳を撃ち落とす。返す刀で握った左手だけの力で強引に大太刀を担ぎあげ、間合いを離そうとするハウンドに斬撃を放った。

「チイッ⁉　もう動けるのかッ⁉」

絶句するハウンド。迫りくる刃先に青ざめるが、流石に大太刀を無理な体勢から片手一本で振るうのは難しかったのか、本来の速度には届かない緩い打ち込みで間合いから逃れようとするハウンドを捉えきれず、僅かに切っ先がジャケットの一部を裂くに留まった。

飛び退くハウンドが床でたたらを踏み、ラヴィアンローズが大太刀と片膝を突く。

仕切り直しか。

激しい攻防に見入ってしまい、息をするのも忘れていたカトレアは、そう思いながら大きく息を吐いた。その瞬間、無意識に向けた視線の先、大太刀の切っ先に裂かれたジャケットの隙間から、零れ落ちた宝石のような物を見て固まった。

「おっと。ヤバいヤバい」

寸前で気が付いたハウンドが、素早く腕を振るい床に落ちる前に宝石を掴み取る。

「こいつを落としてしまったら、東街まで来た意味がなくなってしまうからな」

ぽんぽんと手の上で弄ぶのは赤い結晶……炎神の焔だ。

「え、えっ⁉」

慌ててカトレアは自分の服を手で弄る。が、ない。

「うそっ……ポケットの中にしまっておいたはずなのに……」

唖然とした視線が注がれるのは、ハウンドの手の中にある炎神の焔。頭取の協力と信頼を得る為に、疲労困憊のハイドらに託された物で、魔術の知識が殆ど皆無なカトレアですら感知できる強大な魔力は、アレがよく似た偽物ではないことを示していた。

混乱するカトレアの疑問に答えたのは、ふんと鼻を鳴らすラヴィアンローズだ。

「手癖が悪いと言ったでしょう。貴女程度から盗み出すことなんて、スイカの種をほじくるより容易いですわ」

悔しいのは、盗まれた瞬間がいつなのか、カトレアにはまったくわからなかったことだ。

「気に病むことはない。素人から盗み取れない方が、ハウンドにとっては不名誉だ」

「……ハウンド？」

そこでようやく、カトレアは相手していた人間が何者なのかを知った。

以前、ラサラ＝ハーウェイからの依頼を手伝った際、ハウンド・マンティスと名乗る女暗殺者と戦った。ロザリンの助力と彼女自身の慢心もあって、何とか撃退に成功したのだが、あのハウンド・マンティスは普通に戦っても、勝つのは難しいほどの使い手だった。その人物を凌駕する目の前の男ならば、むしろ本気を出されないことの方が幸運で、見逃されたのだから感謝すべき立場なのかもしれない。

それでも納得できない苛立ちが募るのは、カトレアも一端の武術家だからだろう。

「……っざけんな」

「うん？」

「ふざっけんな、この優男がっ!!」

頭の中がカッと熱くなり、荒ぶる感情のまま強く床板を蹴った。

狭い室内、数歩も駆ければすぐに間合いに届く距離。逆を言えば近くにいるラヴィアンローズなら、多少の虚を突かれていたとしても、問題なく制止できるタイミングではあったが、彼女は横目で一瞥するだけでカトレアを止めるような真似はしなかった。

故に驚いたのはハウンドの方。反射的に握りかける拳を中途半端な位置で構え、駆け寄るカトレアから間合いを離すように後ろへ下がる。気迫に押されたわけではなく、火が点いた闘争心のまま攻撃を放つのを恐れたからだ。

何よりその心遣いが、カトレアをムカつかせた。

構わず踏み出しながら果敢に蹴りを交えた攻勢を続ける。感情が先走った攻撃は精細に欠け、力任せの打ち込みにハウンドの防御が崩せるわけもなく、悉く捌かれ弾かれる。

「待て、止まれ。アンタと争うつもりはない」

ミューレリアが以前の事件で彼女に色々と世話になった事情を、ハウンドは把握している。その恩義もあって手出しすることを躊躇しているが、それを知らないカトレアにとってはひたすら舐められているようにしか思えなかった。いや、理由を知ったとしても、仕方がないと思えるほど、カトレアの精神は達観していないだろう。

「最初に喧嘩売ってきたのはそっちでしょ、勝手なこと言うなっ！」

痛いところを突かれ思わず動きに精細を欠き、すり抜けた掌底が顎を打つ。

「——ぐッ⁉　この！」

下がるハウンドを逃がさぬと、拳や膝蹴りを交えつつどんどんと距離を詰める。

「そんなにっ、炎神の焔を奪われたことが気に入らないのかッ！」

「違うっつーの！」

怒鳴りながら一歩、深く足を踏み込んだ。

「舐め腐った相手にビビって逃げ帰ったら、惚れた男に顔向けできないだけよ！」

間合いが更に狭まり、首の急所を狙うカトレアの手刀を、円の動きで手首を振り払いながら、少し脅すつもりで本気の打撃で彼女の側頭部を狙う。明らかに空気の音が変わった一撃は、これまでとは違う鋭さを帯びている。

呆れの混じる言葉がラヴィアンローズから零れた。

「……おばかさんね」

鋭さと威力を宿すが殺気が薄いハウンドの拳は、寸前で軽く小突くつもりだった甘さが足元を掬うように、するりとカトレアの残像を撫でてから空を切る。刹那を見切るように、カトレアは身体を沈ませ横からの拳を回避したのだ。

「——ッッッ⁉」

驚き目を見張るハウンド。確実に小突けると思った打撃が避けられたことに対してではなく、彼女の射抜くような眼光に込められた殺気だ。何か特別な魔力や殺意が込められているわけではなく、がむしゃらに相手を叩きのめそうと燃やす闘争心が、ハウンドの慢心し切った闘志を嘲笑うように襲い掛かった。

次の瞬間、強烈な破裂音と共にカトレアの身体が吹っ飛んだ。

本気の拳がカトレアの顔面を穿った。少女の身体は木の葉のように宙を舞い、壁に衝突する直前でラヴィアンローズが割って入り激突は免れる。インパクトの瞬間、偶然か反射反応か、首を後ろに引いたことでダメージが軽減されていた。本気を出したハウンドの一撃をモロに喰らえば、ただでは済まないだろう。

カトレアを受け止めたラヴィアンローズは、殴られた頬の部分を指で撫でる。

「あらあら、青痣ができているわ。女の顔を殴るなんて、ゲス男、ここに極まれりですわ

ね」

「……見事な殺気だった、と褒めるべきなのかな」

「そうですわね」

　肯定してから腕をカトレアの膝裏に回し、気絶した身体を抱え上げた。

「まぁ、貴方のような中途半端な人間から褒められても、嬉しくもなんともないでしょうけれど」

「辛辣だな……続きはやらないのか？」

　まだ動揺を残しながらも、ハウンドは強敵を前に警戒を緩めない。しかし、ラヴィアンローズの方は、見込み違いも甚だしい腰の引けた様子に、すっかり戦う気分が削がれたらしく壁に立てかけた大太刀を、爪先で器用に蹴り上げ背中の鞘に納めた。

「つまらない戦いに興じるほど、わたくしも暇じゃありませんの」

「後悔することになるかもしれないぞ？」

「後悔なら既にしてますわ。恋の一念に後れを取る男なんて、わたくしの敵ではないことが証明されたようなモノですもの」

　何を馬鹿なことを、とは、ハウンドは言えなかった。

　本気を出すつもりはなかった、痕が残るほどの傷をつける気もなかった。一瞬の隙を突き、意識を奪ってやるのが彼女にとって、一番よい方法だと思っていたし、それを容易く行える実力差があると確信していた。しかし、結果はハウンドにとって真逆。凄まじい殺気にあてられ、戦う人間としての本能を引き出された。結果、地面に伏したのはカトレアの方だったが、心を折られたのはハウンドの方だろう。

敗北者を見るようなラヴィアンローズの視線から逃げるよう、ハウンドは顔を背けた。

「……女は、強いナ」

「今頃そんなくだらないことをほざいているから、惚れた女もモノにできないのよ」

思わず口に出た呟きすらも切り捨てられ、ハウンドは黙り込みながらラヴィアンローズに背を向け、開きっぱなしの窓の方へと歩み寄る。縁に足をかけると飛び出す直前に、未だ目覚めない頭取の方へ顔を向けてから、謝罪でもするように頭を下げ、逃げるように窓から飛び去って消えた。

残されたラヴィアンローズはやれやれと肩を竦めてから、室内をグルっと見渡す。

「もしかしてだけれど、この後片付けはわたくしがするのかしらぁ？」

ギルドかたはねの執務室は、ラヴィアンローズが斬り裂いた壁やその破片、大立ち回りであちこち踏み荒らされ、刀傷まで存在している。心底面倒臭いが、ハウンドを見逃してしまった手前、放り出して帰ることはしない人情味くらいは存在していたようで、とりあえず気絶している頭取とカトレアを、別の部屋のベッドに運ぶくらいのことはした。

尚、異変を聞きつけ駆け込んだプリシラ達が、この惨状に絶句し片付けを押しつけられるのは、もう少し後の時間になってからだ。

面倒な背景を抜きにすれば、結論は天楼が国家転覆を計る敵となった、ということになる。

敵が明確になればその後の行動は単純明快だ。本拠地諸共に、敵対行動をとった連中をすり潰してしまえばいい。乱暴な発想ではあるが、それが一番効果的であると同時に、問題無く実行できるだけの実力をエンフィール騎士団は有している。しかし、現実問題としてその単純明快な方法を行使するのが難しい。否、難しくされてしまった。

王都攻略の壁になるのが騎士団なのは、子供にも理解できる事実だ。天楼の首魁シドは戦力を削ぐ為に、騎士団を二つに割った。フランシール家とクロフォード家との繋がりを利用し、抱き込んだ貴族派の力を借りて騎士団に楔を打ち込み、太陽祭に狙いを定め王都決戦の勝率を上げる為の布石を作り出した。目論見は成功し王都の中枢に食い込んだ貴族派の影響は根強く、溝を含めた王族派との対立構造は結果として、致命的な足並みの乱れを生み出したのだ。フランシール家、クロフォード家が影響力を失ったからこそ、頭目をなくした貴族派は、シドのカリスマに頼るしかなかった。

先手は打たれたモノの、エンフィール騎士団とて無能の集まりではない。フランチェスカとの取引により、シドの思惑を見定めた騎士団だったが、ここにきて一つの問題が発生してしまう。いや、正確には騎士団の問題ではなく、協力者であるアルトとロザリン。端的に言うと、アルト達はまんまと嵌められたことになる。

「おいおい……こいつはいったい、どういった了見だ」

監獄から帰る道中、足を止めたアルトはため息と刺の混じる声を発した。

「………………」

無言で背後に立つフレアは、剣の刃をアルトの頬に突き付けていた。

ひんやりとした冷たい感触と共に、僅かでも横に滑れば皮膚を裂く緊張感が、肌と刃が触れ合った微かな個所だけに熱を宿す。悪戯や冗談の類ではないのは剣に宿る明確な殺気と、真正面で此方側を振り向き直立しているワイズマンの姿を見ればわかった。

「用済みにしちゃ、随分と物騒な対応なんじゃねぇのか？」

白いコートのポケットに両手を突っ込み、感情の読めないワイズマンの仮面を睨みながら軽口を叩く。彼らが足を止めている場所は、フランチェスカが幽閉されている塔と宮殿を繋ぐ屋外の通路で、行きに使った道とは違う経路だ。広場になっている個所を通り過ぎ、左右を建物のつるつるとした石壁に囲われた先に、宮殿内に続く扉などはなく、同じような壁の行き止まりになっていた。

何よりもこの場にロザリンが不在なのは、明らかにアルトを狙ってのことだろう。

「ロザリンを先に帰らせたのは、俺を嵌める為だったのか？」

　アルトにはまだ用事があるということで、ロザリンには別の付き添いが同行して、一足早く能天気通りに戻ることになっている。最初は渋っていたが、馬車の中にお菓子や軽食を用意していると聞いて、涎を垂らしながら走っていった。今にして思えば拒否されるのを想定しての仕込みだったのだろう。

「まさかとは思うが、アイツにも手ぇ出そうってんじゃねぇだろうな」

　口調は変わらないが、殺気を帯びた気配にフレアは動揺したように眉を動かす。

「そこはぁ、ご心配ありませぇん。ロザリン殿はちゃあんと、騎士団が責任を持ってご自宅に送り届けますよぉ。用事があるのはぁ、あくまでアルト殿ですぅ」

　ワイズマンの方はこの状況でも間延びした口調に変化はない。だが、表情を隠す防毒マスクが、無意味に不気味さを助長している。

「それなら首筋の剣を退けて欲しいんだけど。身嗜みを気にする性質じゃねぇが、髭ぐらいは毎朝剃ってるから、髭剃りは必要ねぇぞ」

「……ッ。黙れっ!!」

　繰り返す軽口に我慢しきれなくなったフレアは、声を荒らげて怒鳴ってしまい、すぐにしまったと顔を顰めるが、一度決壊してしまった感情を抑えられなかったのか、更に強い敵意を漲らせた。

「貴様、貴方の所為で、シリウス団長は……ッ！」

「またその話かよ。話す話すと言って結局なにも聞けてねぇが、アイツがいったいどうしたってんだ。どうして団長が雁首揃える中にアイツの姿がない？」

自惚れるようで口にするのは嫌だが、アルトが水晶宮を訪れると知って、シリウスが目の前に現れないわけがない。シァロも同様だ。

「シリウス団長とシエロ団長は、一時的ですけれどぉ、謹慎して頂いていますぅ」

答えたのはワイズマンだった。

「詳しい理由はぁ、これからアルト殿にお願いする、内容に関係ありますぅ」

「お願い？　命令の間違いじゃないのか」

皮肉に対してワイズマンはゆっくり首を左右に振った。

「単刀直入に申し上げますぅ。アルト殿、アルト殿には今回の一件にぃ、関わらないで頂きたいのですぅ」

「……はぁ？」

予想外の言葉にアルトは思い切り顔を顰めた。

「おいおい、阿呆なことを言うな。誰が好き好んで厄介事に首を突っ込むかよ」

「口ではそう言ってもぉ、結果的には巻き込まれてしまうのが、野良犬騎士アルト殿だというのが、騎士団長全員の総意ですぅ。その点ではぁ、シリウス団長とシエロ団長も同意して貰ってますぅ」

即座にワイズマンはそう否定した。確かに、と思い当たる節が多すぎて、逆にアルトの方が口籠もってしまった。

「仮に関わるつもりはなくとも、既に天楼の主要人物の多くと顔見知りになった上に、関連する事件複数に関与しているアルト殿が、いずれ巻き込まれてしまうのは自明の理。そうなった場合、予定外の騒動が引き起こされる可能性が高いと、我々は判断しましたぁ」

「人をトラブルメーカーみたいに……随分な言いようじゃねぇか」

「事実、フランチェスカ＝フランシールの一件では、多大な損害と被害者が出ていますぅ」

痛いところを突かれた。フランシール邸を丸ごと使用したゾンビ化の大魔術のことだ。

「アレはフランチェスカさんの策略な上、一応は騎士団の任務でしたからアルト殿を責めることはお門違いですけどぉ。被害を被った被害者遺族の貴族達も、彼女が失脚した以上、関連性を追及されるのを恐れて口を噤んでますからぁ、表沙汰にはなりませんでしたが、後始末が大変だったんですよぉ？」

流暢な語りの中、のんびりした口調に若干の恨みがましさが混じる。

「……それで俺に動かれちゃ困るから、全ての片が付くまで拘束しとこうってわけか」

若干の腑に落ちなさを感じながらも、とりあえずアルトは納得する。しかし、依然として背後のフレアは首筋に刃を添えたまま、燃えるような殺気を維持し続けていた。

「だが、それとシリウスやシエロが謹慎してることがどうして繋がる？　俺が水晶宮に軟禁されるんなら、喜びそうなモンだろう。あの馬鹿なら」

「軟禁、というのが、些か乱暴に感じられたのかもしれませんねぇ」

「暴れただろ」

「暴れましたねぇ……思い出したくもありませぇん」

僅かに。ほんの僅かだが、ワイズマンの返答に違和感を覚えた。

ワイズマンは嘘を吐いてない。シリウスが謹慎しているのも、その際に暴れたのも事実だろう。それは「思い出したくない」と語る苦々しさからも感じ取れた。ここまでの話の流れもほぼ、本当のことしか語っていないはずだ。

ただ一点を除いては。

「……テメェ、俺に嘘を吐いたな？」

「――ッ⁉」

殺気と共に率直な言霊をぶつけると、ワイズマンの身体が動揺するように揺れた。瞬間、アルトは二人が行動を起こすよりも早く、首筋に突き付けられている刃を、右手で躊躇することなく握り締めた。鋭い刃が掌を裂き、鈍い痛みと共に生温かい感触が手の中に広がる。

握った刃が揺れ、フレアが動揺したのが伝わった。

「シリウスが暴れたら真っ先に止めに入るのはシエロなんだよ、アイツは手より先に口を動かすタイプだ。俺が軟禁されるって話くらいで暴れるかよ」

「議論が前後してますよぉ。シエロ団長の抗議が激しかったので、今回の件からは外されたんですぅ」

「舐めるなよ。その程度の力加減、アイツができないはずがねぇだろ」

ワイズマンが沈黙した。防毒マスクで表情は読めないが、言葉が止まってしまったことから、目の前の人物の失態が汲み取れる。

「するってぇと狙いは俺の軟禁だけじゃねぇな……本命は、ロザリンか？」

ワイズマン、フレア共に目に見える反応はない。しかし、掌の傷口に食い込む刃がほんの微々たる動き、ただ握っているだけだったら気取られないほど僅かな反応を、痛みとしてアルトに教えてくれた。

「……ビンゴかッ」

刹那、アルトは躊躇なく動いた。

勢い良く背後に向かって地面を蹴ると、背中をフレアに思い切り叩き付ける。

「——なっ⁉」

寸前で動きに気付き剣を引き抜こうとするが、がっちり握り締められ固定されていた刃は動かず、逆に釘付けにされる形となったフレアは、背中からの体当たりを真正面から受けてしまった。体重差に掴まれていた刃が離されたことで、ぶつかった衝撃以上の反動でフレアは後ろ向きに床へと倒れ込んでしまう。

そしてアルトの視線は次の標的、ワイズマンに狙いを定めていた。

「――むうっ⁉」

この期に及んでも気の抜けた声を漏らすワイズマン。反応できないのか、そもそもする気がなかったのか、臨戦態勢を取るアルトの正面で棒立ちのままだ。否、動かないのは最初から全てを見透かされていた、あるいはそう言い含められていたのか。片手剣の鯉口を切り、左足を強く踏み出した体勢でアルトは、その場に縫い付けられるように動きを止めた。

眼前に剣の切っ先。左肩には無数の鋲が打たれた金棒。喉元と腰には長く細い曲刀の刃が、アルトの動きを強制的に抑制していた。

騎士団長のローワン、ヒューム、そしてライナの三人だ。

「……テメェら」

眼球だけを動かし正面で剣を突き付けるライナを睨みつけると、添えられた得物達は微動だにするなと警告を促すように殺気を強める。触れていなくても炙るような闘気に、肌が火傷しそうだった。いつの間に現れたのか、などと驚く行為は無意味。騎士団長とは不可能を可能にする集団だからだ。

もっともアルトも騎士団長に囲まれたからと言って、萎縮する殊勝な人間ではない。

「団長共が雁首揃えて素人イジメか？　随分と偉くなったモンだぜ」

「ったく。この状況下でんな口が叩けるのは、お前くらいなモンだよ」

両手に曲刀を握るヒュームが呆れるように息を吐いた。

「がっはっは！　良き良き、良きにござらんかヒューム団長。男子たるもの、これくらいの威勢の良さは必要ですぞ。我が騎士団も昨今の若い衆は……」

「あ～、止めんかローワン、鬱陶しい。年寄りよりも話が長い男は嫌われるぞ」

「おお、これは失礼した！」

豪快さと軽妙さ、柔と剛。正反対の豪傑と老剣士は、互いに気安い軽口を叩き合うが、アルトに向けられる気配が弱まることはなく、彼らに釣られて身動ぎ一つしようものなら、容赦なく金棒は骨を砕き、曲刀は肉を断つだろう。

そして真正面に立つ青年、ライナ＝マスクウェルは困ったような笑みを零す。

「すまない、アルト。俺としても友人である君に刃を向けるのは不本意なんだが……」

「友人？　俺と、お前がぁ？」

言葉を遮るようにアルトは、大袈裟な物言いで思い切り顔を顰めた。

「……引っ掛かるところはそこかい」

「何かおかしなことを言ったかな？　同じ騎士学校で同じ釜の飯を食べた仲間じゃない

か。少なくとも俺は君のことを、大切な友人だと思っているよ」

「釜の飯もなにも、騎士学校時代はテメェと俺は、さほど関わりはなかっただろうが」

昔と同様、いや、昔以上に一本気な性格のライナに、やはりこの男とは相容(あいい)れないとアルトは内心で辟易(へきえき)する。

ライナ＝マクスウェル。

アルトの人生で気に喰わない人間、気が合わない人物は両手で数え切れないほど出会ってきたが、ライナほど相性が悪い人間は他にいないだろう。完全無欠の善性と正義感を持ち、ゲオルグ、シリウスと並ぶエンフィール王国の三英傑の一人。英雄を指すのがシリウスならば、ライナは勇者と呼ぶに相応(ふさわ)しく、国内外に彼の勇名は轟(とどろ)き、次代を担う騎士団長として期待する声も少なくはない。彼とは同じ騎士学校の同期だが、ライナの髪色は淡い茶色で、先の戦争で彼が英傑としての活躍を果たしたのは、アルト達が戦った北方戦線とはまた別の戦場だ。別にそれは何の問題もない。場所は違えど命をかけて戦ったことには、アルトだって最低限の敬意を払う。

要するにアルトがライナを気に喰わないのは、単純に反りが合わないのだ。

王都でもトップクラスの実力者に囲まれては、流石(さすが)のアルトも身動きが取れずにいたが、剣の柄に触れた手を離そうとはしなかった。緩まぬ殺気に嘆息しながら、警告を促がしたのは最年長のヒュームだ。

「ゆっくり剣から手を離せ、小僧。顔馴染みだからって手心を加えて貰えると思ってるなら、そいつは脳みそがお花畑だぞ」

「んなもん、騎士学校時代に嫌と言うほど、思い知ってるっての」

スパルタ教官としても有名だったヒュームに、嫌な過去を思い起こされ背中にゾクッと悪寒が走った。やると言ったらやる。そういう類の人間だ。

「拙僧としては暴れて貰っても結構なのですがな」

何処か楽しげなのはローワンだ。見た目は山賊のボスのような風貌だが、これでもれっきとした聖職者、僧兵でもある。個人的には嫌いなタイプではないが、実直すぎる分だけ話し合いの余地がある人物ではない。

正面のライナに至っては言わずもがなだろう。

「やれやれ。まさか、騎士団長様自らが、囮を買って出るとはな。意外だったぜ」

「皮肉を言わないでくださいよぉ、小生も好きで騙したわけじゃないんですよぉ」

ライナの後ろでワイズマンは、表情が見せられない分だけ、身体を左右に揺らして自己を表現する。小柄な体格を鑑みれば可愛いのかもしれないが、不気味な防毒マスクが全てを台無しにしていた。元々、アルトに対して敵対心の強いフレアはともかく、ワイズマンは罠の仕掛け人には不釣り合いとも思えたが、問う前にある人物がその答えを示してくれた。

「お前は人の表情の微妙な変化を読み取る。だから、常に表情を隠しているワイズマンを案内役に立てたんだ」

直近で聞き覚えのある背後からの声に、アルトは顰めていた顔を更に渋くする。

「確実に不意打ちを成功させて動きを止めるには、ワイズマンが一番の適任だったんだ。下手に抗う隙を与えると、斬られようが殴られようが構わず反撃するだろ、お前は」

「……アンタも出て来たのかよ。ってか、そりゃ噛んでるよな、アンタの指示なしに騎士団長が動くわけねぇか、なぁ、ゲオルグ！」

振り向けない体勢のままアルトが、苛立つように奥歯を噛み鳴らすと、倒れたままのフレアを助け起こしながら足音を立てて歩いて来た男、エンフィール騎士団総団長ゲオルグ＝オブライエンは、剣を突き出した状態のライナの隣に立つ。

改めて対面する二人の間には、円卓の間とは違う緊迫した空気が流れた。

まだ用事があるということで一時的にアルトと別れ、先にかざはな亭に戻ることになったロザリン。流石に一人で帰らせるわけにはいかないということで、案内役として遣わされたのは、ショートカットの白い髪の少女、アレクシス＝シャムロックだ。水晶のような壁に囲われた長い廊下を、ロザリンは先導するアレクシスの後ろをちょこちょこと歩く。

道中、二人の間に会話は殆どなかった。

「……あう」

ロザリン自身、口数の多いタイプではないが、アレクシスはそれ以上に無口。いや、口数が多い少ないの問題ではない。無口な人間とは今までも何人かと関わってきたが、彼女はその中でも突出した独特の空気感を醸し出していて、ロザリンとしてもどう接するべきか見当が付かず情けない声を漏らした。

「……ふむ」

歩きながら何かを察したのかアレクシスは軽く頷く。

「どうやら私は少しばかり、貴女に緊張感を与えてしまっているようね」

言いながら歩行の速度を緩めるが、此方を振り向かず背中は向けたままだ。

「い、いや、別に、大丈夫」

「怯えた小動物のような気配でそう言われても、素直に虚勢を飲み込めないわ。人の顔色を窺う行為は、決して悪いことではないけれど、子供の美徳は素直なところよ。苦手な人物に迎合するのは、大人になれば嫌でもしなければならないことなのだから」

「は、はぁ」

「とは言ってもここは水晶宮、王都の伏魔殿。口の災いに気を使いすぎて、損をすることはないでしょうね」

どっちだよ。と、この場にカトレアがいたら目を三角にして突っ込んでいただろう。

アレクシスの口調は独特の世界観があって、いまいちロザリンには全ての意を汲（く）むことは難しい。言葉の難解さはラヴィアンローズに通ずるモノはあるが、彼女の底意地の悪い言い回しに比べれば、人当たりは良いと言えるだろう。

ただ、ロザリンには気になることがあった。

「……ふぅむ」

先を行く足をゆっくりと停止させ、アレクシスは後ろを振り向いた。唐突に立ち止まり、涼しげな目元を此方（こちら）に向けられたロザリンは、ビクッと身体を震わせ、形容し難い迫力に固まりながらも、視線は自然と気になる部分に吸い寄せられた。

「なるほど」

納得したように頷（うなず）いてから、アレクシスは前髪を指で弄（いじ）った。

「私の髪色が気掛かりなのね」

「髪の毛が、白って、ことは、やっぱり?」

一瞬だけ躊躇（ちゅうちょ）するが、直（す）ぐに折角（せっかく）のチャンスだと問い掛けた。エンフィール王国内では特別な意味を持つ白髪。アルトと同じ髪の色だ。

「君の予想通りよ、リトルウイッチ」

「……リトルウイッチ」

初めての呼ばれ方に、ロザリンはちょっとときめいた。

「この白い髪が示す通り、私は北の戦いで生き残った人間よ」

「じゃあ、アルトと、知り合い？」

「それは……微妙なところね」

少しだけ表情を陰らせてから、それを隠すように再び背を向けてしまう。

「国同士の運命を分けた北の戦場に、私は確かに立っていたわ……けれども、私は血で繋がった彼やシエロ、シリウス達とは違う。自ら語ること自体、恥じ入ることだけれど……私が北で戦ったのはほんのひと時。地獄を垣間見た彼らに比べれば、私は児戯に溺れていたようなモノさ」

自嘲気味な笑みが自身を嘲笑する。

「……えっと」

踏み入るな。そう告げるような背中に、ロザリンは言葉を詰まらせた。少しだけ語ってくれたのは、自分がアルトの関係者だからだろう。そう考えると拒絶するような彼女の背中に、逃れられない後悔のようなモノが滲んでいるように思えた。

ロザリンが言葉を飲み込むのを確認してから、アレクシスは歩くのを再開する。

また沈黙が訪れるが長くは続かず、今度もアレクシスの方から口を開いた。

「申し訳ないわね。私自身、同じ騎士以外の人と、言葉を交わす機会が限られてしまっているから……接し方が拙いのかもしれないわ」

「騎士団長、なのに？」

「立場や役職の問題ではないわ。これは私の咎。残念なことに私は生まれ持って、他者との関わり合いが愚鈍に出来ているらしい」

「……それは、単純に、コミュ障、なのでは？」

ふと脳内に降りてきた疑問は、聞こえなかったのか無視されたのか。アレクシスは歩調をそのままに水晶宮の廊下を進んでいく。ほんの少しだが、アレクシスに対する認識が和らいだ。やはり、アルトの知り合いは変な人ばかりだ。という本人が知れば甚だ不本意とも思える呟きを、内心に留めつつロザリンは先ほどより軽い足取りで背中に続いた。

「時にロザリン嬢」

「はい、ロザリン嬢、です」

「彼……アルトとは仲が良いのかしら？」

突然の問い掛け。日常会話の延長のような、特別な意図のない普通の質問だ。

「仲良し、だよ。相棒と呼んでも、差支えがない」

「なるほど。それは良き関係ね」

僅かに喜色が含まれていた。先ほどまでの会話がなければ、アレクシスは？　と問い掛けしていただろうが、恐らく踏み込まれたくはない質問なのだろうから、ロザリンは反射的に零れそうになった言葉を唾と共に喉を鳴らして飲み下す。

その所為か会話に、不自然な間が空いてしまった。

「……ん？」

不意にアレクシスは足を止めた。

倣うようにロザリンも停止するが、ここはまだ廊下の途中だ。行きとは違うルートを使っているので、ここが何処であとどれくらいで目的地なのか、ロザリンに判断はできない。漠然と水晶宮の外へ向かっているのだと思っていたが、先に行くことを促されただけでそもそも目的地を提示されてはいなかった。もしかしたら、アルトが用事を終えるまで待機できる、応接間のような場所に連れていかれるのかもしれない。

だとしても、この場で足を止めるのはいくら何でも不自然だ。

「アレクシス？」

「……君は、この王都が好きかしら？」

突然の質問にロザリンは小首を傾げた。

「王都の、全部は知らないから、答えにくいけど……東街と、能天気通りは、好きだよ」

「なるほど……私好みの答え――だっ！」

「――っ⁉」

油断していたわけではなかったが、目前にしながらも動きを捉えられなかった。

説明するなら振り向いただけの単純な動作。しかし、腕を伸ばしても届かない距離を保っていたはずなのに、いつの間にかロザリンは彼女の間合いの内側に入っていた。此方に正面を向けると同時に、しなやかな動きで伸びる腕と指先が少女の眼前へと迫る。無論、これらの動作は一瞬の出来事で、この時点でロザリンは動きこそ視認しているモノの、何が起こったのか理解が追い付いていなかった。

故に状況が把握できたのは、全てが終わった後だった。

「おい、ゲオルグ。詳しく説明して貰えるんだろうなぁ？」

「勿論だ、その為に俺が来た。だからまず、握った剣を離して貰えんか？」

「…………」

高圧的にならないように意識してか、ゲオルグは極めて紳士的に戦闘状態の解除をお願いする。しかし、アルトは睨み返すだけで柄を握った指から力を抜こうとはせず、真正面のライナが何かを言いたそうな表情で、唇を噛み締めぐっと言葉を飲み込んでいた。

ゲオルグは困り顔で大きく肩を竦めた。

「了解、わかった。そのままでいい。だが、ヒューム達は引かせないぞ。話はするが現状維持の状態で聞け」

「……けっ」

吐き捨てるが、反論をしなかったことを了承と判断してゲオルグは話を続ける。

「既に察している通り、今回の目的はフランチェスカからの情報収取ともう一つ、魔女ロザリンの身柄確保だ」

「そうかよ。何だって今更そんな真似をしやがる。ロザリンのことは騎士団がケツを持つってことで、話は付いてるはずじゃねぇのか？　シエロからはそう聞いてるぞ」

魔女の知識と技術は独自性、秘匿性が強く現代魔術学の観点から見れば異端に位置づけられる。ウイッチクラフトと呼ばれる先天的に受け継がれる力を、我欲を満たす為に悪用しようとする輩も少なくない、ロザリンの母親を利用したランディウス＝クロフォードのように。それは騎士団でも同じだ。悪用という意味ではなく、悪用を防ぐという意味で、本来ならロザリンは拘束され監視下の生活を送るか、悪意のある存在の手が届かない場所に追放される可能性もあったが、そうならないように色々と骨を折ってくれたのが、第七騎士団団長のシエロである。団長とはいえ彼一人の独断でロザリンの保護はできないので、間違いなく総団長のゲオルグが承認しているはずだ。

「そいつを今頃になってひっくり返すってのは、ちょっとばかり理不尽じゃねぇのか？」

「言いたいことはもっともだ。だが、状況が変わった以上、騎士団も対応を変更せざるを得ない」

「そりゃ、急な話だな」

訝しげな顔をするが、直ぐに心当たりを思い出した。ロザリンの眼のことだ。

「ミレーヌ副団長から報告として聞いている。ロザリン君の右目の魔眼に、精霊の力が宿ったと……同時に、リューリカ様の眷属（けんぞく）と契約も交わしたそうだな？」

「ああ。俺は直接、確認したわけじゃねぇけど」

「精霊眼と呼称される彼女の力はぁ、王国の魔術機関にも伝聞以外の実例がありませぇん」

　言葉を継いだのはワイズマンだ。

「第三者の魔力に干渉する魔眼だけでもぉ、何の監視もなしに野放しにするのは、小生的にはどうかと思いますぅ。それの更に上位互換、魔力そのものを可視化する目なんて、いち魔術師としては、厄の種以外の何物でもありませぇん」

「急に饒舌（じょうぜつ）じゃねぇか。隠してたのは顔だけじゃなくて、腹の黒さもか？」

「意地の悪い言い方、しないでくださいよぅ」

　防毒マスクをしててもわかるほど、肩を落としてしょんぼりとする。

「魔術関連はワイズマンの担当だ。今回の判断はこいつの見分でもあるが、最終判断を下したのは俺だ。そう責めてやるな」

「精霊眼に関してはわからないことが多すぎるので、このまま素知らぬ顔で放置しておくのは得策ではありません。何か起こった場合に対処ができませんし、何よりもそれを悪用しようとする輩（やから）に狙われる可能性も高いですぅ」

「あのガキが人様に迷惑をかけるってか？」

「その判断が難しいから、俺達に身柄を預けて欲しいんだ。今は箝口令を敷いているから大人しいが、貴族派の耳にでも入ればうるさく騒ぎ立てるのは目に見えている。それだけならまだしも、よからぬ野心を抱く人間が現れかねん……天楼のようにな」

筋は通っている説明ではあるが、不満の晴れないアルトは舌打ちを鳴らす。

「だからこの強攻策か。クソが、気に入らないぜ」

「強引な手段なのは認めよう。だが、これは頼み事ではない、言い方は乱暴ではあるが強制執行だと思って貰っていい」

「だから、シリウスはともかくシエロも外されたのか」

何かと気の回る男。この一件もアルトが反抗するとわかっていて、異議申し立てをしてくれたのだろう。交渉事や裏工作に長けた人物ではあるが、反対するのは事前に予測済みだったようで、シリウスと共に謹慎処分を受けてしまったようだ。そうでなければ、あの二人が大人しく処分を受けるはずがない。

「アルト。俺は何も不確定な話をしてるわけじゃない。遅かれ早かれ精霊眼の存在は世間に広がる。それは王国内だけでなく、周辺諸国だって同じだ。それくらいの価値のあるモンを、あのお嬢ちゃんは宿しちまった……周りの全部が敵に回った時、お前はあの娘を最後まで守り通せるのか？」

「……そいつは」

直ぐには答えられなかった。人一人がどうにかできる出来事など、両手に納まるモノより小さいことは、嫌というほど思い知ってきた。ゲオルグも理解しているからこそ、そう問い掛けているのだ。

以前にも別の誰かに聞かれた言葉。だが、アルトの返答は変わらない。

「守るも何も、俺は最初っからアイツを守るつもりはねぇよ。ロザリンの人生だ、自分の生き方も死に方も、自分以外に決められねぇ」

聞く人間が聞けば酷く冷淡に聞こえるだろう。案の定、正義感の塊である目の前の男は、我慢し切れずに噛み付いてきた。

「アルトっ⁉　君って男は……ッ！」

感情のまま堪らず口を挟んだのはライナだった。

「それが君の本心だとは思わない。だけど、口に出す言葉としては、あまりに冷たすぎるんじゃないか？」

「……んだぁ、テメェ」

「そりゃ、君と彼女は出会ってからまだ数ヵ月、長い付き合いと呼べるモノじゃないかもしれない。けれど、あの娘と君が過ごしてきた日々は、そんな言葉で片付けられるほど軽いモノじゃないはずだろ？」

カチンと、久しぶりに頭に血が昇るのを感じた。

「知ったような口を叩くんじゃねぇよ、余計なお世話だ」

「勿論、俺が知っているのはシエロ達からの伝聞だけだ、大きなことは言えないかもしれない。それでも君の言い分が間違っていることくらいはわかる」

「……おい。今の話の流れで、悪いのは俺、ってことになるのか？」

視線だけ巡らせてヒューム、ローワンに問い掛けると、二人の男は揃って苦笑する。

「あ～、まぁ、さてな。儂には判断できんし、口を挟むことでもないだろう」

「同感である。しかしながら、一言多く語るなら、アルトの言葉は確かに適切とは言えぬだろうな」

元より足止めだけのつもりで、言い合いに参加するつもりはなかったのだろう。二人は曖昧に言葉を濁す。フレアに至っては何か言いたそうな顔をしていたが、騎士団長らの手前、口を噤んでいた。

「おい、ライナ。あまり感情的なことは……」

「いいえ、言わせてください総団長」

窘めようとするゲオルグを、真っ直ぐとアルトを睨みながら遮った。

「君の、君達の為にハッキリ言おう。魔女のお嬢さんが窮地に立たされてしまったのは、他でもない君……アルトの責任だってことを」

「俺の責任？　ハッ、随分な言い草じゃねぇか」

「とぼけないでくれ。君だって気が付いているはずだ」

「……空気読めよ」

テメェに指摘される筋合いはないからだ。と、言いかけたのをギリギリ飲み込んで、聞こえない程度の音量で吐き捨てた。

「昔からの悪い癖だ。口では何だかんだ言いながら、君は何かと厄介事に首を突っ込みたがる。それはいいさ、見過ごせない悪徳だってある。俺だってそうだ。けれど、一人じゃどうにもならないことだって、沢山あることはもう十分に経験してきたはずだろう？」

「ああ、そうだな。テメェに言われるまでもねぇよ」

「だったらわかるだろう？　一人で戦い続けるのには限界がある。でも、無謀な生き方を続ければ敵は増える一方だ。そんな命を溝に晒すような生き方は長くは続かない、いつか破綻することになる……アルト。君は負い目を感じているんだろう、北方戦線で生き残ってしまったことに対して」

「…………」

「でも、それは間違いだ。生きることに罪なんてない、誰に責められる謂れだってありはしない。アルト、君はもっと自分が背負っているモノを自覚するべきなんじゃないのか？」

「……ライナ」

熱を込めて説得するライナの肩を掴んで下がらせ、今度はゲオルグが言葉を紡ぐ。

「お嬢ちゃんの立場は微妙だ、この先、どうなるかは断言できん。しかしな、お前が野良犬根性丸出しで敵を増やし続けるんなら、いつかきっと守り切れなくなる瞬間が来る。あの娘を騎士団に預けろ。悪いようにはしない、礼節だって尽くす」

「…………」

「それでも文句があるって言うなら……騎士団に戻れ、アルト」

「――なっ⁉」

その一言にフレアだけが驚き、慌てて自分の口を手で押さえた。

「ロザリンのお嬢ちゃんの庇護は騎士団が担当する、貴族派の連中に口出しはさせん。専任とまではいかんが、ある程度の権限をお前に持たせても構わんと思っている」

「そ、総団長っ⁉　……それは、些か乱暴ではありませんか？」

「乱暴だが、俺は本気だ」

戸惑うフレアにハッキリとゲオルグは言い切った。

「アルト。お前には居場所が必要だ、失った場所の代わりではなく、本物の居場所が」

言ってゲオルグが手を差し出すと、正面に立っていたライナが剣を引いて場所を空ける。

「騎士団に戻ってこい。俺達にはお前の力が必要だ」

力強い言葉が残響してから、この場に沈黙が降りてきた。

ゲオルグは手を差し出したまま、力強い眼差しをアルトに注いでいる。ヒューム、ローワンも武器で牽制する体勢を維持した状態で、口を挟まずことの成り行きを見守る。ライナ、フレアは何か言いたげだったが、決断するのを待つように黙っていた。ワイズマンに至っては何を考えているかすらわからない。

アルトは鼻から大きく息を吸ってから、大袈裟に音を立てて吐き出す。

「やれやれ、野良犬如きに、ご苦労なこったな」

彼に対する答えなど、思案するまでもなく決まっている。

「断る」

「――アルト、君はッ⁉」

真っ先に表情を険しくして声を荒らげたのはライナだった。

「君はッ、それで本当にいいのかッ⁉」

「ああ、いいんだよ。構いはしねぇ……ってか、テメェらがガタガタ言い過ぎなんだよ」

正面の二人に睨みを利かせる。

「俺はあいつの保護者じゃねぇ、あいつを守る義理もねぇ。狙われるかもしれないってのは、最初っからわかってたことだ。現にロザリンを王都に呼び付けたのは、魔眼を狙った馬鹿の企みだからな……けど、あいつは残ると言った、自分の意思で決めたんだ」

「それは……だけど、あの娘はまだ子供じゃないか」

「ガキだからなんだ。ガキだからって、吐いた言葉を飲み込むなんて許されねぇ。少なくとも俺は、そう教わって今日まで生きてきた」

「そ、それは……」

君と竜姫の関係が特別なんだ。言いかけた言葉を更に続けた声が遮る。

「それとな。あいつはガキだけど、ただのガキじゃねぇ。まだまだ甘口お子様料理じゃあるが、ちゃんと覚悟ってヤツは形作り始めてんだ、舐めんじゃねぇぞ」

故郷に帰らないと告げたあの日、二人の間に明確な約束があったわけではない。もっと言えばロザリン自身、そこまで深いことを考えて、王都に残ることを決めたわけではないだろう。しかし、少女の甘さと幻想は幾多の屈辱と後悔に塗れ、挫けそうになる度に唇を噛み締め走り続けた。たかが数ヵ月、されど数ヵ月。小さな魔女ロザリンはあの夜の日、木箱の中で眠っていた頃に比べてもずっと強くなっている。だから彼女は今も、アルトと共にいられるのだ。

「アルト。お前はあの娘が、どうなっても構わないと言うのか？」

ゲオルグが口にした問いは極論だが、アルトは躊躇せず頷いた。

「ああ、構わないね。何が起ころうとアイツの責任だ、逃げようが抗おうが、アイツの決めたモンに口を挟むつもりはねぇ。そして俺が決めたことに口を挟ませるつもりも、ねぇんだよ馬鹿野郎共がッ！」

一喝しながらアルトは腰の剣に再び手を添える。

「悪いがそろそろお暇させて貰うぜ、ロザリンと二人でな！」

瞬間、ヒュームの曲刀がアルトの肌を裂き、ローワンの金棒が身体を穿つが、振り向きながら抜き放たれた刃が舞うように8の字を描き、追撃する両騎士団長の得物と大きな火花を散らした。

「――アルトッ⁉」

背後からライナも斬撃を放つ。動けば斬るように厳命されているので、騎士団長の行動は当然だが、かつての友人に刃を向けること自体に躊躇があったライナは、振り下ろした刃に殺気が乗らず当然、鈍い一撃はアルトの右手だけで振り払われた。遅れて再度、振り向いたアルトとライナの視線が交錯する。

「アルト、君ってヤツは、どうして君は命を大切にできないんだッ！」

「うるせぇッ、粗末にしてる気もねぇよ！」

同時に振り被った互いの刃は派手な音を立てて噛み合う。

「俺は何も背負わねぇ、誰かを守る気もねぇ。強かろうが弱かろうが、死んじまう時は誰だって一人っきりだ……俺は死に急いでるわけじゃねぇ。命の使い時ってヤツを、自分で決めたいだけだ」

「命の、使い時？」

「自分の命は自分のモンだ。生きるだ死ぬだは関係ねぇ、テメェの意地を貫き通すんなら、テメェの道を進み続けるんなら、覚悟と責任はテメェで取らなきゃ仕方ねぇだろ。少なくともアイツは……竜姫はそうやって一人で死んでいきやがった。誰の為でもない、勿論、俺の為なんかじゃない……アイツは勝手に戦って、勝手におっ死んじまったのさ」

「それが君の命の使い方なのか？　そんな行為に、意味があるって言うのかッ⁉」

怒鳴り声を真正面から受け、アルトは皮肉交じりの笑みを唇の端に浮かべた。

「意味のあるなしじゃねぇよ、こいつは、言ってみれば矜持だ」

背後から斬りかかろうとするヒュームを、棍棒を差し出しローワンが制す。

「テメェの譲れねぇモンなんざ、結局は独りよがりの自己満足さ。けどな、その自己満足の為に人は命を賭けるんだよ……俺や竜姫だけじゃない、北で死んだ野郎共も同じだ、最後は自分の矜持だけを担いで逝きやがった。だから、俺は何も背負わない。俺は俺の矜持を、死ぬまで貫き通すだけだ」

絡み合う刃が耳障りな音を立て、僅かに緩んだライナの手から両刃の剣を弾き飛ばした。くるくると回転しながら石畳の床に剣が突き刺さると、ライナは空手になった両の掌をギュッと握り締め、何かから逃げるようにアルトから視線を逸らす。

「……だったら君の、その矜持というのは、何なんだ？」

「んなもん、簡単だ」

言いながら剣の切っ先を今度はゲオルグに向ける。

「俺の平穏を邪魔する奴は、悉くぶった斬る」

「……フッ」

ゲオルグは頬を綻ばせ微笑を零した。

「話はわかった。お前が協力する気はないことも……だが、忘れるな」

微笑は浮かべたままだが、ゲオルグの身体から殺気が滲み始める。

「これはお願いではなく命令だ。交渉が決裂したのなら、次は実力行使となる」

視線を背後の騎士団長二人に向けた。胸の前で行く手を遮っていた金棒を、ヒュームが湾刀で軽く叩くと、ローワンは仕方がないと言いたげなため息を大きく吐き出してから、金棒を退けて再びアルトに殺気を注いだ。論戦で気圧されてしまったライナは、直ぐに剣を拾いに行ったモノの、迷いからか刃を向けられずにいると、いつのまにか側まで移動していたワイズマンが肩をポンポンと叩き、彼を気遣うような素振りで壁際まで下がるように促して、ライナは消沈した表情で頷きそれに従った。

「アルト、最後に聞かせてくれ。魔女のお嬢ちゃんが騎士団の拘束を受け入れてくれれば、お前も指示に従ってくれるか？」

「話聞いてたのかよ。アイツの意思と俺の意思は関係ねぇ。悪いが、アンタらに従うのは御免被るね」

「……そうか」

ゲオルグが浮かべていた微笑を消した。

「精霊眼の危険性は未知数だが、天楼が狙いを付けてしまった以上、魔女ロザリンの身柄確保は早急な任務だ。障害になるのならアルト。剣をもってお前を排除する」

「御託が長いんだよ総団長。上等じゃねぇか。性悪女の毒気を受けて、身体を動かしたい気分だったんだ。ストレッチ代わりに年寄り共と遊んでやるぜ」

「小僧が。騎士団長三人を相手して、数秒持つと思っているのか？」

露骨に怒気を露わにしたのはヒューム。隣のローワンは少し楽しげだ。

ライナ、ワイズマン、フレアは参加しないようなので三対一。既に臨戦態勢が整っているゲオルグ達は、アルトを中心点に三角形を描くような陣取りをしていた。正面にゲオルグ、左右の斜め後ろにヒューム、ローワンがいずれも一足で踏み込める間合いを維持しつつ、チクチクとした殺気で絶えず牽制を繰り返していた。相手はいずれも一騎当千の猛者。ちょっとした砦くらいなら、無傷で攻め落とせる戦力達だ。

嵐の前の静けさの如く、沈黙が一拍の間を置くよう場に満ちた。

「ああっと、盛り上がっているところ、申し訳ありませぇん」

殺気が頂点に達するより早く、空気に水を差す呑気(のんき)な声を発したのはワイズマンだった。

殺気を維持したまま視線は向けられないが、四人の気配だけがワイズマンに向けられる。熱した空気が蠢(うごめ)くような独特の雰囲気に、一人息が詰まる思いでいたフレアは、自然と背中をブルっと震わせたが、当のワイズマンは防毒マスクで顔を隠しているのを差し引いても、臆(おく)している様子は微塵(みじん)も感じられなかった。

「総団長。報告がありますぅ……ロザリンさんの確保、失敗したみたいですぅ」

「——なっ⁉」

そう声を漏らしたのはフレア一人だけ。ライナも驚いたように両目を見開いている。しかし、内心で動揺しながらもアルトが表面に出さなかったのは、真正面で対峙(たいじ)するゲオルグがいたからだ。

「……野郎。やりやがったな」

呟(つぶや)く言葉の先。ゲオルグの顔には報告を聞いた瞬間に、したり顔の笑みが宿っていた。

耳に激しい破裂音が届き、ロザリンはビクッと身体を震わせながら思わず目を閉じてしまった。すぐにゆっくり瞼(まぶた)を開くと、目の前には変わらず涼しげな表情のアレクシスが、右腕を払うような体勢で此方(こちら)を……正確には後ろの方を見ていた。

「痛たた……ちょっと酷いんじゃないかしら、アレクシスちゃん」

少し怒ったような声が聞こえたのは、ロザリンの真後ろからだった。

「……えっ？」

慌てて振り向くといつの間に現れたのか、長身の女性が手を摩りながら困り顔をアレクシスに向けていた。おっとりとした顔立ちの割に、妙に体格の良いこの女性も円卓の間で見覚えがあった。第十二騎士団団長のシャルロット＝リーゼリアだ。摩る手の一部に赤味が差していることから、アレクシスは背後から伸びた彼女の手を払ったのだろう。

シャルロットは眉を八の字にしながら小首を傾げる。

「予定の行動とは違うようだけれど、いったいどうしたのかしら？」

口調は悪戯っ子を咎めるような、母性溢れる柔らかさに満ちているが、彼女もやはり騎士団長の一人。安堵よりも逆らい難い威圧感をロザリンも受けてしまう。

助けてくれた？　アレクシスはロザリンのマントを掴むと、自身の後ろに下がらせる。

「うわっ!?」

予想外の行動だったのだろう。シャルロットは困惑から眉間の皺を深くする。

「アレクシスちゃん。自分が何をしているのか、ちゃんと理解してる？」

「無論よ。私は私の倫理と道理に基づいて行動しているわ」

「そうね。貴女はそういう娘だわ……でも、これは命令違反になるわよ」

シャルロットの視線は背後に隠すロザリンを一瞥(いちべつ)する。

「十分、理解した上での行動よ。覚悟も既にできているわ」

「……精霊眼の危険性は考えているのかしら？」

咎(とが)めるような言葉にハッとなってようやく、この状況が飲み込めた。騎士団の目的はロザリンの確保であり、理由は魔眼が進化した存在である精霊眼を危険視したのだろう。自分でも精霊眼の全容は掴(つか)み切れてないのだから、概要だけを聞かされた人間が危険に思うのは至極、真っ当な判断だとロザリンも納得した。精霊眼の発動を警戒して、アレクシスが気を惹(ひ)いている間に、背後から忍び寄ったシャルロットが昏倒させるなどの方法で、ロザリンを確保する予定だったのだろうが、土壇場でアレクシスがそれに抗(あらが)ったのだ。

「打てるべき先手を打たなかった結果、不幸な結末が生じてしまうかもしれないわよ」

「その可能性は限りなく低いと私は判断した。理由はそれだけさ」

「根拠薄弱ね」

バッサリと切り捨てて、アレクシスに向ける威圧感を強めた。

「わたしは一人の騎士として、不幸になるかもしれない子供を、見過ごすことはできないわ」

「わ、私は……!?」

「彼女は子供じゃなかったわ……自分で運命に抗える、ちゃんとした魔女よ」

思わず反論しようとした口を遮ったのはアレクシスで、彼女は自分が言いたかった言葉をそのまま繋げてくれた。

「まだ半人前だけれどね」

「……わたし的には、一番心配しちゃう時期なんだけどなぁ」

呆れ果てたように呟いて、シャルロットは大きく肩を上下させ嘆息する。

そして発していた威圧感を緩め、母性溢れる微笑みを二人に注いだ。

「いいわ、わかりました。アレクシスちゃんがそこまで言うのなら、わたしも貴女の意思を尊重します。特別なんだからね」

言いながらお茶目を演出するように、パチッと片目を瞑ってみせた。

「お人が悪い。貴女は最初から見逃すつもりだったはずだ」

僅かに微笑を浮かべアレクシスは赤くなった右手を摩る。

「で、なければ。私の細腕で城壁の異名を持つ貴女を止めることはできません」

「城壁……その仇名、可愛くないから嫌なんだけどなぁ」

年甲斐もなく、と言ったら失礼だろうが、シャルロットは軽く頬を膨らませる。

一方で状況を飲み込み切れないロザリンは、困惑の色を表情に深めていた。

「えっと、つまり、どういうこと？」

「単純明快さ。君は問題なく、家に帰れるということだよ」

アレクシスが軽く肩を竦めながら説明すると、シャルロットが進み出てロザリンの前で視線を合わせるように屈み、にっこりと優しい表情で微笑みかける。

「ごめんなさいね、怖い思いをさせちゃったかしら？」

「えっと、びっくりはした、けど、大丈夫。慣れてる、から」

「荒事に慣れるのは、不健全なんじゃないかしら？　……今度、アルトちゃんをめッ、してあげなきゃダメね」

「――ぶふっ⁉」

まるで子供を叱る母親のような口調に、思わず噴き出してしまったのはロザリン……ではなく、意外にもアレクシスだった。彼女は口元を服の袖で隠し顔を背けると、驚いた二人が視線を向ける頃には、何事もなかったような涼しげな表情に戻っていた。クールに見えて案外、人とは違ったツボの持ち主なのかもしれない。

シャルロットは苦笑いを漏らしながらも、表情を引き締め視線をロザリンに戻す。

「とにかく、正直に言うとまだわたし自身、精霊眼は危険だという認識を変更するのは難しいわ。貴女を見逃すのはあくまで、アレクシスちゃんの判断を尊重してのことよ」

「うん。でも、大丈夫なの？　命令、無視して」

「それは、うん、まぁ大丈夫でしょう」

心配する問い掛けに何故かシャルロットは微妙な表情をする。

「総団長の命令をご丁寧に絶対順守する団長なんて、精々ライナくらいのモノだよ」

「……騎士団が、それで、いいの？」

「よ、良くないとわたしも思うけど……」

苦笑を漏らしてから言葉を区切り、シャルロットは真面目な表情を作る。

「でも、戦争が終わって、変わり始めたこの国を良い方向に持っていきたいという想いは、皆一緒だと思っているわ。だから、アレクシスちゃんの判断を信じます。アレクシスちゃんが信じた、アルトちゃんの判断を信じます」

「騎士団の動向は心配する必要ないよ。私やシャルロットさんが説得するまでもなく、総団長はこの結論に至る推測は立てているはずだ」

「全部、お見通しって、わけなんだ」

仮にも騎士団のまとめ役、本気になれば団長達を従わせられる相応の格と発言力は持ち合わせているだろう。そうでなければ、シリウスのような唯我独尊を絵に描いたような人物を部下に持つことはできない。

「だから、君は気にせず自身の道を進むといい。この件に関わる関わらないに関係なくね」

「……むぅ」

ロザリンは右目を隠す前髪を弄りながら思案する。

今回の一件。確かに天楼やシドとは色々と因縁はあるが、それはロザリンやアルトが進んで解決すべき事案ではない。ましてや騎士団の団長が勢揃いしているのだから、素人が首を突っ込むよりも被害も時間も最小限に抑えられるだろう。

だが、理屈とは違う感情が、力を宿す右目を疼かせる。

以前から予感があった。今回の一件がロザリンが王都に訪れた時の事件、ランディウス＝クロフォードの企みからの地続きなら、決して自分も無関係とは言えないだろう。それは決して想像や被害妄想の類ではない。疑似精霊を作り出すような技術や知識を、いったい何処から仕入れたのか。遡れば通常の魔術学では補い切れない大魔術が、各方面で使用されていたり、使用された形跡が残っていたりする。今まではハッキリと断言できる自信はなかったが、本当に天楼がロザリンの精霊眼……魔女の力を狙っているのなら、答えは自ずと一つに集約される。

「……天楼が使っているのは、魔女の、お母さんの、知識」

魔女エリザベット。ロザリンの母親で、数ヵ月前まで王都で暮らしていた故人の名前だ。

彼女はランディウス＝クロフォードの野心に巻き込まれ、悪事に利用された挙げ句に殺されてしまった非運の人。もしも、生前に書き残していた資料が天楼に渡っていたとしたら、魔女の知識を利用されている可能性は大いにあり得る。むしろ、ランディウスの背後で糸を引いていたのは、義弟のボルド＝クロフォードで、ボルドは天楼の首魁シドの実子ということから考えると、予想は更に真実味を帯びてくるだろう。

だとすればそれは、ロザリンにとって看過できない事案だ。

「私は、決めた」

「へえ。どうするのかな？」

期待するようなアレクシスの問い掛けに、ロザリンは決意を込めるよう大きく息を吸う。

「天楼を、やっつける！」

「――よく言ったぞ、えらい！」

二人とは違う声色で激励を受けた直後、頭部にズシッとした重みを感じた。

「この、感覚……ネロちゃん？」

「そうだ、流石ネロちゃんの相方。わかってるね」

むんずと頭上にある生温かい物体を掴み、目の前に持ってきたそれは、黄色い毛並みと垂れた耳が特徴的な兎、水神リューリカの眷属でもある獣族のネロだった。

「リューリカ様がロザリンをご指名だ。悪い奴をブッ飛ばせってな♪」

買い物に誘うような気楽なテンションで、ネロはぷるぷると長い耳を揺らしていた。

第五十一章　輝ける時の中で

天楼楽土。

一人の男が消えぬ戦火の炎を篝火として作った幻想の町は、王都が盛り上がる太陽祭の熱とは別の熱気で満ちていた。ここで暮らす人間は人並みの生活から弾き出され、零れ落ちた先のコミュニティでも、居場所を失った人々ばかりだ。犯罪歴や人間性の欠落など、擁護のしようもない屑もいれば、人の理不尽さに押し潰され追いやられ、膝を折るように辿り着いた者もいる。健全な生活を営む者達には自業自得と言われるかもしれないが、誰も彼もが最底辺に落ちたくて落ちた人間ばかりではない。正義の味方が助けられなかった人達、あるいは人の道徳と倫理が振るい落とした人々の、最後の安住の地が北街というスラムの存在意義であり、そこに作られた小さな楽園の存在意義でもある。太陽祭初日の夜が訪れるこの楽園は、誰も彼もが落ち着かない様子で狂乱の準備をしていた。

太陽祭自体は北街とは関係なくとも、天楼楽土では他の街での暮らしを忘れられない者達が、ささやかながらも祭りの真似事のような行事を、自主的に執り行っていた。飾りつけも簡素だし、屋台の料理も普段と変わり映えはなく、用意される酒も飲み慣れた混ざり物ばかり。しかし、これが天楼楽土の祭りだと開き直った上で、歌えや踊れと一晩中騒ぎ立てれば、不思議と終わりを惜しみ、来年のこの時期が待ち遠しく感じられる程度には、この街での定番になりつつあった。

しかし、今年は違っていた。

祭りの期間だけでなく、普段から通りに並んでいる屋台や出店は全て片付けられ、並べられた無数のテーブルの上にはパンや揚げ物など、片手で掴(つか)んで直(す)ぐに食べられる物と、木製のジョッキに注がれた水が同じく大量に並べられていた。他にも路上では簡易的な炊事場が作られ、幾つもの火にかけられた大鍋の中には、沢山の野菜を煮詰めたスープやシチューが出来上がった側(そば)から皿によそわれ、同じようにテーブルに並んでいく。まるで戦場の炊き出しのような光景の中、忙しく炊事場を駆け回っているのは天楼楽土に住む女達で、彼女らはツギハギだらけのエプロン姿に、三角巾を巻いた額に汗を掻(か)きながら必死に大量の食事を作り続けていた。その姿は何処(どこ)か悲壮感に満ちていて、泣きたい気持ちを振り払うかのように、ただがむしゃらに働いているようにも見える。

通りで忙しく作業をしているのは女達だけではない。

食事が並べられている通りから奥に進んだ屋敷側には、大量の真新しい武器が山積みにされていた。同じ形をした槍(やり)に刀剣、側では少年達が真剣な表情で、弓の弦(つる)の張り具合を確認したり、束ねた矢を矢筒の中に均等になるよう入れる作業に勤(いそ)しんでいる。これらは全て既製品ではなく、天楼楽土の内部で製造された物だ。住人の中には鍛冶職人も数名いて、全て彼らのお手製である。幸いなことに廃墟を少し探せば、材料となる屑鉄はそれこそ掃いて捨てるほど手に入るので、時間さえかければ正規軍にも引けを取らない武器、並びに防具を製造することは難しいことではなかった。防具も同じだ。この場には並べられてはないが、時折、鎧と兜を身に着けた男達が険しい表情をしながら、急ぎ足で屋敷の方へ向かっている姿が確認できる。流石に甲冑を一式、人数分揃えるのは難しかったのか、軽装の鎧が殆どだったが、輝かんばかりに磨かれた表面には職人の熱意が込められていた。

　戦争前夜。その呼び名が相応しい光景を首魁シドは、屋敷の最上階の私室、柵のない吹き抜けのベランダに胡座をかき、盃を傾けながら見下ろす。

　既に日は落ちているが、多くの篝火で照らされた天楼楽土の通りは明るく、忙しなく動く住人達の動きが一人一人までハッキリと見て取れた。視線を正面、遠くの方へ向けてみれば、水の反射でうっすらと青みがかった宵闇に浮かぶ水晶宮と、更に向こう側に温かな無数の明かりが灯っているのが視認できる。街の明かりだ。あれこそが王都の光と言って差し支えはないだろう。老いさらばえたシドの目玉でも、はっきりとわかる街の輝きは瞳の奥が痛くなるほど眩しく、愛おしく、そして憎かった。

　臓腑を腐らす嫌な感情を洗い流すように、縁一杯にまで注いだ酒を一気にあおる。

「随分と不味そうな面構えだ。酒ってのはもっと、美味そうに飲むモンじゃないかな」

不意に背後から男の声が聞こえた。黒いジャケットに髪型をオールバックに整えたハウンド……オメガだ。

「へっ。酒の味もわからなくなっちまったら、そろそろ禁酒を考えなきゃいけねぇな」

振り向かずに視線は天楼楽土に落としたまま、シドは皮肉交じりに笑った。

「そっちこそ、いつもの妙な喋りはどうした。今更、真面目ぶるような人間じゃあるめぇよ」

「ハウンドとしてのケジメだ。流石に喋り方くらい確りしとかんと、先代にどやされちまうからな」

「オメガは封印ってわけか……オメェさんの不器用さも、大概じゃねぇか」

側に逆さで置いてあった予備の盃に酒を注ぎ、座ることを促すように横へ置く。

「いや、結構。酒は断っているところなんだ」

「幸せそうな顔ができねぇからか？」

「……単純な願掛け、さ」

痛いところを突かれ渋面するが、何とかそれだけを言い返す。

「ハッ、馬鹿者が。惚れた女より義理を取るかよ。仕方がねぇ野郎だ」

「そうなるように仕向けたのはアンタだろ。実の息子の命より、自分の野心を優先した男に、糾弾される謂れはないな」

「おいおい、耳が痛い話は止めてくれ、酒が余計に不味くなっちまうぜ」

「……死地に追いやる連中を目に焼き付けながら飲む酒で酔えるほどアンタが厚顔無恥だったんなら、俺も遠慮なく背中から心臓を穿てたよ」

言いながら、僅かな殺気を乗せて右の手刀でシドの背中を狙った。微動だにしない無防備な背中。けれど、大きく分厚い老成した男の背筋は、どうしてかハウンドの技を持ってしても貫ける気がしなかった。

意地と覚悟。陳腐だが重いそれを背負った後ろ姿は、ハウンドには眩しく思えた。

「今日から一週間、王都は太陽祭で飲めや歌えの大騒ぎだ。知ってるか？　北街の貧民連中は大量に廃棄される残飯が手に入るからって、大喜びの時期でもあるんだぜ」

「……そいつは」

「憐れだと思うか？　それとも情けないと思うか？　儂はそのどちらでもねぇぜ」

盃に注ごうとした酒瓶を、そのまま一気にラッパ飲みする。

「儂にあるのは怒りだ。誰に対したモノでもねぇ、自分自身に対してのな」

「助けられない者達への、罪悪感か？」

「助けちまった連中も含めてだ」

酒瓶を全部、飲み干したシドは膝を叩いてから「よっこらせ」と立ち上がった。

「儂らは無責任にも教えちまった……地獄の釜の底での生き方を。生きるってのは順応することだ。ヘドロの溜まった濁った水でも生きてける生き物もいるが、浄水されちまうと途端に生き辛くなっちまう。北街で生き抜くってことは、北街でしか生きられないってのと同義だ……儂らはなぁんも考えず足掻くだけ足掻いて、ここでしか生きられねぇ土台を作っちまったのさ」

「だからこそ、繋いだ命があるんだろう」

「そうだ。だが、これじゃ駄目だ、駄目だった……儂が欲しいモンはただ生きるだけの明日じゃねぇ、燃え残っちまった昨日だ！」

ダンッ！　と足を叩き付けるようにして床板を軋ませると、シドは素足のまま吹き抜けの壁から屋敷の外へと飛び出した。高さは通常の建物の三、四階建てほど。常人なら無事では済まない高低差を、躊躇なく踏み出したシドの巨体が宙に舞い、真っ直ぐ出入り口と通りの中間地点に落下する。地鳴りが響くほどの衝撃を、膝を九十度に曲げるだけで受け止めたシドは、大きく息を吐き出しながら、突然の登場に目を丸くして驚きに止まる天楼楽土の住人達を見回す。

シドは衝撃で乱れた髪の毛を、両手で額の方から強引に撫でつける。

「よう、皆の衆。今宵は良い月夜じゃあねぇか」

視線は月など見ていない。見ているのは、何処か不安げな天楼の仲間達だ。

「街の方じゃ今頃、昼夜問わずの乱痴気騒ぎ。それに引き換え、儂らはこの世の終わりみてぇな面晒して、いそいそとそんな連中の足を引っ張る準備をしてやがる」

　数秒前まで忙しなく動き回っていた人々の足は、いつの間にか止まっていた。パチパチと篝火の炎が爆ぜる音だけを残し、誰もが固唾を飲んでシドの言葉に耳を傾ける。自分達が命を預け、今まさに命を捨てようと託す男の声を、忘れて無様を晒さぬように確りと心に刻みつける。そんな悲壮な決意を汲み取るように、シドは着地の衝撃でまだ軋む全身を、天に昇る月に届かせるよう背筋を伸ばした。

「だが、いい。それでいい」

　ニヤッと歯を見せて笑う。

「儂らは何処まで行ってもはぐれ者、形ばかりの街の中に引き籠もっても、結局はこうしてはみ出しちまう馬鹿者よ。オメェさんらも同様だ。地獄の釜の底を叩き割って、更にその下に落ちようって儂につき合う必要なんぞ、さらさらねぇのにも拘わらず、ご丁寧にほぼほぼの離反者もなく残っちまうなんざ。やれやれ、学がねぇってのも考え物じゃあねぇか」

　揶揄うような言葉に耐え切れず、誰かがクスッと噴き出す。そうでない者の中にも、自然と苦笑に近い笑みを湛える者もいた。

「要するに楽土だ何だと気取っちゃいるが、誰も彼もこんな底辺の暮らしは嫌だってのが本音だったってことだ……奇遇じゃあねぇか、儂もだ」

いつの間にか、屋敷の前には大勢の人が集まり、シドに熱い視線を送っていた。

「この中には今日明日で今生の別れになる連中が、大勢いるだろうよ。こうして見回してみれば、儂より年寄りは一人としていやしねぇ。三十路、四十路だけじゃあなく、十、二十の若造もいる。儂が地獄に堕ちるのは確定事項だが、とんでもねぇ責め苦を浴びせかけられちまうだろうなぁ」

豪快に口を開いて笑うが、天楼の人々は笑ってはいなかった。自分達を死地に追いやることに対しての恨みからではなく、老若男女、天楼楽土に集った全ての人間達が、自らが首魁と祀るシドに絶対の信頼を置いているからだ。

同時にシドも全身に彼らの熱く、重い覚悟が視線となって突き刺さるのを感じる。

鼻の穴を大きく広げて息を吸い込んでから、シドは皺だらけの顔面に決意を漲らせた。

「天楼の家族達よ。オメエらの全員が今宵限りの命だとしても、儂は天楼楽土の全てを担いで、あの湖に浮かぶ忌々しい城と水神の姫様をぶち壊す！」

ビリビリと覚悟が振動となって空気を震わせる。

「神を殺す戦の始まりだ！」

シドが叫んだ直後、人々の鬨の声が咆哮となって北街に木霊する。同時に足元を踏み鳴らす音が地響きとなり、空気と大地に戦う者達の戦意と決意を叩き付け、天楼楽土全体を包んでいた熱気は更に温度を増し、まるで街そのものが燃えているかのような錯覚を覚えるほど、異様な雰囲気が渦巻いていた。単純な比喩表現ではない。鼓舞された一人一人の感情が、微々たるモノではあるが、純度の高い魔力となって体外に排出されると、それは物理的な意味でシドと天楼の力となる。

シドは膝を曲げて腰を深く落とすと、両膝を外側に向け腕を大きく左右に開いた。

「目ん玉おっぴろげてよぉく見やがれぇい！」

広げた両手を骨が軋む音が聞こえるほど強く握り締め、全身の筋肉を隆起させる。

「天楼のシド、一世一代の晴れ舞台ッ！　派手にぶち上げるずぉぉぉぉぉぉぉぉ‼」

胸の前で強く両の拳を打ち付けてから、シドは前方に倒れ込むような形で、振り上げた両腕を全力で地面に叩き付けた。ハンマーを叩き付けるような重く鈍い音と振動が轟いた瞬間、無数の光が線となって四方八方を駆け巡る。シドの周辺だけではなく、天楼楽土、北街の全域、否、それらは一瞬にして王都の全域を駆け巡った。意識しなければ気にも留められないほどの刹那。感知できた人間は一握りに過ぎないだろう。

描いたのは魔法陣。溜めた息を吐き出すと、シドの全身から汗が濁流のように溢れた。

「……はぁはぁ、はぁ」

息切れと呼ぶより呼吸困難に近く、酒を飲んで血色が良かったはずの顔色が見る間に土気色へと変貌している。急激な魔力消費による反動だ。両手を突いたまま立ち上がれないシドから、止めどなく流れる汗が地面を濡らしていく。

ぜひぜひと喉が鳴るような呼吸音を立てながら、シドは満足げな顔を正面に向けた。

「き、禁術、神魔覆滅の陣ッ」

その言葉が鍵となり、世界は大きく反転した。


北街のとある一角に、極楽街と呼ばれる場所がある。

極楽街は細い路地が網目状に走る狭い地区で、人一人がギリギリすれ違える路地が幾つも伸びている。左右の建物は石造りだった物は木材などで補修され、安全性が確保されていたり、路地の端っこに人の手が入った鉢植えが置いてあったりと、住人達の生活が確り根付いていることが窺えた。多少、不衛生な臭いが鼻孔を突くが、これも他の地区に比べればマシなくらいだ。少し開けた場所に出ると、それなりに人通りも多くなる。極楽街に限ったことではないが、働き口の少ない北街は他の街と違い、昼間でも忙しなさは殆どない。通りにいる人々も日陰に座り込み、紙巻煙草を吸いながら談笑していたり、たき火を起こして根菜のような物を焼いていたり、中には半裸で道の真ん中で大イビキをかいている者もいたりする。全体的に陰鬱とした雰囲気や、組織間の抗争でピリピリした空気がある北街において、何処か牧歌的でのんびりとした空気感があるのは、それだけ極楽街が治安の良い証拠だろう。

治安が保たれている要因は、極楽街にある診療所にある。

木造二階建ての大きな建物。正面は広場のように開けていて、柵で囲われた花壇には様々な種類の植物が鮮やかな花を咲かせていた。この光景もまた北街では珍しく、穏やかさに満ちた雰囲気はすさんだ心も和ませてくれるだろう。

玄関の直ぐ横に吊るされた看板には、シーナ診療所と書かれている。北街では数少ない、信頼の置ける医療を提供してくれる場所だ。同時に身寄りを失った子供達の寝床でもあり孤児院的な役割も果たしているのだが、今宵の軒下には一人の女性が、強張った表情で夜空を眺めていた。

天楼の猟犬フェイだ。

今しがた、強力な魔力が駆け巡ったのを感じ取った。シドの懐刀でもある彼女が、その意味を知らないわけがない。逆に天楼でも序列が高い位置にいる彼女が、何故、こんな場所にいるのかの方が不自然だろう。

「フェイさん？」

不意に背後から少女が声をかけてきた。振り返るとドアを開いて、心配げな顔を覗かせるコルダが立っていた。闇医者シーナの助手見習いの彼女とは、二人が天楼に逗留していた時に知り合ったのだが、何故だか不思議と懐かれてしまった。

「眠れませんか？　もしかして、まだ傷が痛みます？」

「傷？　……ああ」

言われて思い出したように、フェイは自身の額に巻かれている包帯に指を触れた。

数日前。囚われたアルトを見送った夜、ミュウからの襲撃を受けてフェイは大怪我を負ってしまった。倒れているフェイを見つけたのが、争う音を聞きつけ様子を見に来たコルダで、そのままシーナの元に連れていかれ治療を受けた。そしてシーナ達が天楼を離れる際、治療を理由に極楽街の診療所まで連れてこられた。実際は天楼内の異変に気が付いたコルダが、慕っているフェイを引き離したかったのだろう。

（……いや。わかっていて断らなかった私にも、迷いはあったのか）

「フェイさん？」

「ああ。怪我は平気だ、傷口ももう塞がっている……ただ、ちょっとな」

意識が引っ張られるように、視線はチラチラと天楼楽土がある方角に向けられる。

「今更ですけど、ここにお連れしたのは、ご迷惑でしたか？」

「……いいや、そんなことはない」

少し思案したが、不安げなコルダの問いに、迷うことなく答えることができた。

天楼はフェイにとって大切な居場所だ。シドにも恩義があるし、積年の積もり積もった恨みは抑え込めはしても、消え去ることは永遠にないだろう。明日を見ることを選んだフェイにとって、昨日を取り戻すことに固執するシドの想いは、理解はできても自らの剣を預けることにはどうしても踏み切れなかった。もしかしたら、あのまま天楼に留まっていたら迷いを抱いた状態で、自身も戦場に赴いていたかもしれない。その意味で言うならば、連れ出してくれたコルダには感謝をするべきだろう。以前だったら考えもしなかった思考に苦笑しながら、それでも視線は天楼楽土の方に吸い寄せられる。

「未練とでも言うべきなのか……我ながら情けない」

「お馬鹿ちゃん。そういうのは、単純にお人よしと言うのですわ」

「――っ⁉　ら、ラヴィアンローズ⁉」

声に反応して顔を向けると、闇夜を裂くように屋根伝いに飛び跳ねながら正面の広場に降り立つラヴィアンローズの姿が現れた。意識が散漫になっていたこともあって、接近に気づけなかったことにフェイの表情は驚きから渋面に変わる。コルダの方はといえば、フェイに対してとは違い露骨に嫌そうな顔をしていた。

一部を除き全く歓迎されてはいないが、彼女もまた診療所の患者の一人だ。

「随分と長いこと診療所を空けていたな、今夜は帰ってこないと思っていたぞ」

「治療を受ける気がないんでしたら、さっさと出て行って貰いたいです」

「あらあらおチビちゃん。フェイとは違ってわたくしには冷たいのねぇ、やっぱり才能溢れる美少女って罪な存在なのかしらぁ」

微笑みながらの威圧に、コルダはビクッと身体を震わせた。

「貴様が悪い癖にこの娘を脅すな……首尾はどうだ？」

「さぁて、どうかしら」

まるで他人事のように自分のポニーテールを弄る。

「一通り見廻ってはみましたけれど、後はまるっとお任せしてきたわ」

「……自分は何もしない気ですか？」

フェイの背後に隠れながら、ジトっとした目をコルダが向ける。

「何もしませんわよ。だって楽しくなさそうなんですものぉ」

誤魔化すことなく堂々と言い張るが、いかにもラヴィアンローズらしい主張に二人も呆れるだけだった。

やや間があって。

「……どちらが勝つと思う？」

「興味ありませんわ」

迷いを見抜かれたのか、素っ気なく躱されてしまう。

「他人に答えを委ねるのは止めなさいな。それをしたくなくって、貴女は篝火から自分の火種を外したんじゃないかしら」

「そう、だな……聞かなかったことにしてくれ」

「まぁ勝つのは王国側でしょうけどね！」

引いた途端に高らかに答えられ、コルダの目付きが三角になる。

「て、適当すぎる。興味なかったんじゃないんですか」

「答えないとは言ってませんわ」

「ハッキリと断言するんだな」

「あらあら。古巣を貶められるのはお気に召さないのかしら？」

「複雑ではない、といえば嘘になる……やはり鍵となるのは、英雄シリウスか？」

「ノンノン」

得意げに指を左右に振ってから、唐突に背中に大太刀を右手で握る。

「このわたくしが居るからですわ」

「――ッ!?」

突然、発した殺気に中てられ、フェイは遅ればせながら気が付いた。この診療所が悪意ある何者かに囲まれていることに。暗がりにぼんやりと複数の赤い小さな光が浮かぶ。最初は何なのか理解できなかったが、直ぐにそれが瞳から発する魔力光だということがわかった。

「連中は、エンフィール騎士団か」

コルダを背に守りながら、フェイは腰の得物に手を伸ばし呟く。暗闇に浮かぶ不審者の正体は、着ている鎧を見る限りエンフィール騎士団の正規騎士達。しかし、王国側が差し向けた刺客ではなく、一足早く離反した第六騎士団のモノだ。

「やる気がないんでしたら、お家に隠れてぷるぷる震えていても結構ですわよ。騎士の百や二百、退屈しのぎに叩き殺してあげますわ」

「……余計な世話だ」

左右の山刀を逆手で抜き、回転させながら持ち直す。

「助けられた恩義を返す為にも、この場所を脅かす敵が現れたのならば、私は迷うことなく我が技を振るおう」

「フェイさん……わ、私も！」

「駄目だ。お前は中に戻って、眠っている子達を守るんだ」

「私だって戦えます！　先生に、拳法の手ほどきだって受けてるんですから！」

「駄目だ」

拳を握って意気込むコルダ。しかし、フェイは繰り返す言葉で主張を拒む。

「その先生に留守を託されたのはお前だろう。違うのか？」

厳しさを帯びながらも、何処か優しさの混じる声にコルダはハッとする。

「……わかりました。フェイさん、どうか気を付けて」

礼を述べるかのようフェイの背中に一礼してから、コルダは診療所の中へ戻って行くと、玄関の鍵を施錠する。武装した騎士達相手には意味をなさない行為だが、気休めくらいにはなるだろう。

「小娘ちゃんに好かれるなんて、倒錯的ですわね」

「ふん、羨ましいか?」

揶揄う言葉に対して、フェイにしては珍しい切り返しにラヴィアンローズは少し驚く。

本来なら更に丁々発止のやり取りを続けるところだが、それを遮るように騎士達は敷地の手前にまで姿を現し始めた。騎士達、と表現はしたが、赤く光る瞳に自己を主張する意思は感じられず、幽鬼に似た虚ろな雰囲気を漂わせている。

「戯言はここまでだ。お前とは仲間同士ではないんだ、劣勢になっても助けないぞ」

「ご心配には及びませんわ。猟犬ちゃんがピンチにならないように、連中はまるっとわたくしが皆殺しにしますから」

物騒な物言いもラヴィアンローズが言うとより物騒に感じられる。

その間も診療所を取り囲む赤い日の騎士達は数を増していく。二十、三十、目算で四十に近づく騎士達。数字の上では明らかな劣勢に立たされているのにも拘わらず、ラヴィアンローズとフェイ、二人の麗しき美剣士は不敵な笑みを湛えた。

クロノライン。エンフィール王国の最北にある山間に築かれた城塞都市で、ラス共和国との国境を見張る防衛線でもある。かつては戦争の前線基地として、幾千、幾万の帝国兵を遮り血染めの城壁と呼ばれたこの場所も、停戦協定が結ばれて以来、長く穏やかな時間が流れていた。

太陽祭初日の夜。クロノラインに接敵する所属不明の一団があった。盗賊の類にしては綺麗すぎる装備に、毛並みの美しい騎馬に跨がった集団は、複数の篝火が灯された城塞都市を遠巻きに眺める。暗闇に紛れる為、明かりは灯していないが、戦闘用の騎馬集団に紛れて、幌のない二頭立ての馬車が存在を主張している。ゆったりと座れる後部座席でのんびりとしているのは、周囲の物々しさには不釣り合いな令嬢が一人。遠目から光源が見咎められないように、黒い布を周りに巻いたランプを横に吊るし、令嬢は時折、口元を手で隠しながら楽しげに書物を読み耽っている。

縦ロールの金髪にドレス姿。絵に描いたような貴族の少女だ。彼女の名前はジャンヌ＝デルフローラ。ラス共和国近衛騎士局に所属する騎士の一人である。

ジャンヌの直ぐ側の騎馬に乗る壮年の騎士は、何処か不安げな様子で問い掛ける。

「ジャンヌ様。本当によろしいのでしょうか？」

「あらぁ、急にどうしたのかしら？」

視線は書物に落としたまま、ジャンヌは上品で鼻にかかった甘い声を出す。

「後数キロも隊を進めればエンフィールとの国境にぶつかります。少数による進軍故に、クロノラインの連中に気取られてはいませんでしょうが、一度国境を越えてしまえば言い訳は効きませんぞ」

「あらあら、うふふ。大袈裟なことを仰いますね」

長い睫毛を揺らしながら、ジャンヌは気品溢れる微笑みを浮かべる。

「なにも戦争を仕掛けようというわけではないんですから、そんなに気張らなくてもよろしいじゃありませんか。ちょ〜っとだけ、城塞都市さんに気持ち強めに当たればいいだけの話なんですよ」

「……正体が露見すれば、外交問題になります」

「それこそバレなければ問題ない話じゃありませんですの」

ページを捲りながらこともなげに言うが、騎士の不安げな表情は晴れない。

「そもそもにして信頼の置ける話なのですか？　評議会の認可を受けていない怪しげな貿易商が持ち掛けた依頼なんぞ、我らは民間の万事屋ではないのですよ？」

「あら心外。この話を持ち掛けたのは、帝政時代からファミリーと取引があった商人からよ。怪しいのは同感ですけれども、それを差し引いても余る信用と実績は積んできていますの……わたくしを敵に回せばどれほど恐ろしいのか、骨の髄まで知っているはずだもの」

口調は穏やかだが、隠し切れぬ圧力に壮年の騎士は思わず息を飲み込んだ。

デルフローラファミリーは帝政時代からの武官一族で、バリバリの武闘派だ。大きい戦争では必ずといって良いほど名を連ね、周辺諸国にはデルフローラの人間に煮え湯を飲まされ、恨みを抱く者も多いだろう。例に漏れずこのジャンヌも見た目こそ派手な令嬢ではあるが、この場にいる全員が襲い掛かったとしても、息も切らさず返り討ちにできる実力を持っている。壮年の騎士は敬意と畏怖を払いつつも、補佐役という立場から彼女の無茶な行動を諫めなければならない。

「ジャンヌ様。ならばせめて接敵による威嚇行動のみで……それならば被害も出ず、先方との約束でもある『注意を引く』という役目も、十分に果たせると……」

「駄ぁ目」

可愛らしく、けれども有無を言わせぬ圧を乗せてジャンヌは却下する。

「折角、久方ぶりに気合いの入った殺し合いができるのに、なぁなぁで終わらせちゃったらつまらないじゃありませんか」

含み笑いをしながら楽しげに言い放つ。何気ない雑談のようなテンションに、昔からの補佐役であった壮年の騎士も怖気が止まらなかった。

「つ、つまるつまらないの問題では……こんな名誉もない戦いで、死ぬかもしれない兵達はどうする……ッ!?」

「ガタガタとうるっせぇんだよ、チンカスかテメェはッ!!」

一転、眉間に深い皺を刻んだジャンヌが、手を伸ばすと補佐役の顔面を鷲掴みする。

「おいゴラ。テメェはウチに勤めて何年だ？」

「ンガッ……じゅ、十三年目に、なりま……」

「だったらわかってんだろうがッ！」

鷲掴みする握力が増すと、補佐役の頬骨が嫌な音を立てて軋(きし)む。

「デルフローラファミリーの人間がなぁ、武装して外に飛び出して、敵の首一つ取らずに帰ってきましたじゃ武闘派の名折れなんだよ。チキッたことばっか抜かしてっと、テメェのチンポ切り落として犬に食わせるぞ短小野郎がッ！」

「――ギャッ!?」

最後はめり込ませた指先を、引っ掻(か)くようにして補佐役の顔から離す。ヤスリで鋭く綺(き)麗(れい)に整えられたジャンヌの爪が、補佐役の顔面に引っ掻き傷を作ると、滲(にじ)んだ血が顎鬚(あごひげ)を赤く染めた。

「わ、わかりました。申し訳、ありません……出過ぎた真似を致しました」

「けふん……わかれば、よろしいんですよ。うふっ」

咳払いで切り替わるように、先ほどの下劣極まりない態度から、元の上品を装った令嬢の皮を張り直す。遠巻きに待機しながら見ていた部下達に、驚いた様子が見られないのは、アレがジャンヌ＝デルフローラの素の部分だからだろう。

「では、後一刻ほどしたら国境まで隊を進めましょう。クロノラインが此方(こちら)の動きに気づいて部隊を出してきたら、陣形が整う前に一気に駆け抜けて戦線を掻き回しますわよ」

「野戦に臨まず城塞に引き籠もり、様子見をされた場合は如何なさいます？」

「それこそ望むところじゃありませんか。城攻めこそがデルフローラの戦働き。守備に徹すれば勝てると思っている愚か者に、攻めれば良かったと後悔させて差し上げますわ」

微笑みながら確かな自信を持って、ジャンヌは再び視線を開きっぱなしの書籍に落とした。長くデルフローラファミリーに仕えてきた補佐役だからこそ知っている。彼女の言葉は驕りでも過信でもないことを。もしも先の戦争でエクシュリオール帝国が、長期戦を想定した防衛策ではなく、夏季の短期決戦を選んでいたら、ジャンヌを長とするデルフローラファミリーが苛烈極まる活躍を見せたことだろう。逆に言えば補佐役のように慎重な人間は、デルフローラファミリーの中では貴重な存在といえる。

ジャンヌが請け負った仕事は、指定された時期にクロノラインを攻めること。

彼女の部隊は今夜、急遽に集められたものではなく、数日前から存在を匂わすよう国境に近い位置で、何度も出没しては消えを繰り返していた。怪しげな武装集団が国境沿いに出没すれば、エンフィール王国としても警戒しなくてはならない。危険性の高い相手ならば、注目度も自然と高くなる。水神リューリカの影響力が低下する太陽祭の時期なら、クロノラインの反応もより過敏になるし、怪しげな集団がいるのなら最悪の事態を想定して、ある程度の戦力を送らねばならない。

その読みは的中して現在、クロノラインには通常より大勢の兵が投入されている。

「クロノラインにはどれくらいの戦力が集まってらっしゃるのかしら？」

「密偵の情報によると二千ほどかと。通常時は千を割る人数しか動員されていませんので、約二倍の数が集められております」

「ふぅん。意外と少ないのですわね」

こちら側の部隊は五百程度なので、相手取るには無謀な差のはずなのだが、ジャンヌはつまらなそうに呟いた。

「やっぱり、ちょっとくらいは突いておいた方が、あちら様も本気になったのかしら？」

勘弁してくれよ、と補佐役は頭を抱えそうになったが、それより早くジャンヌの声が飛ぶ。

「時刻は？」

「ハッ……後二時間ほどで予定の時刻になります」

「そう。なら、三十分経ったら部隊を前進させましょう。準備を整えておいてくださいね」

「了解しました」

敬礼してから補佐官はふと、今更ながらの疑問を抱く。

「ところでジャンヌ様。先ほどから熱心に読み耽っているご様子ですが、どのような書物をお読みになってらっしゃるのですか？」

「艶本ですわよ。旧帝都では発禁になっているから、手に入れるのに苦労しましたの」

聞かなきゃよかった。と、補佐役は心底後悔した。

エンフィール王国第六騎士団団長、アレハンドロ＝フォレストにとって、今宵こそが自らの運命を決定づける天王山である。

アレハンドロは優秀な騎士であった。高い身分の出ではなかったが、フォレスト家の歴史は古く、エンフィール王国建国から続く純血貴族の名門の一つに数えられる。戦や政に然したる功績は残してこなかったが、大きな失敗や悪評もほぼ皆無で、平凡な地方領主として長年細々とその血を繋げてきた。その歴史にあってアレハンドロは非常に有能な人間と言えるのだろう。出自こそ低いモノの、歴史ある名家であることが王都の貴族派達の目に留まり、本人の非常に巧みな世渡りの上手さと、騎士学校時代の優秀な成績も手伝って、有力者の覚えもよく、彼が家督を継ぐ頃にはフォレスト家は貴族派の末席に迎えられることとなった。

そこからの人生は、まさに順風満帆。大きな戦争では大戦果を挙げることは叶わなかったが、堅実な指揮と地道な実務経験が実を結び、戦後、騎士団再編成時には貴族派の重鎮達からの推薦もあり騎士団長へと抜擢された。

シリウス達のような英雄でもなければ、影響力の高い有名貴族でもないアレハンドロにとって、まさに夢のような出来事、出世街道まっしぐら。勿論、口さがない人間達が陰口を叩いたりしたが、影響力が落ちたとは言え貴族派の重鎮を後ろ盾に持つアレハンドロに、表だって逆らう奴はいなかった。

天楼のシドとは騎士団長になってから、とある貴族の紹介で知り合った。最初は薄汚い北街のヤクザ者と低く見ていたが、話してみると見聞が広く礼節も弁えている上に、相手に不快感を与えない豪快さを持った非常に魅力的な人物で、すぐに彼が一廉のカリスマ性を持つ豪傑であることが理解できた。シドから今回の話を持ち掛けられたのは、一年以上経ってからだがアレハンドロに驚きはなく、逆に「ああ、なるほどな」と納得ができた。勿論、すぐに協力に応じると返答したわけではない。今の王国のあり方に不満がないわけではないが、騎士として天下国家を支える忠誠心も、少しはアレハンドロの中にあったからだ。しかし、この計画を成功させ天楼が王国の実権を握れば、中心人物として活躍した自分が総団長の座に就くことも夢物語ではない。それどころか、フランチェスカやボルドが失脚し、空座となった貴族派の頂点に立つことだって可能だろう。他に声をかけられた貴族派の騎士団長は、曖昧に答えを濁し決断を渋っているようだが、アレハンドロは違う。真っ先に賛同の声を上げ、自らが先頭に立って取り仕切る姿を見れば、シドだって誰だって頼もしく思い信頼を勝ち取ることができるだろう。状況が傾き後になって天楼にすり寄る貴族や騎士が現れたとしても、アレハンドロ以上の信頼を得ることは叶うまい。

　アレハンドロはこれからの明るい未来に希望で胸が一杯だった。

　王都は真夜中に沈みながらも、祭りの熱が色濃く残るかのように蒸し暑く、ジッと立っているだけでもじんわり肌が汗ばんでくる。そんな中を完全武装の鎧姿で、王都の通りを堂々と進む集団が存在する。

　アレハンドロが先頭を行く、第六騎士団の面々だ。

　ここは北街の中心部、奈落の社が本拠地を置く歓楽街。スラム街で最も繁栄し王都の危険と快楽を全てごちゃ混ぜにしたようなこの区画は、普段なら夜が深まれば深まるほど淫靡さと騒々しさが増していくのだが、今日ばかりはゴーストタウンのように静まり返っていた。路地で客引きをする娼婦や道端で眠りこける酔っ払い、不幸にも迷い込んだ旅行者から金を巻き上げるチンピラの姿も、人っ子一人見当たらないのは、アレハンドロ達第六騎士団がこの区画を、ほぼ制圧してしまったからに他ならない。

　残すは奈落の社が根城にする宿屋、バースデイのみだ。

　静まり返った歓楽街を見回しながら、アレハンドロは愉悦で唇を歪め鼻を鳴らす。

「ふん。もう少し歯応えがあるかと思ったが、抵抗すらしてこんとは……おい」

「ハッ」

　側で明かりを持った部下に指示を与えると、先を照らすように松明を掲げた。

「連中は奥の巣に引き籠もっておるのか。害虫らしい身の守り方ではあるな」

「火をかけて一帯諸共、焼き払いますか？」

松明を掲げる部下がとんでもないことを言い出すが、咎められることもなく、アレハンドロは面白がるように「くくっ」と含み笑いを漏らす。

「滅菌焼却は面白い手段ではあるな。だが、我々は騎士だ、騎士は騎士らしく野蛮な真似はせず、正道を歩むべきモノではないか」

「正道、ですか？」

「そう」

大きく頷いてから、アレハンドロは誇り高く堂々と胸を張る。

「敵はすべからく撫で斬りにすべし。下賤な者共でも首は首、名誉を語るには些か物足りないが、勇名を誇るには必要な物だ。なぁ？」

問い掛けると後ろの騎士達も、同意するよう兜の下に笑みを浮かべた。

天楼の息がかかった騎士達の強襲を受け、現在、奈落の社の勢力は散り散りになってしまっている。騎士団に捕縛された者の人数自体は少ないが、幹部を含め多くの人員が北街、あるいは他の街に身を潜め、ここには近づけないでいるのだろう。勿論、主要拠点であるこの繁華街にも、多くの奈落の社の無法者が集っていたが、ボスであるハイドがいち早く姿を隠してしまったことで、纏まりが利かず騎士団に対抗できないと判断したのか、宿屋への籠城という手段を取ったのだ。

「愚かな連中だ。堅牢な砦や石造りの屋敷ならともかく、ただ大きいだけの木造の建物に引き籠もるなぞ、戦の何たるかを理解していない。所詮は町のチンピラ、我らのように命賭けで戦うもののふとは覇気というモノが違う。そもそも……」

隊を率い大手を振って歩くことで気分が大きくなったのか、アレハンドロは鼻息を荒くしながら、騎士とはなんたるか、を引き連れる部下達に聞かせるよう滔々と語り始めてしまった。普段なら迷惑そうな表情を兜に隠す騎士達も、同じように気分が高揚しているのか、自身の存在を誇示するように歩く足で地面を踏み鳴らす。中には早く戦いたいのか、落ち着かない様子で腰の剣をカチャカチャと弄る者までいた。

やがて、バースデイの看板が確認できるほど近づいた。アレハンドロが足を止め右手を掲げると、一人が「全員、止まれ！」と声を張り上げ騎士団の行進は、若干の足並みの乱れを感じさせせながら停止する。

アレハンドロは鎧の内側から、懐中時計を引っ張りだすと現在の時刻を確認した。

「ふむ、きっちり定刻通り」

満足そうに微笑んでから、クルッとその場で回転して背後を振り向いた。

「これより長く王都の北に巣食った悪党、奈落の社の殲滅作戦を開始する。建物内で騎士の腕章を持たない者は全て敵と判断し、老若男女問わず滅殺せよ。情けは忠義を曇らせる恥と知れ、憐憫は刃を鈍らせる未熟さと知れ！」

高らかに鼓舞する声に、自然と騎士達の士気も上がっていく。

「今宵の一戦が我ら第六騎士団の運命を大きく変える。この戦いこそが、我々の国に対する、民に対する守護の証であるッ！」

騎士達は一斉に拳を突き上げ鬨の声を轟かせ、同時にアレハンドロは再び身体の正面をバースデイの方へと向けた。

「成るぞ――英雄に！」

天楼楽土でシドが大魔術を発動させるのと同じタイミングで、北街の中心部でも戦端が開かれようとしていた。


天楼楽土に居るシドを起点に、王都の全体が変異する。

夜空を彩る満天の星と煌々と輝く月が消え去り、宵闇に包まれていた空間は薄明りに照らされるかのように視界が開けるが、瞳に映る世界は色を失ったかのような灰色。風もなく空気が淀むような蒸し暑さは、時間が停止してしまったかのような錯覚を覚える。いや、それは決して錯覚などではないだろう。口では説明し辛い肌で知る感覚は、この場所が人の住む現世とは違うことを本能に知らせていた。そう。言うなればここは以前、ロザリン達がクロフォード邸の地下で見た、偽りの王都と同じ空気を纏っていた。

ただ、その時と違うのは西街だけではなく、王都全体が模倣されていることだ。

偽物の街並みに偽物の大河。遠くには美しいはずの湖面を泥のように濁らせたリュシオン湖と、全ての輝かしさを削ぎ落した水晶宮が見通せる。唯一、違う風景といえば、瞼を閉じたシドが両腕を組み仁王立ちする地は、外見だけ綺麗に整えられた天楼楽土でも、瓦礫が広がるスラム街でもなく、押し流されたように破壊され尽した無残な更地だった。

誰も存在せずただ一人、焼け野原のような光景に佇むシドは、ゆっくりと息を吸い込む。

「神魔覆滅の陣は神を封じる為の檻。王都の地下水路を利用して全体に張り巡らされた結界が、住人達の心象風景を鏡写しにして形成されたのがこの世界だ……そして」

閉ざしていた瞼を開き、決意漲る眼差しが真っ直ぐ水晶宮を睨み付けた。

唯一、この異界の中に偽りのない真実が存在する。使い古した油のように黒く淀むリュシオン湖の中で、まるで侵食を拒むように輝きながら渦巻く清流の姿が遠目からも色付いて確認できた。アレこそが水晶宮の地下、リュシオン湖の底に存在する寝所。水神リューリカの存在そのものと言って良いだろう。

「全てを失った北街の風景こそが、ここに住む者達の総意……絶望の表れだ！」

大きく両腕を左右に開いてから、胸の前で勢いよく手の平を叩き付ける。激しい破裂音が響き渡ると同時に、集中された魔力が音波と共に波状に広がっていき、更地になった北街の地面に無数の魔法陣が浮かぶと、それら一つ一つが人の形へと変貌していった。糸が立体的な人形を編んでいくように絡まり合い、密度を高めていき線が完璧な面になった瞬間、表面を同じような魔法陣の紋様が埋め尽くし、人の形をしたシルエットだった物体は命を持つ人間としてこの偽りの世界に割り込む。

その数は数百以上、千を超える。

現れた人間の姿……いや、人間と呼ぶのは些か憚られるかもしれない。何故ならば彼らの様相は人の形はしていても、正常な状態とは言い難い。目元は無骨な石造りの仮面で隠され、身に着けている物は鎧や普段着など様々だが、露出した肌は筋肉の筋が盛り上がり太い血管が至るところで脈打っていた。犬のように激しく口呼吸を繰り返しながらも、異形の人間達はシドからの指示を待つように、出現した場所から微動だにせず静止している。

姿形も人相すら変貌してしまったが、彼らは天楼楽土で戦闘準備をしていた兵隊達だ。揃いの鎧や武器は天楼楽土の職人が、寝る間を惜しんで作った物であることがその証拠で、この偽りの王都に適応し肉体を強化する為に、ある特別な手段を使って彼らの魔術的な強度を高めている。彼らの身体からは目視できるほど強力な魔力が、オーラとなって湯気のように湧き立っていた。力の源となるのは腕や足、首筋などそれぞれ違うところに埋め込まれている青色の魔石だ。強い魔力の干渉を外的に受けることによって、一般人とさほど変わらない力の持ち主を強力無比な兵士へと変貌させた。しかも、この異界そのものが魔石に魔力を供給し続ける為、この世界が存在する限り、彼らが肉体的な破壊以外で活動を停止することはありえない。引き換えに思考の殆どは失われ、主であるシドの指示を聞くだけの人形となってしまい、二度と健常の状態に戻ることは叶わないだろう。誤解のないように付け加えるのならば、シドに強制されたわけでも騙されたわけでもなく、この場に集った全ての人間が、不退転の覚悟をもってこの状況を受け入れている。

「……ぬうッ⁉」

右の側頭部に鋭い痛みを感じたシドは顔を顰めた。

「流石にこれだけの大技は老骨にはしんどいモンだ。カカッ、歳は取りたくねぇなぁ、おい」

手の平で側頭部を揉み込みながら軽口を叩くが、周囲の魔術兵が反応を示すことはなかった。この場で意思疎通が可能な人間はシド一人で、残るは神魔覆滅の陣に引き摺り込み拘束した水神リューリカのみだ。

「我らが目標はただ一つ。王権の奪取も国の支配も今は忘れよ……目指すは神殺し、水神リューリカの首一つだッ！」

その言葉が号令となり、一陣、二陣、三陣、四陣と、取り決められた人数ごとに魔術兵達は地面を蹴り、跳ぶような速度で王都の各地へと散っていく。風のないはずの異界に突風が巻き起こるほどの迅速な動きで、瞬く間に更地に残るのはシド一人となった。

高みの見物に耽るわけではない。ここからが正真正銘、シドの生涯を賭けた意地を貫き通す瞬間だ。

パン、と威勢の良い音を立ててシドは手の平を胸の前で合わせた。

「見物人も皆無な中で、見栄を張るのもみっともねぇが、天楼楽土の大首魁、未熟不鍛錬な愚か者が、不撓不屈の魂一つで狙うは天下の神殺し」

何処からかガラスが割れるような音が聞こえた。

「地獄の釜が焦がしに焦がしたこの身体、燃やし尽くすはこの瞬間」

透明な砂のような物がシドの頭上に振り頻る。見上げれば上空には歪に蠢く空間に、大きな亀裂が走り、シドの口上に呼応するよう割れ目がどんどん大きくなっていく。

「こいつが本命、天楼シドの正真正銘の秘中の秘……ッ」

両腕の筋肉を大きく隆起させ、額に血管が浮かぶほど、肌がじんわりと汗ばむほど力と魔力を全身に巡らせる。地面に積もった土埃が渦を巻き、魔術に変換し切れなかった魔力が静電気となってバチバチと音を鳴らす。

「――魔人顕現・天楼禍つ神!!」

瞬間、砕けた空から落下してきた巨体が、更地の大地を衝撃で震わせた。

振動は地面を揺らすのみならず、土埃や瓦礫を上空に巻き上げ、静止した世界に激しい空気の脈動を生み出す。重力に引かれ落下する瓦礫や小石、無数の砂粒が地面を叩くと、今度はそれが屋根を打つ豪雨のような断続的な音となり世界を満たした。やがて振動が収まり巻き上がった黒い土埃が色の濃さを失い始めた中から、ぼんやりと浮かび上がったのは巨大な人型だった。

異界に生まれ落ちたのは人知を超えた巨人に他ならない。

どす黒い色をした身体は鉱石のような硬い部分と、粘度の高い泥のように蠢いている部分とに別れ、一見すれば人型をした岩山に思えるゴツゴツとした作りをしていた。露わになった全身は下半身に対して上半身、特に胸部から腕にかけてが大きく膨らんでいる上に、左右の長さと太さも違うから酷くアンバランスな形をしていた。首はなく頭部は大きな三角形の突起のようで、赤色と青色の宝石のような大きい目が怪しい輝きを放っていた。殆ど無機物にも思える姿ではあったが、大きく横一文字に裂けた口部分には不揃いで閉じられないほど長い牙が生えており、呼吸を感じさせるように僅かながら動いている様子は、生物としての生体反応を想像させる。

王都を覆う城壁よりも巨大な身体が一歩足を踏み進めるごとに、周囲は転がった瓦礫の位置が変わるほどの振動に襲われる。ここが更地でなく元の北街であったら、廃墟同然の建物は瞬く間に倒壊していただろう。

異形の巨人、天楼禍つ神の肩の上には、舞い上がった土埃で汚れるシドの姿があった。

「いくぞ相棒ッ‼　目指すは神殺し、水神リューリカの首級ただ一つ‼」

シドの声に呼応するように異形の巨人は大地を揺らす速度を上げた。足は直ぐにリュシオン湖へと差し掛かり、迷うことなく踏み出した一歩目は足元まで飲み込まれるが、構うことなく真っ直ぐ水晶宮を目指して歩き続けた。いくら巨人とはいえ湖の深さを考えれば、水晶宮に辿り着く前に最大深度が全身を飲み込むはずなのだが、高い魔力放出による反発で膝上まで巨人が水に浸かることはなかった。

このままなら何者にも阻まれることなく水晶宮、その手前にある寝所のある輝きにまで巨人は到達する。しかし、直前でシドは気が付いた。自分達の侵攻を阻むように、小さな障害が一つ、湖の上に存在していることに。

「……ほう」

シドは思わず感嘆の声を漏らした。

美しいまでの透明度を失った灰色に濁る湖の上に、異界の汚染と侵食を拒絶するかのように輝く真っ白い光が一つ。純白の衣に頭部から伸びる二つの耳、そして光の剣を右手に握りシドを待ち受けるのは、決意が滲む赤と青の瞳を持った一人の少女だった。

多少、風変わりにはなっていたが、その少女の顔をシドは知っていた。

「野良犬が来るかと思ったが、来たのはオメェさんか……小さな魔女！」

獣族のネロの力を借りて、再び剣聖モードに姿を変えた小さな魔女ロザリンが、真正面から巨大な災厄を迎え撃つ。同時に背後の水晶宮から魔力を帯びて跳躍する幾筋かの閃光が、王都の各地へと散って行った。

敵も味方も戦力は出揃い、王都の命運をかけた戦いが今、始まる。

第五十二章　裏王都決戦

戦いが始まる数時間前。水晶宮からの帰り道をアルトは一人、ふて腐れた顔で歩いていた。

時刻は既に夕飯時を回っていたが、日のある時間は大分長くなっているので周囲はまだ明るい。それに太陽祭初日の喧騒が日没程度で納まるはずはなく、東街の大通りは熱気以上の賑々しさに満ちていた。

暑苦しい白いコートのポケットに手を突っ込み、もぐもぐと口を動かして咀嚼するのは、途中の屋台で買った串焼きだ。甘辛いタレがつけられた豚肉は、ちょっと脂がしつこかったが、疲れた身体にはちょうどよい燃料となる。

結局、ロザリンは総団長のゲオルグの提案に乗って、天楼と戦う為に水晶宮に残った。

彼女の決断にアルトがどうこう意見する筋合いはなく、特別、手助けも求められなかったのでサッサと帰ってきたのだが、どうにも腹の奥の据わりが悪い。

「くっそ……ああ、面倒くせぇ」

ガツガツと豚串を齧りながら呟く。

機嫌の悪さの原因はわかっていた。正直、認めたくない気持ちは多々あるが、ロザリンが自分で勝手に決めて、勝手に話を進めてしまったことが気に入らないのだ。全く何たる身勝手かと自分で自分が情けなくなるが、直感的な心情までは自分でもどうにもできない。

勝手にしやがれ。という言葉すら投げかけることもできず、先に帰るの一言だけ告げてアルトは能天気通りへの帰路に就いた。

何処（どこ）も変わり映えのしない賑やかさをすり抜け、串に染み込んだタレの味もすっかりしなくなった頃、ようやく見慣れたかざはな亭の看板が見えてきた。店の前にはちょうど路地裏の長屋通りから出てきた、カトレアの姿が確認できた。

「おい、カトレア」

「ん？　ああっ、アルト！　ようやく帰ってきたの？　今まで何処に行ってたのよ、こっちは大変だったんだから」

「おいおい、勘弁しろよ。俺だって遊んでたわけじゃ……ん？」

腰に手を添えてぷりぷりと怒るカトレアに、後頭部を掻（か）きながら近づくと、彼女の左頬に絆創膏（ばんそうこう）が貼られているのに気が付く。

アルトは無言のまま絆創膏に手を伸ばし、一気に引き剥（は）がした。

「――痛ッた⁉　ちょっ、この馬鹿っ、なにするの……っ⁉」

「カトレア」

　唐突な蛮行に涙目で怒鳴りつけようとするが、不意を突くように顎を指で押さえられ、無理矢理顔を上げさせられるという行為に、思わず頬を赤らめドギマギしてしまう。

「えっ、いや、ちょっと……まだ日がたか……」

「おい、この頬、誰に殴られた？」

　自分でも気が付かない内に、口調には怒気が宿る。顎に手を添え自分の側へ向けさせたカトレアの頬は、真っ青な痣になっていた。何処かにぶつけた傷ではなく、明らかに殴られた痕だ。

「あっ」

　真面目な問い掛けにカトレアは気まずそうに顔を逸らす。

「誰にやられた？」

　口籠もるカトレアに念を押すよう真剣に問いかけると、観念したように口を開く。

「えっと、知らない男。酔っ払いに絡まれて……」

「お前が酔っ払いに触らせるモンか、正直に答えろ」

「うっ……長い付き合いだと、こういう時に厄介ね。誤魔化すこともできやしない」

　あっさりと論破され顔を顰める。

「ちょっと殴られただけだって、大袈裟に騒ぐことじゃないわよ。ってか、アンタってそんなに心配性だったっけ？」

「茶化すな、俺だって馬鹿じゃない」

軽く流そうとするのも許さず、強い口調で問い掛けを続けた。

「ただ殴られたくらいなら俺も口出しはしねぇよ。けど、お前は明らかに俺に何かを隠していやがる……そいつが殴られた原因だってなら、俺は捨て置けねぇ」

「……な、何でそんなに拘るのよ？」

「お前が殴られたのが堪らなく腹が立つからだ」

「――っ⁉」

思わぬ言葉に首筋まで赤くなったが、周囲を朱に染める夕焼けが都合よくそれを隠してくれた。そして諦めたかのように大きくため息を吐く。

「知らない男ってのは本当。かたはねの方で色々と騒動があって、その時に殴られたの」

「……天楼の奴か？」

「わかんない。でも、頭取はハウンドって呼んで、奈落のハイドはオメガって呼んでた」

「あの野郎かッ」

脳裏にフラッシュバックするのは、ラサラとの一件で共闘したガタイの良い男。奴が何故、ハウンドを名乗っているのかは知らないが、ミューレリアの元恋人でボルド＝クロフォードと因縁を持っていたようだから、何かしら繋がりがあってもおかしくはないだろう。

「ってか、なんでハイドの野郎が。何があった？」

強い問い掛けにカトレアは仕方がないと言った様子で、肩を上下させてから昼間、ギルドかたはねで起きた出来事を話す。ハイドが天楼に追われ逃げて来たこと、頭取を頼ってかたはねを訪れた際、オメガが襲撃してきて炎神（えんじん）の焔（ほむら）を奪われてしまったこと。その際に邪魔しようとして殴られたこと。包み隠さず全てをアルトに説明する。

「……そんなわけ。頭取は倒れた時に少し痣（あざ）ができたみたいだけど、大したことはないわ。奈落の連中も今頃は休んでるし、警備隊の人も来てくれたからとりあえずは大丈夫よ」

「お前の殴られた頬は？」

「……案外、しつこいのね」

面倒臭そうにジト目をするが、その表情は何処（どこ）か嬉（うれ）しげだった。

「平気よ、本当に。殴られたっていうより、勢いでぶつかったって感じだから」

「そうか。そりゃ、運が悪かったな」

頭を一掻（か）きしてそう告げてから、アルトはクルッとカトレアに背を向ける。

「ちょっと、何処に行くつもりよ。帰ってきたんじゃないの？」

「野暮用を思い出した。今夜は帰らないから、しっかり用心しとけ」

「用心って何を……それとロザリンはどうしたのよ、一緒じゃないの！」

スタスタと遠ざかっていく背中に向かって、カトレアは爪先立ちになりながら叫ぶ。

「アイツのことは心配ねぇよ。後、日が暮れたら奈落の連中を叩き起こしとけ」

「何の為に！」

「用心の為。じゃあな、任せたぞ」

まだ何か言いたげに声を上げるカトレアを無視して、アルトは歩く速度を速めながら雑踏の中へと戻って行く。コートのポケットに両手を再び突っ込むが、表情に帰路についていた最中のような気怠（けだる）さはなく、真っ直（まっす）ぐと正面を見据える瞳には怒りの炎が揺れていて、思わず正面から歩いてきて、ぶつかりそうになった酔っ払いが慌てて横に飛び退くくらいの迫力が込められていた。


『ほほほほ本当に、一人で戦うつもりなのかぁ？』

光の剣を肩に担いで湖面に立つロザリンの脳裏に、酷く怯（おび）えたようなネロの声が響いた。久しぶりと呼ぶほど間が空いていたわけではないが、口の減らない性格と濃厚な時間を過ごした経験も加わって、声を聞くだけで妙な安心感があった。

「戦うよ。ここは、私が、任されたんだから」

決意の滲（にじ）む眼差しで見上げるのは、形容し難い禍々（まがまが）しさに満ちた巨人。泥のように淀（よど）む偽りのリュシオン湖を掻き分けながら、ゆっくりとこちら側を目指し侵攻してくる。距離はまだあるが、背後にある水晶宮と遜色のない大きさは、恐怖を感じさせるには十分な迫力を持っていた。目標はロザリンが立つ湖面の真下、巨人の歩みにも波が起きないほど淀んだ湖の中で、唯一清涼な流れと輝きを放つ寝所と、彼女の後ろにある水晶宮だ。

ネロは恐怖に声を震わせながらも、事前に説明してあった言葉を繰り返す。

『いいいいいかロザリンっ！　リューリカちゃんの寝床は絶対死守、あのでっかいのはこの異界でしか存在できないけど、引き摺りこまれちゃったリューリカちゃんを取り込まれたら、本物の精霊に昇華しちゃう。そうなったら表の世界で暴れ放題だ！』

「わかっ、てるっ」

ロザリンは力強く頷いた。

魔眼の力で遠くまで見通すことのできる視線は、巨人の肩に乗るシドの姿を捉えていた。彼も此方の姿には気づいているだろうが、文字通りコバエ程度の存在感しかないロザリンに対して、警戒したり歯牙にかける素振りすらなかった。当然だ。いくら精霊の力を借りた剣聖モードでも、このまま巨人が進めばかすり傷すら負わせられず、あっさり踏み潰されて終わってしまうだろう。ロザリンだってそんなことは百も承知だ。

故にロザリンに……一人と一匹には秘策があった。

『ぶっつけ本番だけど、失敗は許されないからな』

「ネロちゃんこそ、ビビって、お漏らしとか、しないでね」

『しねーし！　そもそもネロちゃん、ビビってねぇし！』

軽い口先の応酬に緊張が解れたのを感じながら、ロザリンは右手に握った光の剣を正面に翳し、クルッと手の中で回転させながら逆手に持ち直し、切っ先を湖面に添える。魔力粒子で構成された刃の先端が濁った水に触れると、その部分だけ浄水されるように透明度を取り戻し真水へと戻って行く。

「いくよ、ネロちゃん。あの爺ちゃん、逆に、ビビらせて、やろう！」

『お、おう！　よっしゃあ、やったんぞー！』

威勢の良い掛け声を合図に握っていた手を離すと、光の剣は真下の水に吸い込まれるように落ちていく。瞬間、足元から寝所までの水が一気に浄化されて、表の世界と同じように、否、それ以上の透明度を得た湖は目が覚めるような青い道になって、普段は湖底にある所為でお目にかかれない寝所が、目視できるほどハッキリと姿を現した。

瞬間、ロザリンの足元が真っ白く染まるほど激しく泡立ち、噴射された水柱が灰色の夜空を目掛けてそそり立つ。噴き上がった清らかな水はそれ自体が水神の加護を受けた魔力を宿し、飛沫が触れた空間が一瞬だけだが色彩を取り戻すと、飛沫や水滴はそのまま湖面へと落下することなく虹色に輝き、一帯を覆う巨大な霧へ変化した。風すら起きない異界に現れた気象の変化に、巨人が戸惑いと警戒を表すように進軍する足を止め、同時に広がった霧は渦を巻くようにして今度は逆に小さくなっていく。数秒も待たず霧と水、そして魔力を帯びた竜巻へと変貌した現象は、大きく弾けるように再び膨張すると、内部から巨大な生物を模した物体を生み出した。

　現れたのは巨大なドラゴンだった。蒼穹の鱗と透き通る清純な水の翼を背に生やした、神々しいまでの美しさを宿す竜の化身。二本の角を生やした頭部の真ん中には、シドと同じように腕組みをして、剣聖モードのロザリンが立っていた。

　竜と巨人。異界の地にて神話級の幻獣二体が、リュシオン湖の上で対峙する。

「これが、リューリカ様の奥の手っ、裏精霊召喚・水帝清竜！」

　ロザリンの声に呼応するよう、水竜は清流の如き翼を羽ばたかせた。

　勿論、本物のドラゴン、水竜というわけではない。寝所にいる水神リューリカの魔力を核として、獣族のネロの仲介を得ながら、ロザリンが精霊眼を使用し作り出した、言ってしまえば偽物のドラゴンだ。この異界自体が水神リューリカの力を削ぐ結界なのだが、水神リューリカは寝所に引き籠もり、維持に集中することで結界の侵食を拒絶し、弱体化を防ぐことに成功した。しかし、この状態では身動きが取れないので、水神リューリカが講じた手段こそがこの方法だ。

『よしっ、上手くいったぁ。これでかつる！』

　圧倒的な力を宿すドラゴンの出現に安堵したのか、ネロの調子に乗った声が頭に響く。

魔力が全身に巡っているのを示すように、青と赤の瞳が煌々と輝き続けている。人間が扱うには強力過ぎる精霊眼は、常にフル稼働させるには剣聖モードでも負荷が高すぎるのだが、今回は寝所から水神リューリカがフォローしてくれているので、前回のように高負荷による頭痛は感じず、むしろ全身が熱くなるような高揚感に包まれていた。

ロザリンは呼吸だけで魔力を駆動させ、ドラゴンとの同調を確かめる。

「感度は、良好。精霊眼も、絶好調だ」

『油断しちゃ駄目だぞ、ロザリン。寝所が壊されちゃったら、リューリカちゃんがあのでかぶつに取り込まれちゃう。弱っちくなったリューリカちゃんなんか、引き摺り出されたらひとたまりもないんだからな』

「うん、わかってる」

頷きながら真正面で異彩を放つ巨人に視線を注ぐ。

魔力が十分に巡っている精霊眼だからこそ、鮮明に巨人の異様さが目視で確認できる。恐ろしいのは身体の巨大さでも、全身から発せられる禍々しい魔力だけでもない。脳天から足元を循環するように巡る魔力のライン、その線が体内のみならず湖面や大気、灰色の夜空にも蜘蛛の巣を張るように伸びていて、異界全土から人の身には毒すぎる濃厚な魔力を吸収し続けている。莫大な魔力の源は元の北街の地下に作られた魔力溜まり。恐らくは数十年単位で凝縮、圧縮された結晶体が異界と巨人を維持する燃料なのだろう。

まさにシドの執念が生み出した秘中の秘だ。

「でも、こんな大魔術、入念に準備しても、長時間、維持できるわけがない」

『だねだね。でも、あの爺さんだってわかってるはずだよ』

「短期決戦は、こっちも、望むところ……絶対に、負けないっ！」

水神の援護を受けていても、ロザリンに全く負担がないわけではない。どちらが先に力尽きるかは計りかねるが、タイムリミットを待つ余裕も油断も、今のロザリンに必要はない。やるべきことはただ一つ、この場で天楼のシドを討つことだ。

シドが仕込む二の手、三の手は他の皆に任せる。

「いくよ、ネロちゃん。魔力の駆動は、任せた！」

珍しくロザリンが声を張ると、ドラゴンと巨人は同時に距離を詰めた。

濁った水飛沫を上げながら接近する巨体。近づいてくる巨人が大きく右手を振り上げ、轟々と風を裂く音を立てて迫る巨拳を、ロザリンが左右の手を大きく振るいながら構成した術式が、ドラゴンを通して大きな魔法陣の壁で阻む。一拍遅れて台風のような突風が、拳と魔法陣の隙間から吹き荒れ、何度も点滅を繰り返しながら衝撃を吸収した魔法陣は、役割を終えるように粉々に砕け粒子となって大気に還る。

王都を守護する戦いの狼煙は、まず北側から上った。

天楼にとって神殺しの計画は絶対に失敗が許されない。作戦の肝となる部分は巨人による寝所の破壊と、水神リューリカの吸収に他ならないが、全く騎士団に気取られることなく実行できると思うほど、シド達は頭の中が温いわけではない。

故に神を殺す為の第二、第三の矢を万全の準備と共に仕込んである。

シドと共に異界へと渡り魔力を強化された魔道兵は、号令と共に王都のあらゆる場所へ跳躍していった。身体能力を限界以上に強化された魔道兵達の動きは素早く、通常なら数時間かかる道のりを、建物の壁や屋根を踏み台に最短の距離を最速で踏破、ものの数分で指定された位置に陣取る。

即ち水晶宮を繋ぐ北側を除いた三つの大橋だ。

水神の力を削ぐ為に汚染による浸食を受けた湖や大河は、強化された魔道兵とはいえ素のままで渡るのはリスクが大き過ぎるが、元より無人で障害など何も存在しない異界の王都で、大橋を渡り水晶宮へ乗り込むなど難しい行為ではないだろう。北側はシドが寝所を目指し進軍しているので、魔道兵が列を構えるのは自然と東と西、そして南側の大橋ということになる。

静まり返った東街、無人の街並みに集うのは武装した異形の魔道兵。問い掛ける必要もないくらいに異様な光景だが、異界の風景と合わされば不思議と統一感を帯びてくる。自己意思は薄いが刷り込まれた指示に従うように、交わす言葉もなく大橋の前に隊列を形成していく。当然、進軍の指示を出す中心人物は存在しないので、隊列が揃った直後、息を整える間も合図も必要とせず大橋を渡る為に地面を蹴った。

が、大橋を三分の一まで渡ったところで、魔道兵達の足は止まった。

「灰色の夜には亡者達の宴がよく似合う。命を捨てても尚、忠義を尽くすその姿には尊敬の念を抱くわ」

たった一人で、大群にも匹敵する数百人の魔道兵を押し留める気配を纏う影があった。

真っ白な髪の毛に、同じく白いケープを纏った戦闘服に身を包む女性騎士。彼女は臆する様子など微塵も見せず、涼しげな表情で革の手袋を引っ張り位置を調整する。

第九騎士団団長、アレクシス＝シャムロック。

アレクシスは異界の毒気や侵食など物ともせず、一人で魔道兵達を迎え撃つ。

一瞬、動揺するような素振りを見せる魔道兵。相手は一人きりだが、並々ならぬ気配を察知して警戒をしながらも、物量がある自分達の方が有利だと判断したのか、すぐさま障害を排除する為に前列の五人が一気に間合いを詰めた。

揃いの剣を握り一足で踏み込んできた五人は、一斉に刃をアレクシスに向ける。

「――遅い」

呟いた時には魔道兵達をすり抜けるように駆け抜けており、ワンテンポ遅れて魔道兵達の装備している鎧が陥没すると、衝撃に吹き飛ばされるようにして大橋の外へ弾かれ、泥色の湖に抗う間もなく引き摺り込まれていった。アレクシスの拳から腕にかけて、鈍色に光る鎖が巻き付けられていて、そこから繰り出された打撃が魔道兵達を仕留めたのだ。

短く息を吐いてからアレクシスは、両腕を左右に広げ握っていた手の平を離す。ジャラジャラと音を立てて鎖が解れるように下に落ちると、一部を両手で握り締めながら鞭のように自身の周囲に舞わせた。

「多対一は私の得意分野」

腕の動きを止めると長く伸びた鎖が、自分を中心に螺旋を描くよう地面に置かれた。

「何百、何千の群れを成そうとも、私の鉄鎖が進軍を防ぎ続ける……我が鎖と白い髪に誓ってこの大橋、踏破させることは許さない」

クールな見た目とは裏腹に、熱の籠もった言葉と共にアレクシスは、生き物のようにうなりを上げる鉄鎖を武器に、恐れを捨てて一個の群体として迫りくる魔道兵達と、たった一人で正面からぶつかり合った。

水晶宮の西側も似たような状況であった。

隊列を作り足並みを揃えて、水晶宮を目指し大橋を渡る魔道兵達。しかし、数百人の足並みを押し留めるどころか、波状に迫りくる強兵を蹴散らすように押し返すのは、たった二人の男性騎士だった。

「――ぜぇぇぇぇぇぇい!!」

掛け声と共に大きな半円を描く金棒。普通の人間では持ち上げることもできない、重く巨大な鉄の塊が音を立てて空を切れば、鎧で防備を固めた兵隊であっても、触れただけで身体はボールのように軽々と打ち返されてしまう。一振りで一人、二人は当たり前。タイミングさえ合えば、四、五人を纏めてふっ飛ばすなど容易い行為だ。

第五騎士団団長ローワン＝バロウズが、自慢の怪力で無双の活躍をする。

剛力がいかんなく発揮される横で、流麗なる剣技を披露する者がいた。

「やれやれ。年寄りに無理をさせるんじゃあないよ」

二振りの長剣が互い違いに美しく舞うと、取り囲もうとした魔道兵の身体をほぼ同時に寸断していく。第三騎士団団長ヒューム＝バッケンローダーは、一切の無駄を排除した足さばきで、その場から殆ど移動せず迫りくる魔道兵を斬り倒していた。

「引退前の老骨が、踏ん張るような仕事じゃないだろうよ、ったく」

「ハッハ！　愚痴りなさるなヒューム殿。貴殿もまだまだお若いではないか」

「おっさんに褒められても嬉しかぁないね。組むんなら、もっと若いモンの方が良かったよ」

「確かに。ライナ殿の真っ直ぐな剣術や、シエロ殿の巧みな後方支援は、拙僧らのように前線で戦う者には頼もしく背中を預けられますな」

「そういう意味じゃあねぇよ！」

長年の付き合いでも噛み合わないやり取りをしながら、ローワンとヒュームは豪快な動きと洗練された剣技で魔道兵を薙ぎ倒す。彼らが恐るべきところは、軽々と敵の群れを相手しているところではない。軽口を交わしながらも決して手を抜かず、微塵の油断もなく迫りくる相手を、水晶宮から一定の距離を保つようにシャットアウトしているのだ。戦争を境に多くの栄誉ある騎士達が引退、あるいは現場を離れていったが、この二人においては老兵という言葉は当てはまらない。生涯最前線。ヒューム辺りは嫌な顔をするだろうが、彼より若くて彼以上に戦える人間が限られている現状では、真実味を帯びていると言えるだろう。

故に西側の大橋に築かれたのは盤石な防備、経験と実力を兼ね備えた二人の老騎士達に死角はない。

激戦が繰り広げられる東と西の大橋。最後に残る南街の大橋にも、当然の如く魔道兵達が隊列を作り大挙していたが、ここだけは他の大橋とは違い剣戟による火花も、地面を踏み鳴らす足音も響かず、不気味なくらいの無音に包まれていた。代わりに一帯に満ちていたのは、薄紫色の奇妙な霧であった。

大橋に立っているのはたった一人。長い嘴を持つ鳥を模した防毒マスクを被り、黒衣を羽織った男かも女かもわからない人物だ。

第八騎士団団長ワイズマンは、霧の発生源である香炉を右手に持って佇む。

「ふえええぇ……よかったぁ。これが効かなかったら、どうしようかと思いましたよぉ」

防毒マスク越しのくぐもった声で安堵の息を漏らす。

ワイズマンの周囲、より正確には五メートルより先の前方に、息絶えるように地面へ突っ伏す大勢の姿があった。西街側から大橋を渡ってきた魔道兵だ。彼らは他の橋の集団と同じように、直前で隊列を作り水晶宮を目指して大橋を進軍しているところを、やはり同じようにワイズマンに道を阻まれた。ただ、他と違うのは魔道兵達とワイズマンは一切交戦することなく兵達が次々と地に伏せて行ったことだ。

原因は言うまでもなく、手に持った香炉とそこから発生する紫色の霧だ。

「七色蜥蜴から抽出した毒液で作った毒霧が効くところを見ると、呼吸器や循環器は正常に動作しているようですねぇ……見た目や反応が死霊魔術っぽかったので、どんなモノかと思っていたんですが……中々に興味深いのです」

騎士より研究者としての気質が強いワイズマンは、自分の知識にはない魔道兵達の様子に深い興味を抱く。しかし、その短い思考を打ち消すように、第二陣の足音が倒れて息絶える同胞らを踏み越える。毒霧が包み込むのはワイズマンを中心とした大橋の一部、巻かれた魔道兵は数秒で眠るように意識を奪われていったのだが、範囲外から踏み込んできた二陣は平然とした様子で毒霧の中を進む。

「ふへっ⁉」

これにはワイズマンも驚きのあまり、ちょっと可愛い声を上げてしまう。

「こ、こんな短時間で耐性を身に着けたんですかぁ？　……そんなの」

声色を震わせながら、ワイズマンは防毒マスクの嘴の位置を直す。

「そんなの、興味深すぎて興奮してきちゃいますよぉ」

もしかしたら防毒マスクの下の瞳は、輝かんばかりに星が散っているかもしれない反応だった。

ワイズマンは咳払いを一つしてから、持っていた香炉を足元に置く。

毒が効かなくなってしまったから、ワイズマンの状況が不利に傾いたわけではない。どうしようかと思った、と口にした理由は、入念に研究して作り出した新しい兵器が無効化されていたら、何の実験にもならなかったからだ。

「肉体労働は不得意なんですけど……小生も騎士ですから」

オドオドした態度を取りながらも、再び迫りくる大群に対して引く様子を見せず、ワイズマンは腕を縮め、手をゆったりとした黒衣の中へと隠す。何かを探すように動かして、再び袖から腕をにょきっと伸ばすと、両の手には革ではなく表面が粗いたわしのような質感の、モフモフとした手袋を嵌めていた。同時に爪先で足元に置いた香炉を蹴ると、より濃い色の煙が立ち上る。

「えっと、これくらいで大丈夫ですかねぇ」

全部の指先を擦るように合わせると、派手な火花を撒き散らし、濃い紫色の煙に着火して大きな火柱を作り出す。単純な薬品による炎上ではなく、魔力を注がれた火柱は消えることなく、香炉から昇り続ける煙を燃料に、蛇のように長く蠢きながらワイズマンの周囲をグルグルと回り始めた。

「この毒の炎蛇は霧の中なら自在に、無制限に動き回れるんですよぉ……って、言語を理解できる方がいないと、折角の発明品も自慢し甲斐がありませんねぇ」

残念そうに肩を落としてから、更に爪先で香炉を蹴って毒霧を炎蛇に送り込むと、蛇は一回り大きさを増した。ワイズマンとの距離も自然と近くなるが、燃え盛る炎を間近に置いても、熱と延焼を遮断する黒衣とマスクのおかげで快適に操れる。

「毒の炎蛇よ、焼き払いなさい」

普段の気弱な言動とは想像もつかない感情の薄い声色で、ワイズマンが右手を正面に振ると、呼応して炎の蛇は空中をうねりながら魔道兵に向かって飛んでいく。魔道兵達は俊敏な動きで槍や剣を使い炎の蛇を迎撃しようとするが、実態のない炎の身体を物理的に排除することは不可能で、次々と炎に巻かれ大橋は大炎上に包まれた。

指揮者がタクトを操るような動きで腕を振るうワイズマンは、何か不手際に気が付いたかのように防毒マスクの下から「あっ」と声を漏らす。

「炎に毒を付与しても、あんまり意味はなかったかもしれません。こりゃうっかり」

無駄な手間をかけてしまったと、後悔を滲ませる様子とは裏腹に、苛烈に燃え盛る炎の蛇は物言わぬ魔道兵達を、一切の躊躇いなく飲み込んで行った。


戦場となっているのは何も異界にある偽の王都だけではない。

夜深くなっても太陽祭の熱を色濃く残す王都の街並みは、絶えることのない明かりが方々に灯り続ける。それでも初日からはしゃぎ過ぎた者、残りの日数を万全に楽しみたい者達は、この時刻になれば寝床へと戻り朝日が昇るまでの間、翌日の喧騒に心躍らせながら眠りへと就いているだろう。

王都に宿る静けさを縫うように、人知れず方々へ散る影の姿があった。

暗躍するのは天楼の兵隊達。異界の連中と同じく物言わぬ魔道兵と化している。

東街でも繁華街から離れた住宅街は殆どの明かりが消えていて、寝ずに太陽祭を楽しみたい者達は、繁華街に繰り出していて夜明けまで、あるいは祭りが終わるまでは帰ってこないだろう。人知れず作戦を決行したい天楼達にとっては好都合だった。

彼ら一団が目指すのは水晶宮に続く大橋……ではなく、地下水路へと続く道だ。

天楼が行う神殺しの基礎となる部分は、人為的に作られた魔力溜まりから供給される凝縮された魔力だ。綿密な計画の上に作られた魔力溜まりではあるが、用意した全てが順当に作用し、供給源になっているわけでなく、一部は何らかの欠陥やトラブルによって供給源から外れてしまっている物も存在している。当然、その可能性は織り込み済みで、別の用途が用意されていた。王都の地下水路は魔術的な血管のような役割をしていて、それ自体が王都、及び王国全体に作用する結界の役割を担っている。大元となるのは水神リューリカの魔力なので、王国内の水が全て蒸発でもしない限りは、多少、詰まらせたり何かした程度で悪影響はないが、同時多発的に大きな魔力反応、例えば結晶化した魔力が一気に流れ始めたりすれば、術式が乱れて一時的ではあるが王都を覆う結界が弱体してしまう。様々な要素で大きく弱体化している現状では、僅かな時間の弱体化であっても致命的になる。天楼はそこに狙いを付けた。問題は実際に作戦を決行した後でなければ、どの魔力溜まりが供給源から外れるかはわからないことだ。そのため事前に仕込みを行うことができず直接現場に魔道兵を送りこまねばならなかった。

魔道兵を強化する結晶体も、魔力溜まりで作られた物と同種な為、複雑な地下水路でも確実に最短で供給源から外れた魔力溜まりを見つけ出せる。これは計画の本筋ではなく、いわば詰めの作業。勝利を万全とする為の駄目押し。異界の実戦部隊と比べれば、児戯にも等しい簡単な計画……そのはずだった。

五人組の魔道兵が屋根から飛び降り、目的の水路に向かおうと細い路地に飛び込んだ瞬間、出口付近で左右から伸びた槍が交差し行く手を遮った。

「今です、動きを封じてください！」

感情は無くとも反射的に足を止める魔道兵達の背後から、滑舌の少し甘い少女の掛け声が響いたかと思うと、路地に駆け込むよう現れた二人組が、魔道兵達の頭上を目掛けて魚の漁に使う大きな網を投げつけた。

「——⁉」

流石に戸惑ったのか、魔道兵らは声の代わりに口から空気を漏らす。

激しい漁にも耐えられる丈夫な網だが、魔道兵の強化された腕力だと簡単に破られてしまうだろう。本人もそれは理解しているらしく直ぐに平静を取り戻した魔道兵は、慌てず網目に指を通すよう握り込むと、一気に引き裂く為に力を込めた。次の瞬間、聞こえたのは網が引き千切れる音ではなく、バチバチッと火花が弾けるような音と共に紫電が走り、絡めとられていた魔道兵達は感電するように全身を痙攣させ、煙を上げながら気絶するように次々と倒れて行った。

「……や、やったか？」

水路に続く側の路地から、槍を持った男がおっかなびっくりといった様子で、倒れる魔道兵達を覗き見た。

「まだ近寄っちゃ駄目です、危ないですよ」

路地に踏み入ろうとするのを遮るのは、指示を出した少女の声だ。

男達が立っている方向とは反対側から、路地に姿を現した栗色の髪をした女の子は、ギルドかたはねのマスター、頭取の孫娘であるプリシアだった。路地裏に罠を仕掛け待ち伏せをしていたのは、ギルドかたはねに所属する冒険者達で、プリシアは頭取からの命令で彼らの指揮を執っている。

「巨獣捕縛に使う大網ですから、完全に魔力反応がなくなるまで近づかないように」

「わかりやした、お嬢」

強面の冒険者達が小柄な少女に従順に従う妙な光景はさておき、紫電と共に魔力が完全に放出され危険がなくなったのと、倒れる魔道兵達が再び起き上がり反撃してくるのを警戒しながら、プリシアは慎重に網を掴み一気にひっ剥がした。

一歩後ろに下がりながら、魔道兵が動き出さないことに安堵の息を吐く。

「それじゃ、この人達を拘束して警備隊に引き渡しましょう。あ、魔力封じの札を張ることも忘れないでくださいね」

「それはいいっすけど、お嬢……こいつら、このままでいいんすか？」

冒険者の一人が言葉を濁すよう曖昧に問いかけた。一瞬、プリシアは怪訝な顔をするが、すぐに意図することへ思い至り表情に厳しさを帯びた。

「駄目です。魔術に囚われているといっても、この人達は生きた人間……元に戻せなくても最善の手段は取りたいんです」

「わかりやした。へへっ、お嬢のそういうところ、俺っちはす……」

「ちぇすとぉ！」

「――んぎゃあああっ⁉」

どさくさに紛れた告白を掻き消すように、プリシアの二本の指が両目を突いた。

「ちょっと止めてください！　もしも、兄様のお耳に届いて誤解されちゃったりして、お互いの気持ちがすれ違ったりしちゃったら、どう責任とるつもりですかぁ！」

「いや、責任も何もお嬢の片思い……げふぅ⁉」

もう一人の鳩尾に手刀が突き刺さり、くの字に身体を曲げながら地面に蹲る。

「乙女心を土足で踏み躙るのは止めなさい、ぶっ飛ばしますよ⁉」

三角になった目を吊り上げてぷんすかと怒るプリシアに、他の面々は苦笑を漏らす。すでにぶっ飛ばされているのは、最早お約束のようなモノだ。

仲間の冒険者達が気絶する魔道兵達を素早く拘束する中、プリシアは表情を引き締め直し取り出した書類を確認する。中に書かれているのは地下水路の大まかな順路だ。ところどころに赤い色で丸がつけられている。完全ではないが事前にルン＝シュオンが調べあげた、地下水路に作られた魔力溜まりの位置だ。

人気のない路地裏からでも、賑々しい祭りの明かりは確認できた。

「いい気なモンっすね。こっちは命賭けでよくわからん連中を、一晩かけて追いかけ回さにゃならんってのに」

魔道兵を後ろ手に拘束しながら、思わず冒険者の一人が愚痴を零す。

「王都の危機なんて大袈裟なモン、本当に差し迫ってるんすかねぇ」

異界として形成された偽物の王都の存在を、実際に見ていない冒険者達にとっては祭りに乗じて、無法者達がちょっとした騒ぎを起こそうとしているようにしか思えない。実際、王都の人間で現状の深刻さに気が付いているのは、騎士団を含めてほんの一握りしか存在していないのだから、自分の行動に疑問を持ってしまうのは仕方のないことだろう。

けれども、プリシアは一切の疑いを抱かず叱咤する。

「何を言ってるんですか。兄様やロザリン、騎士団長の方々も今頃は頑張ってるんです。それに比べれば一晩程度、王都を駆けずり回るくらいなんですか……これは私達にしかできない、私達の戦い方なんです。だから、力を貸してください」

命令ではなく真摯な願いに、冒険者達は困り顔を見合わせた。

「そ、そんな言い方、逆にズルいっすよお嬢」

「そうそう。王都の面倒事は俺らギルドかたはねの飯の種なんすから、お嬢にお願いされるまでもねぇってことですよ」

豪快に笑う冒険者達に、何も心配することはなかったとプリシアも笑みを零してから、元気よく右手を夜空に突き上げた。

「よぉし！　だったら王都のピンチを救う為、頑張りましょー！」

呼応するように冒険者達も、「おーっ！」と拳を振り上げる。

「それで兄様に一杯、褒めて貰いましょ～う！」

満面の笑みでの叫びに冒険者達は、「それはちょっと」と困惑を深めた。

異界のみならず王都の表側でも、頭取の指示の下、天楼との戦いは始まっている。ギルドかたはねの面々だけではなく、貴族派との繋がりのない警備隊や他のギルド、逃げ延びた奈落の社の構成員達も、今頃は王都全土を駆け回っているだろう。バックアップには話を聞いて駆けつけてくれた、ラサラカンパニーも協力してくれている。まさに裏と表の力を借りた総力戦だ。それでも広い王都の、更に複雑な地下水路の全てをカバーできるわけではないし、此方側でできるのは異界で戦う天楼の強化を妨害することのみ。エンフィール王国の命運を握るのは、異界で戦うロザリンや騎士団長だが、彼らの帰る場所を守るのも大切な役割だろう。


アレハンドロが踏み込んだ酒場。奈落の社の本拠地である店バースデイは、普段なら不夜城を象徴するように、途切れぬ明かりと賑やかさに満ちているのだが、ドタバタという騎士達のけたたましい足音以外は静まり返っていた。普段なら広いフロア内に沢山の椅子やテーブルが並べられているのだが、それらは全て片付けられている。ご丁寧にカウンターの向こう側にある棚の酒瓶やグラス、踊り子が踊りを披露するステージ上の楽器など、娯楽に必要な物も全て撤去されていた。単純に広い空間に先陣を切って突入したアレハンドロも戸惑いを隠せない。

窓も全て塞がれていて薄暗いフロアに踏み出しながら、アレハンドロは訝（いぶか）しげな表情で周囲を見回す。

「おのれ小癪（こしゃく）な。我に恐れをなして逃げたのか？」

「残念ながらそれは見当違いです、アレハンドロ団長」

唐突に聞こえてきたのは女性の声。アレハンドロと出入り口を塞ぐように待機していた騎士達が、声に反応するように顔をそちらの方へ向けた。視線が注がれる先はフロアの最奥にある一段高くなっているステージ。幕が下りている舞台袖から姿を現したのは、鎧（よろい）に身を包んだ金髪の女性騎士だ。

その姿にアレハンドロは見覚えがあった。

「貴様。第四騎士団のフレア＝シェイファーか」

不機嫌そうに鼻を鳴らすアレハンドロに、舞台上からフレアは厳しい視線を投げかける。

「今更、白々しい問答をするつもりはありませんわ。国家転覆を狙う天楼に与（くみ）した罪で、貴方を断罪させて頂きます」

「何をほざくかと思えば。他の騎士団とはいえ副団長風情が、無礼にもほどがあるぞ」

「僭越ながら申し上げますわ。既に総団長の権限でアレハンドロ団長、いえ、元団長。貴方は騎士団長を解任され、それに伴い全ての決定権を剥奪されています」

「……ふん」

不機嫌な顔色を濃くするが、特別に驚いた様子はなかった。

「今更、団長の地位などに固執するモノか。そんなモノは後数時間の内に形骸化するのだ」

そう言ってから値踏みするような視線をフレアに送った。

「逆に貴様の方はどうだ？　偽善者共が巣食う騎士団など見限って我らの、天楼の側に鞍替えをしろ。今ならば我自らが口を利いてやる。天楼に付けばいずれ建つ新たな国家の中核として、騎士としての地位も栄誉も思いのままだ。悪い話じゃないだろう」

手を差し伸べるアレハンドロ。数秒の沈黙の後、フレアは思いっ切りため息を吐いた。

「……貴方」

一端、言葉を区切ってから。

「ばっっっか、じゃありませんの！」

心底呆れ果てたような表情でぶった切った。

「忠義や忠誠以前の問題ですわ。貴方は所詮、自らの欲望に屈した愚物」

　腰の剣……普段とは違う細身の刃を抜き構える。

「王都に仇なす存在に慈悲はありません。郎党諸共にこの場で滅しなさい」

「……ほざけ、こわっぱ」

　不機嫌そうに吐き捨てアレハンドロも腰の剣を抜いた。呼応するように、背後に控える騎士達も抜刀する。

「貴様も騎士団に所属しているのなら、身をもって知っているはずだ。エンフィール騎士団の騎士団長は、地位と名誉だけでは決して選ばれない。たとえ有力者の後ろ盾を持っていようと、絶対的な力を持ち合わせていなければ得難い立場なのだ」

　大振りの剣を構えながら、アレハンドロはじんわりと殺気を高める。俗物であることは間違いなく、他の騎士団長と比べれば明らかに格が落ちる人物だ。けれども、身に秘めた実力は本物で、後ろに並ぶ騎士達を束になって相手するより、ずっと手強く厄介な手合いだ。決して口から出た虚勢などではない。

「頭を垂れて跪け。その首を叩き落とされるのが嫌ならな」

「片腹痛いわ」

　だが、彼女は王国最強の騎士、シリウスの右腕でもある副団長だ。

「騎士ならば強さは口ではなく剣で語るべきだわ。フレア＝シェイファー、未熟者ではあれど悪徳に屈する道理は一切ありません……覚悟するべきは貴様ですわ、アレハンドロ！」

　叫んだ刹那、レイピアの刀身に雷撃が宿り、床板に紫電の道を刻みつけながら、稲妻の如き軌道でアレハンドロに接敵する。フレアの魔術属性は雷。全身に漲る魔力が雷に変換され、運動能力が強化される過程で、放出される魔力が紫電となって飛び散る。それはさながら、天を斬り裂く稲妻と化したように、疾風迅雷の動作でアレハンドロに襲い掛かった。

　刃の間合いに踏み込んだ雷の眼光が、濁ったアレハンドロの瞳と交差する。

「――お覚悟。サンダーウェイブ！」

「……笑止」

　稲妻の刃が振り抜かれ、止まらぬ雷撃はアレハンドロの真横をすり抜けた。紫電が走る道筋の床板は摩擦に焼かれ、チリチリと小さな炎の道へと変化し、バチバチと雷が爆ぜる魔力と共に息を吐き出して、フレアはレイピアの刃を鞘へと戻した。

　沈黙の中、奥歯を噛み締める音が響く。

「不覚、ですわ」

「……ごはっ⁉」

　呟いた瞬間、剣を振り下ろした体勢で固まっていたアレハンドロは、盛大に口から霧状

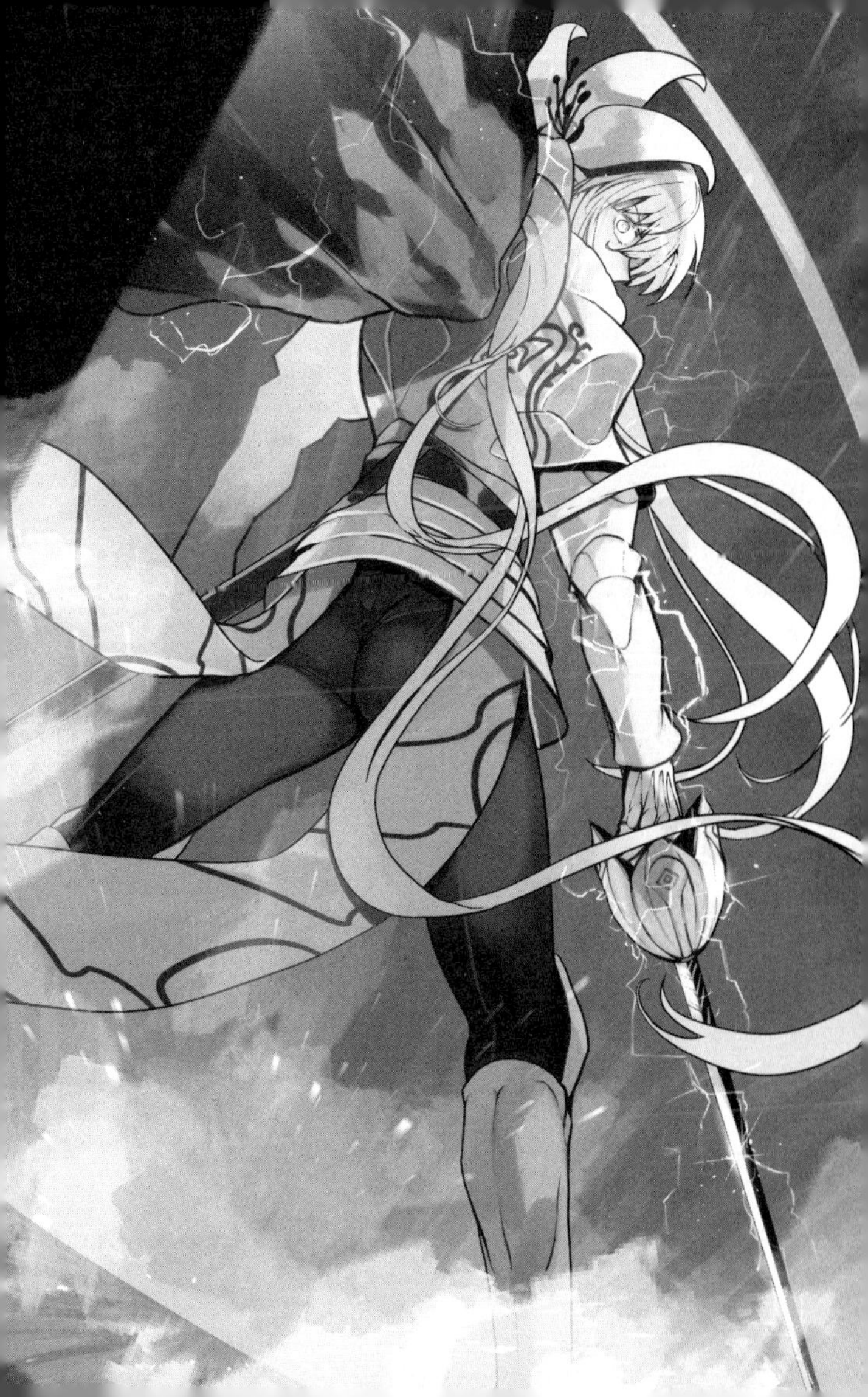

の血を吹き出して、白目を剥きながら前のめりに倒れた。

騎士達の間に動揺が走る。敗北など想像もしていなかったのだろう。

だが、それはフレアも同じ。乾坤一擲の一撃なのは確かだったが、勝てるかどうかは一か八かだった。

ロの間にも存在する。団長と副団長の間には抗い難い差があり、その事実はフレアとアレハンドロの間にも存在する。戦うからには勝つつもりであったし、勝利への算段も一応は組んできた。決して一矢報いるだけの気で、戦いを挑んだわけではなかったのだが、正直、拍子抜けにもほどがある結末だ。虫の息で倒れるアレハンドロの顔も、驚愕に固まっていたので、演技の類ではないのだろう。

不覚と呟いた理由は二つ。勝利を得た確信と、あの男のアドバイス通りに変えた剣が、予想以上に手に馴染んだからだ。

「馬鹿な……ばかぁぁぁ、なあああ……」

倒れたまま泡を吐き散らかし、アレハンドロは無様な声を上げ続ける。本人すら気が付いていなかった様子だが、元よりアレハンドロは戦えるようなコンディションではなかった。病気は疲労ではなく外的な影響。恐らく数日の間に戦闘を行った際に受けた怪我のダメージが、抜けきっていなかったのだろう。いや、自覚症状なくダメージだけを蓄積させる技は、意識して行った可能性が高く、恐らくその人物はアレハンドロよりも格上の実力を秘めた相手だ。フレアも未熟だが、実力だけで勝てたと鼻息を荒くできるほど自惚れ屋ではない。

「いったい、何者なのかしら？」

騎士団長クラスの手合いに疑問を抱くが、考える余裕を遮るかのように、驚きに止まっていた騎士達が殺気を高めた。

「お、おのれッ⁉」

威勢の良い声を裏返らせるが、その気勢をフレアが射抜いた眼光が挫く。

「貴方達の総大将は崩れましたわ。切り捨てられるのをいとわない忠義を持たないのなら、この場で武器を納めなさい」

騎士達が明らかに怯んだ。所詮は信念や義侠心によって起こした行動ではなく、アレハンドロのおこぼれに与ろうとする輩ばかりだ。命を棄ててまでフレアと戦う気概など、持ち合わせているはずがない。

それでも相手が女性一人というのがプライドを刺激するのか、優柔不断な数人が武器を捨てるのを迷っていた。

駄目押しとなったのは、入り口から聞こえた別の声だ。

「おやおや、こいつは……どうやら、一足遅かったみたいじゃん」

聞こえてきたのは軽薄な男の声。酒場の出入り口に立っていた騎士の尻を蹴り飛ばし、姿を現した人物に、視線を集めた騎士達は顔を青ざめさせた。

ストレンジャーミスタ。その後ろには、つまらなそうに唇を尖らせるラヴリもいる。

元騎士団長であり奈落の社の幹部でもあるミスタの登場に、アレハンドロを早々に失った騎士達はすぐに戦意を喪失。未練がましく握っていた武器を足元に捨て、魂が抜け落ちてしまったように座り込み、中にはこれからの自身の行く末を憂えてか、人目を憚らず涙を流す者もいた。

「気合い、入ってなさすぎ。折角、暴れるつもりで帰ってきたのに、チョー下がる」

「楽なのはいいことじゃん。ま、物足りないのは同感だけれど」

そう言いながらミスタは、白目を剥いて気絶するアレハンドロを一瞥した。

「……変なプライドを持たず、俺の時と同じ戦い方をしてれば、最低限の無様は晒さずに済んだのにな」

フレアを格下と舐めてかかり、全力を出さずに敗北した男の末路を、自業自得と思いながらも、その哀れさに内心で同情しながらミスタは素早く両手を合わせた。

一方のフレアは突然の来訪者に警戒の視線を向ける。

「なるほど。酒場に踏み込んでくる人数が少ないと思ってましたが、貴方達が掃除してくれていましたの」

酒場内で戦意喪失している騎士達は六名ほど。本隊とも言える数十人の騎士達は、アレハンドロの指示を待って表に待機していたのだが、異変を察知して突撃してこないところを見ると、ミスタ達が処理してくれたのだろう。もし仮に騎士達の人数が今より多かったら、ここまで容易く降参はしなかったかもしれない。

とはいえ、フレアの立場的にはミスタ達も味方とは言い難い。

「それで？　後続の方々はいかがなさるのかしら？」

「さぁて。俺らとしてはちょっと疲れたんで、自分の家で一休みしたいじゃん」

「それならば他でどうぞ。ご要望があるのなら、良い宿を紹介してもよろしくてよ」

「はぁ？　アンタ、ちょっと生意……」

挑発的な物言いに突っかかろうとするラヴリを、ミスタは右手を差し出し制した。

「こいつは無駄な喧嘩だ。俺らはただ、自分達の家を取り戻したいだけじゃん」

「…………」

フレアは訝しげに視線を細めた。

以前なら。より正確に言うなら、今朝までのフレアだったら、ミスタの軽口になど耳を貸さずレイピアの刃を向けていただろう。敵の敵であっても奈落の社もまた、騎士団にとっては敵には違いない。潔癖なフレアだったら尚更だ。けれども、今は何故だか軽薄なミスタの態度にも、訝しくは思っても腹が立つまでには至らなかった。

「……いいでしょう。無駄な諍いを無用に思うのは、わたくしも同感ですわ」

厳しい視線はそのままにフレアは発していた殺気を緩めた。非常時であることもあるが、奈落の社と戦うことに意義を見出さなかったからだ。敵を許さない頑(かたく)なな信条を和らげたのは、誰かの影響があるのかもしれない。

目的を達成した以上、いつまでもこの場に留まる理由も余裕もない。表立ってはいないとはいえ、戦いの火種は表の王都の至る所に撒(ま)かれているからだ。挨拶をする義理もないので、無言のままミスタ達の横をすり抜け、表へ出ていこうとする背中を呼び止められた。

「手伝おうかい？」

「冗談は止(や)めてくださらない」

振り向かず平静を装った表情でフレアは髪の毛を手櫛(てぐし)で梳(す)いた。

「これはわたくし達、エンフィール騎士団の戦ですわ」

必要以上の助太刀(すけだち)は無用。偶然、同じ相手と戦うことはあっても、共闘を結ぶことはあり得ない。突き離すような言葉を残して颯爽(さっそう)と立ち去る背中に、ラヴリは眉毛を吊(つ)り上げながら中指を立てて見送る。

「ちょっとミスタ、後輩の指導がなってないんじゃないのっ！」

「直接の面識がある後輩じゃないじゃん。でも、鼻っ柱の強さは騎士団の伝統かな……頼もしい限りだ」

どこか楽しげな様子でミスタはくくっと肩を揺らしてから、ラヴリと共に帰ってきた我が家の片付けに戻って行った。

シドが仕掛けた矢が狙うのは王都のみではない。

エンフィール王国の最北、国境近くに築かれた城塞クロノライン。天楼のシドとの密約で夜陰に乗じて進軍してきた、ジャンヌ＝デルフローラとその配下達は、国境線ギリギリの場所でその足を止めていた。城塞に集った戦力は二千なので慎重になっているのかと思いきや、理由は全くの逆であった。

「……まさか、あのお人が出張ってくるなんてね」

馬車の上でふんぞり返っていたジャンヌは、身体を起こして舌なめずりをする。声色は何処か楽しげに、魔力灯が輝く城塞の上部に視線を送った。

クロノラインが此方を捕捉しているのは間違いないはずだが、越境寸前まで部隊を進めても警告を発するどころか、何のリアクションも起こさなかった。越えてくるはずはないと高を括っているのか、少数の部隊だと舐め切っているのか、どちらにせよ好都合だと国境越えの指示を出そうとした瞬間、全身に鳥肌が立つほどの殺気が一帯を覆った。殺気の元は城塞の上。仁王立ちで此方を見下ろすたった一人の圧倒的な覇気が、ジャンヌの率いる五百の部隊を押し留めたのだ。

「英雄シリウス＝M＝アーレン……まさか、こんなど田舎で顔を合わせるなんて」

魔術で強化された視力が捉えた姿に何たる幸運かと、ジャンヌは逸る気持ちを噛み砕くように奥歯を鳴らした。

「ど、どうしますか、ジャンヌ隊長……」

馬車の隣に立つ補佐官が青ざめた顔で問う。

「どうするもこうするも……」

ジャンヌは縦ロールを一撫でしてから、ランプに巻かれた黒い布を外して手に取りながら立ち上がると、自身の存在を示すように煌々と自らを照らした。明かり一つない荒野の中で、照らされるジャンヌの姿は城塞の上からよく見えることだろう。

当然、全域を威圧するシリウスの殺気はジャンヌ一人に収束する。

「――――ッッッ⁉」

ぞわぞわぞわっと、爪先から頭の天辺まで悪寒が走り抜けた。直線距離でも数百メートルは離れているのにも拘わらず、息の吐き方一つ間違えただけでも、次の瞬間には首が飛ばされるような錯覚に陥った。百戦錬磨のジャンヌですらこれなのだ。一番近くにいた気の弱い補佐官は、唖然とした表情で尻餅をついている。恐らくは自分の身に何が起こったのかも、はっきり理解できてないのだろう。

「こいつが、英雄シリウス……ッ」

渇いた口内を搾り出した唾液で無理矢理濡らし、ゴクッと喉を鳴らして飲み下す。

「痺れますわ……ちょっと、惚れ惚れるようジャンヌの口調が乱れた。

その圧倒的な存在感に見惚れるようジャンヌの口調が乱れた。

ジャンヌとシリウスの睨み合いは暫し続く。どのような経緯でそうなったのかはわからないが、クロノラインにある程度の人数を引っ張り出せた段階で、この場で一戦を交えずとも最低限の仕事はしたと言い訳が立つ。何よりもこの手勢でシリウスと戦うのは、得られるモノに対してのリスクが高すぎるだろう。

戦う意味は失われた。だれもがそう思っていた……ジャンヌ以外は。

馬車の上に立っていたジャンヌは、手に持っていたランプを元の位置に吊り下げると、片足跳びで地面へと降り立った。

「じゃ、ジャンヌ様⁉　な、なにを……」

戸惑う補佐官の呼びかけを無視して、視線を城塞の上に向けたまま足を進める。

このまま真っ直ぐ進めば国境線を越えることになる。騎士が国境を割る意味は、常人のそれよりも遥かに重い意味を持ってしまう。しかし、ジャンヌは何かを楽しむようにニヤニヤとした笑みを唇に張りつけ、ゆっくり足を踏み締めながら、一歩一歩、クロノラインを目指すように進んで行った。

国境を越えるまで後十歩。

今にも気絶しそうな表情の補佐官と部下達は、その場に張りつくように動かない。いや、動けなかった。シリウスから注がれる圧もそうだが、目の前を歩くジャンヌの背中が邪魔するなと主張するように、鉄壁のような存在感で部下達が後を続いてくるのを阻んでいた。

国境線まで後五歩。城塞に佇むシリウスは動かない。

国境線まで後四歩。誰かの唾を飲み込む音が聞こえた。

国境線まで後三歩。我慢し切れずジャンヌは濡れた吐息を漏らす。

国境線まで後二歩。緊張感は頂点に達し温い夜風が止まった。

国境線まで後一歩——目を見開いたシリウスが剣を抜き放ち、放出した魔力が斬撃となって飛翔する。淡い水色の刃は城塞の上からジャンヌを狙い、真っ直ぐ轟音を響かせながら闇を引き裂いていく。音よりも早い斬撃は、数百メートルの距離を瞬く間に埋め、最後の一歩を踏み出す直前のジャンヌを一切の容赦なく襲った。

「——くはぁ!?」

漏れたのは断末魔ではなく歓喜の声。眼前まで迫った魔力の刃を目掛けて、ジャンヌは自身の右腕を翳す。

「魔術兵装・アンティノラの外殻」

瞬間、ジャンヌの翳した右腕が肩まで手甲に覆われる。甲虫を思わせるような、鋭利でゴツゴツとした表面。赤黒い装甲の肌には大[illegible]の棘が生えていて、手の平はより凶悪に、獣の牙を想像させる指先は、触れただけで怪我を負いそうなほど鋭さを帯びていた。小柄なジャンヌのサイズより、明らかに二回りほど大きい手甲が斬撃を阻む。衝撃でジャンヌの身体は三歩分、後ろに押し戻されるが、奥歯を噛み締めながら力を集中し、受け止めた斬撃を手の中で握り潰した。爆ぜる斬撃の余波は飛び散ったガラス片のように鋭く、ジャンヌの頬や肌の露出した部分に掠り僅かな出血を作り出した。

暫しの沈黙の後、ジャンヌはクルッと踵を返す。

「撤収しますわよ」

一言そう告げると右腕を振りながら覆っていた外殻を消失させ、軽い足取りで再び馬車の上へと戻り、寝そべるような体勢で深く腰を下ろした。

誰もが戸惑う中、補佐官が代表して問い掛ける。

「あ、あの……ジャンヌ様？」

「聞こえませんでしたかしら、撤収よ撤収」

「た……戦わないんですか？」

「シリウスが出張ってきた時点でクロノラインは難攻不落ですわ。逆を言えばあの方を此方に引き付けられたのだから、王都で悪さを考えてる連中には願ったり叶ったりでしょうね……ま、一戦も交えず引き下がることに対して、嫌味の一つも言われるでしょうけれど」

何処か他人事のような様子に、意外にも補佐官は不満げな顔色を浮かべる。

「それは……ジャンヌ様が本気になっても、不可能なのでしょうか？」

ちょうとだけ驚くような表情をして、ジャンヌは意味深に嗤う。

「更地になっても勝負がつかねぇわよ……今日の装備じゃね」

自信ありげな言葉に補佐官は安堵するような顔をして、待機する部下達の方を見る。

「撤収だ」

静かな号令に従うよう、部下達は足並みを揃え夜陰の中へと消えていく。痕跡など一切残さない。朝になってクロノラインから送られた兵士が、秘密裏に国境を越えて探ったとしても、デルフローラ部隊と繋がる証拠は見つかることはないだろう。

この日の夜、国境線では何も起きなかった。両国に刻まれる記録はそれだけだ。


「……引いていったね。流石はデルフローラ、賢明な判断だ」

ひょっこりと城壁の上から顔を覗かせ、シエロは安堵するように呟いた。一方、抜き身の剣を肩に担いだシリウスは、不満ありありの表情を更に曇らせながら、残心と共に刃を腰の鞘へと納める。

「ふん、意気地のない連中ね。少しばかり憂さばらしができると思っていたのに、とんだ拍子抜けだったわ」

「国交に関わる問題で、憂さをはらさないで貰いたいんだけどなぁ」

苦笑しながらシエロは頬を掻く。困ってはいるが心情は理解できた。

「ま、僕らは体よく王都から引き離された身の上だからね。貧乏くじという意味なら、逃げてった彼女らと同等かな」

「貧乏くじじゃないわ。とんだ空くじよ」

苛立ちが治まらないのか、既に連中が立ち去っても国境線を睨みつけている。

「今更、愚痴らないでよ。総団長に盾突いた僕らは、仲良く左遷されちゃったんだから」

「愚痴っているのはシエロの方でしょう」

ふんと肩を揺らす。

「ゲオルグの狙いは空き巣狙いを水際で防ぐことでしょう。小競り合いのつもりでいても、連中は隙あれば躊躇なくクロノラインを落としにくるわ。けれど、私がいるとわかれば本気で攻めることはしないと踏んだのでしょうね」

戦時中でもないのに騎士団長、それも英雄シリウスがクロノラインにいるのは異常事態。隣接するラス共和国を刺激する行為と取られかねないが、逆を言えば最強の抑止力とも言えるだろう。名目上は天楼との対決にロザリンを組み込むことに反対したことを理由とされているが、実際はシリウスが言ったことが目的だ。最大戦力である騎士団長を、反対勢力を抑えつつ辺境に配置するには、それなりの名目が必要となるからだ。

シリウスが気に入らないのは、口裏を合わせたわけではなく、全部ゲオルグの計画通りに自分が動かされてしまったこと。

「でも、意外だったよね。あの娘を戦いに巻き込むことを、シリウスが反対するなんて」

「別にあの娘を気遣ったわけではないわ」

「だったら、どうして？」

国境側を向いたままのシリウスから言葉を待つが、結局は沈黙を続けている。

「珍しく情でも移ったとか。いや、アルトが嫌がるからって方がしっくりくるかもね」

「下世話な勘繰りね。両方とも違うわ」

「おや。情はともかく、後半部分も否定されると、いよいよ本当に心当たりがなくなっちゃうね」

しつこく問い掛ける声にシリウスは迷惑そうに舌打ちを鳴らした。

「だって困るでしょう」

「困る？　なにがさ」

「守られる女にアイツは靡かないわ。誰かさんの好みは、どんな逆境も弾きとばす絶対的強さを宿す人間よ……修羅場を乗り越えてうっかり成長されて、万に一つの事態に陥ったら……私は泣いてしまうわ」

最後の部分だけは本当にちょっと悲しげな声色だったが、予想の斜め上の回答を受けたシエロは苦笑いを隠せない。

「予想以上に器の小さい答えだったね」

「ああ、想像したら苛々してきた。やっぱり追いかけて連中を叩き潰そうかしら」

「憂さ晴らしで国家間の溝を広げようとしないでよ」

「残してきたフレアも心配ね。あの娘、アルトに惚れたりしてないかしら、心配だわ」

「彼女に関してその心配は……ないとは言い切れないのが、アルトの怖いところだよね」

「流石の私も優秀な副官を斬り捨てるのは躊躇するわね。まぁ、やるけど」

「お願いだから思っててても口にしないで。フレアが不憫すぎるから」

一方通行すぎるフレアの心情を哀れに思いつつも、これぞ英雄シリウスだという姿に安堵も覚えた。本音を言えばシエロとしても王都から離され、恐らくは既に始まっている戦いに参加できないのは不本意ではあるが、間接的にも天楼の目的を邪魔できたのなら、クロノラインにまで来た甲斐はあっただろう。

それはシエロと差はあれど、シリウスも同様だ。

「不満はたんまりあるけれど、やるべきことはやったわ……後は王都に残った連中に任せましょう」

「そうだね」

シエロは頷いてからシリウスの反対側、王都のある方角に顔を向けた。

夜明けまではまだ時間がある。次に太陽が昇る頃には、決着はついているのだろう。

オメガとミューレリアの出会いは些細な出来事からだった。

ミューレリアが落としたハンカチを偶然、すれ違ったオメガが拾い渡したことが切っ掛けだ。後に恋人同士になることを考えれば、夢見がちな少女ならば運命の出会いだと憧れを抱くところだろう。けれど、二人の立場や関係性を振り返ってみれば、あながち運命の出会いというのも間違いではないのかもしれない。

オメガは外からの流れ者で、王都にやってきたのは二年ほど前になる。前職は傭兵。と、言っても孤児だったので真っ当な職に就いたことはなく、盗賊紛いの悪事で食い繋ぐ日々を送っていた。子供の頃は盗みをしくじって衛兵に突き出されたり、同じ境遇のグループに生意気だと袋叩きにされたりと、思い返しても笑い話にもならないことばかりだ。唯一、悪いことばかりではなかったと思えるのは、石畳に叩き付けられるような毎日で身体は自然と鍛えられ、気が付けば因縁を付けてきたチンピラ程度なら、十分に返り討ちにできる力が身に着けられたことだ。そこからはある意味で簡単な流れ。腕っぷしが上がれば喧嘩の回数が増え、勝ちを重ねれば評判となって名前が売れる。そうなればただ殴るだけだった拳に、金を払いたいと言う連中が現れる。そうなれば戦う相手は二束三文にもならない町のチンピラから、同じように腕っぷしで金を稼ぐ暴力のプロに変わっていく。多くの喧嘩自慢は高い代償と共に身の丈を知るのだろうが、幸運なことにオメガは暴力に関してはずば抜けた才能を持っていた。とりわけ、素手での取っ組み合いならば負け知らずで、武装した人間数人に囲まれても問題無くあしらえるほどの腕前になっていた。勝ち続ければ敵はいなくなり、反対に大金を払ってもその腕前を借りたいと名乗り出る者は増え始める。しかし、人に使われることを嫌ったオメガが選んだのは傭兵（ようへい）。エクシュリオール帝国が存在していた頃は、いつでも大陸の何処（どこ）かで戦火が上がっていたので稼ぎ場所には困らなかったが、戦場はオメガの想像を絶する過酷さだった。初陣（ういじん）は散々なモノでボロ負けするどころか、何一つできずに気が付けば撤退する味方に交じり必死で逃げ帰っていた。死ぬことに恐怖を感じることはなかったが、自分より明らかに格上の相手と対峙（たいじ）することが、あんなにも恐ろしいことだとは知らなかった。町で負け知らずだった自分が如何（いか）に無知だったか、如何に弱かったか思い知らされるには、戦場での経験は得難いモノだっただろう。もう一度、あの経験をするかと問われれば、積極的に肯定はできないだろうが。

　生きるのが精一杯な日々の中、オメガが出会った男がシーナ、当時はハウンドと呼ばれる男だった。

　シーナは雇われの暗殺者で、傭兵のように表立って戦場で戦うことはなかったし、本人も徒党を組むようなタイプではなかったが、不思議とオメガとはウマが合うというか、意外に面倒見の良いシーナが放っておけなかったのか、同じ雇主に雇われている縁もあって二人で行動することが多かった。既にハウンドとして名前が売れているシーナの方が格上なので、与えられる仕事は暗部が多くなり、その中で自然とオメガも暗殺術を身に着けていく。無手で戦う彼には武器を振り回す戦場より、そっちの方が性(しょう)に合っていたのかもしれない。

　シーナは寡黙(かもく)だが戦士としての才能はオメガを凌駕(りょうが)していた。町の喧嘩(けんか)屋に毛が生えた程度のオメガにとって、初めて戦い方を師事したと言ってもよいだろう。とは言うモノの、手取り足取り教えを受けたわけではなく、殆(ほとん)どが見て覚えろといった風に、シーナから何かを口頭で説明されたことはない。もしかしたら勝手にオメガが師匠と思っていただけで、実際は金魚のフンくらいにしか思われていなかったのかもしれない。どちらにせよ強さの壁にぶち当たっていたオメガにとって、シーナという才能の塊は吸収するモノが多い存在であることには変わらない。殴る蹴るだけでは学べないこと、例えば多対一での体捌(さば)きや足運び。最小限の動きで相手を仕留める方法。効率の良い骨の折り方。何処(どこ)を突けば確実に相手を殺せるか、逆に何処ならば痛みだけ与え殺さないで済むのか。効率をとことん突き詰めたシーナの戦い方は、脈々と連なる暗殺者ハウンドの磨き抜かれた技の歴史でもあった。未熟なオメガに全てを見て覚えることは不可能であったし、シーナよりも大柄だったのでそもそも不向きな技も多かった。それでも強くなることに貪欲(どんよく)であったが故に、吸収できる部分だけを吸収して、体格が理由で扱い辛い技などは自分流に最適化、アレンジを加えた。粗削りだったそれらの技を試すには、戦場ほど相応しい場所はなく、ハウンドの理想的な戦い方とは逸れていったが、オメガは強さの壁を越え、気が付けば苦渋を舐めさせられていた相手ですら倒せるほどになっていた。

　戦場に生き方を見出したオメガだったが、二つの出来事が転機となる。

　一つ目はシーナの大怪我だ。

片足を切断しなければならなかったほどの大怪我だが、シーナほどの使い手が何故、それほどの手傷を負ってしまったのか。別行動を取っていたオメガは現場を見ていないし、シーナ自身が詳細を語ってはくれなかった。だが、それ以上にオメガが驚いたのは、シーナがあっさりと第一線から退いてしまったこと。付き合いのあった傭兵連中は、「あいつ、女でもできたんじゃないのか？」と言って笑っていたが、怪我をして入院していた際に、知らない女性が見舞いにきているのを見たことがあったから、あながち間違いではなかったのだろう。その後、シーナと再会することはなかった。

　二つ目は単純な理由。戦争が終わってしまったからだ。

　戦場がなくなれば傭兵は用済み。見切りの早い連中は稼いだ金を元手に、商売を始めたり田舎で隠居を決め込んだりと様々だが、傭兵に身を置く者の多くはそれ以外の生き方ができない連中ばかりで、新たな戦場を別の国や大陸の外に求めて旅出ったり、戦傷が癒し切れず盗賊や山賊に身を落としたりと様々。オメガもまた戦いに沈めた身を清めきれず、流れ着いた先がエンフィール王国の王都、スラム化した北街だった。戦場で鍛えられていたおかげで、化物じみた強者が蠢く北街の中でも実力者として頭角を現し、奈落の社を始めとした様々な組織から声がかかったが、オメガがそれらに靡くことはなく一匹狼として世捨て人のような日々を送る。いつまで続くのか、いつ終わりを迎えるのか。本人もわからない毎日の中、運命の出会いは唐突に訪れた。

別に特別な場所でも出来事でもなかった。少し用事があって西街を訪れたオメガが、通りですれ違ったミューレリアの落としたハンカチを拾っただけ。偶然があるとすれば彼女は日々の稽古事で憔悴していたのと、その日だけ供の者を付けず一人で行動していたこと。ハンカチを受け取ろうとしたミューレリアが、ちょうど日差しが強かったこともあり立ち眩みを起こし、慌てたオメガが抱き留めた。

「済まナい、大丈夫カ?」

「……海外の、方ですか?」

想定外の出来事だったので、思わず片言のような妙な喋り方になってしまった。

驚いたのもあったが、ミューレリアは見るからに良家のお嬢様で、今までの人生で会話どころか視線を合わせたこともないような人種だったからだ。美しい少女だった。恥ずかしげもなく言えば一目惚れだったのかもしれない。だから、思わず声が裏返ってしまっただなんて、女性経験のない少年のような反応で、誤魔化すように妙な言い回しを続けたのがあの喋り方の切っ掛けだ。改めて思い返すと何とも言えない間抜けな話だろう。

オメガとミューレリアの仲は直ぐには進展しなかった。立場の違いもあるが、一番はミューレリアの警戒心が強かったこと。成り上がり者のアルバ商会には色々と敵が多く、彼女自身も数多くの悪意を向けられてきた故に、知らず知らずの内に相手に対する壁を作るようになっていた。けれども天然と言うか、生来の人の良さまでは隠し切れず、何かと理由を付けて近づいてくるオメガを強く拒絶はできなかった。そうなれば自然と二人の距離は近づき、数ヵ月も経てば恋人と呼べる関係性までに発展していた。勿論、二人の交際を知る人物は極々限られた人間のみ。

『貴方はいつか、ミューレリアを不幸にします。ボクは絶対に認めません』

彼女の親友を名乗るラサラ＝ハーウェイは、二人の関係を知る数少ない人間だったが、交際に関しては否定的だった。何度か遠回しに別れることを勧めては、口喧嘩をしている場面に出くわしたこともある。今思い返してみれば彼女の指摘は正しかったのだが、その頃の自分達は互いを思い合う愛情が本物だと信じて疑わなかった。

恥ずかしげもなく述べるなら、ミューレリアと過ごした日々は幸せだった。横に並んで特に目的もなく並木道を歩くだけで、見飽きた湖の畔に小舟を浮かべるだけで、他愛のない会話の一つ一つに心が躍り、眠る寸前まで一日の出来事を思い返しニヤケながら微睡みに落ちていく。他人を叩きのめすことだけが生きる術だったオメガの人生で、紛れもなく彼女と一緒にいた毎日は幸せだったのだろう。永遠に続くと疑わなかった。終わりが来るなんて予想もしていなかった。

けれども現実は非情で、二人の蜜月は唐突に終わりを告げた。

切っ掛けは単純なこと。二人の関係がミューレリアの父親にバレたのだ。父親は当然のように激怒した。口頭による忠告だけではなく、北街の無法者を雇いオメガを襲撃させることもあった。喧嘩自慢程度のチンピラなど相手にもならないが、実の父親が恋人の命を狙うという事実は、繊細なミューレリアの精神に大きな負荷となってのし掛かる。表面上は気丈に振る舞っていたが、時折見せる表情の陰りの原因は、オメガとの交際を巡る両親との対立が軋轢となっていたからだろう。

ミューレリアとの日々はかけがえのない宝だ。だからこそ、自分が原因で愛する人の笑顔が曇ることがどうしても許せなかった。

別れを切り出したのは自分から。理由は深くは話さなかった。

意外にもミューレリアは引き止めたり、理由を問い質したりはせず、酷く寂しそうな微笑を浮かべながらも、「そう、わかったわ」と一言だけ告げ、まるで泣き顔を隠すかのように深々と頭を下げた。その日の夜は喉が爛れるほどキツイ酒を飲み、吐き、泣いた。

男とは未練がましいモノで、北街に戻った後も頭から彼女の姿と思い出を消すことは叶わず、暇を見つけてはさりげなくアルバ商会の周囲を探ったりしてしまっていた。言い訳をさせて貰えるのなら、決してストーカー気質が発露したわけではない。成り上がり者のアルバ商会には敵が多く、元を辿るならオメガとミューレリアの関係を父親に吹き込んだのも、卑しい目的のある人物達からだったのだろう。

嫌な予感は的中した。

ミューレリアと別れて数ヵ月後、アルバ商会の会長であった彼女の父親が病死してしまう。確証はないが何者かに仕組まれた可能性が高い。その証拠に傷心するミューレリアに近づく男が現れた。ボルド＝クロノォード。調べた限りでは後ろ暗いところのない、貴族の好青年であったが、オメガの直感が彼の危険性を察知し警笛を鳴らす。それを証明してくれたのは、シーナを通してつき合いがあった天楼の首魁シドだ。彼から炎神の焔を巡る様々な背景を聞かされ、ミューレリアとの交際を密告したことや、彼女の父親を病死に見せかけ毒殺したことも教えられた。そしてシド自身も彼の計画に一枚噛んでいることを。

「なぜ、それを俺に教える？」

「保険ってヤツよ。儂にも伏せた手札が必要だ。手を貸してくれるってぇなら、あのお嬢ちゃんの安全は保証するぜ」

「俺はボルドを、アンタの息子を殺すぞ。そこまでの男ってことだ」

「構わねぇよ。死んだらあいつも、そこまでの男ってことだ」

眉一つ動かさずシドは言い切った。オメガは宣言通りボルドを殺した。

自ら始末したハウンドスネーク達の首を手土産に、ハウンドの名を引き継いだのはシドから提案されたこと。伝説の暗殺者ハウンドの名前は、無名だったオメガの名に箔を付けるのに十分。その名の庇護下にあると判れば、ミューレリアを狙う存在も大幅に削がれることになる。そしてボルドの死亡によってミューレリアを巻き込んだ事件は一応の解決を迎えたが、オメガ自身も英雄シリウスとの想定外の交戦で深手を負い、その後の行動に大きな支障を及ぼした。アレがなければもう少し、スマートにことが運べただろう。想定外と言えばミューレリアの記憶喪失もそうだが、アレに関してはもうオメガに打つ手はなく、ラサラ達に任せる他方法はなかった。この時点でオメガがミューレリアに対して、してやれることはなくなった。むしろ記憶が戻らない方が、自分との思い出を失ってしまった方が、彼女にとっては幸せなことなのかもしれない。

オメガは残りの人生をハウンドとして、シドの懐刀として天楼で戦うことを決めた。別に何かしらの使命感があったわけでも、シドに対しての忠義や恩義があるわけでもない。むしろ多くは語らなかったが、シド自身がハウンドの名前と力を欲して、色々と利用した可能性も高い。信頼しているかと問われれば逆だ。ただ、全ての舞台が整えられてしまった以上、戦いは避けられなく、王都に無数の血と混乱がもたらされるだろう。そうなれば再びミューレリアの身にも危機が訪れる。しかし、自分がハウンドとして天楼に力を貸せば、その功労で彼女の身の安全は確保できる。逆に天楼が破れたとしても、ラサラやあの野良犬騎士、アルトが問題なく良きに計らってくれるだろう。後はアルバ商会の利権を狙う貴族や商人共を数人始末すれば、ミューレリアの幸せを脅かす存在は王都から完全に消える。

　戦いの勝ち負けも自身の生き死にも、最初からオメガには関係なかった。

「……未練はない。と、言い切れないのが、未練がましいな」

　苦笑しながら歩くのは水晶宮の廊下。清廉で涼しげな空気に満ちたこの場所は、外の祭りなど無関係だと言うように静寂に満ちていた。ここに来るまでオメガは誰とも顔を合わせてはいない。無論、人目を避けて行動していたからでもあるが、それでもこの場所は王都で最も厳重な警備に守られている筈なのにも拘わらず、まるで宮殿から人が消え失せてしまったかのように静まり返っている。

　この先にあるのは王族の居住区画。地下の寝所に続いて王都の重要個所である。

　今から国王の寝室に忍び込みエンフィール王を暗殺する。王族にとって太陽祭はただの娯楽ではなく、国家繁栄を約束する為の大切な儀式でもある。エンフィール王は従軍経験もあるので、体力的にはひ弱な貴族連中に比べて逞しいモノの、政の激務も平行して行っている為、祭り初日であってもそれなりに疲労は溜まっていることだろう。健康には気を使っている王なので、城下が祭りの賑やかさを消さぬ夜であっても、浮かれて羽目を外すことはなく、むしろ普段より早い時間から床に就いている。

天楼が事前に調べた情報によれば、この先の寝室に国王夫妻が眠っている。

夫妻の仲の良さは王国では有名。結婚生活も長くすでに二人の子宝にも恵まれているが、王は側室も作らず妻だけを愛し同じ寝室で寝泊まりをしている。故に国王を寝室で暗殺するとなれば、必然的に王妃も手にかけなければならない。

「………」

握った手の中にじっとりと汗が浮かぶ。戦場で女戦士と出会い、戦って殺したことは何度かある。しかし、戦えない女性を殺(あや)めるのは初めてのことだ。人としての倫理観などとっくの昔に捨て去ったはずなのに、今更になって無くしたと思っていた良心が、ズキズキと胸の内側から自分を責めたてる。

「地獄に堕ちると決めたはずだ。アイツに別れを告げた、あの日から」

自分でもみっともないと思える言い訳を口にして、オメガは大きく深呼吸をしてから、落ち着かない気分を、落ち着いたと誤魔化(ごまか)して廊下を進む。長い廊下を誰とも出会わぬまま歩き、時間の感覚も曖昧(あいまい)になり始めた頃、終着点がようやく訪れる。

王族の住まいがある区画に続く大扉。その手前に一人の男が座っていた。

「よう、遅かったじゃねぇか」

ある程度の距離でオメガ……いや、ハウンドが足を止めると、見計らったように男は口を開く。

「あんまり来るのが遅いから、危うく居眠りをしちまうところだったぜ」

「……アルト」

　予想はしていた。なので特に驚く様子も見せず、ハウンドは早々に拳を固める。

「ここで俺の行く手を遮る男がいるとしたら、やはりお前だよな、アルト。いや、これこそ俺が待ち望んでいたことなのかもしれない」

　予想外だったのはアルトの方か。思わぬ反応に座したまま眉を顰（ひそ）めた。

「何だよ、剃（そ）った髭（ひげ）と一緒に喋（しゃべ）り方も忘れちまったのか？」

「これが本来の……いや、ハウンドとしての俺だ」

「ふん。ハウンド、ね」

　つまらなそうに顎（あご）を摩（さす）ってから、右手に握った剣を杖（つえ）代わりにして立ち上がる。

「ま、王様を暗殺しようって大仰なことをしでかそうってんなら、そっちの名前の方が相応（ふさわ）しいのかもしれねぇな」

「そんなお前は守るべき者の為に、騎士として俺の前に立ち塞がるというわけか」

「……あん？」

　予想外の言葉だったのか、アルトは露骨に眉を顰めた。

「行動を共にしたのは僅（わず）かな間だけだったが、お前は戦うべき時に戦える男だ。王都の危機に奮い立たないわけがな……」

「ああ。悪いが、んな大それた理屈で俺はこの場に立ってるわけじゃねぇよ」

「なに？」

言いかけた言葉を止められて、今度はハウンドが眉根を狭める。ならばお前は何の為に立ち塞がるのか。暗にそう告げるように投げかける視線に向け、アルトは鞘から解き放った片刃の剣を、ハウンドの眼前を狙って突きつける。同時に注がれる彼の瞳は、僅かに怒りの色が滲んでいた。

「国の危機だとか過去の執念だとか、んなモンははなっから俺には興味ねぇよ。そういう面倒な一切合切は、騎士団の連中が何とかすることだ」

「だったらアルト。お前は何故、この場に立っている？」

「んなのは単純だ……テメェ」

僅かに細めた瞳に宿る炎が、よりいっそうの勢いを増す。

「あいつを、カトレアを殴りやがったな？」

言われて直ぐは何のことだかわからなかったが、少しの間を置いて頭の中に閃く光景があった。ハイドを追って東街のギルドかたはねを襲撃した際、果敢にも立ち塞がった金髪の少女。彼女がアルトの言うカトレアなのか、ハウンドには確証はなかったが、それ以上の確信を持って殴ってしまった記憶を掘り出すように、右手の拳がカッと熱くなる。

思わず右手を強めに握りながらハウンドは口を開く。

「謝る気はないぞ。反射的だったとしても、彼女と俺は敵同士だった」

「んなモンいらねぇよ。ついでに言えばそんな言い訳みてぇな言葉も必要ねぇ」

ハッキリとハウンドの言葉を切って捨てた。

「お前がアイツに喧嘩を売った。俺が代わりに買ってやった。ただそれだけの理屈だ」

「彼女に惚れているのか？」

「いいや。俺が惚れた女は後にも先にも一人だけだ……惚れた腫れたとかそんな問題じゃねぇよ。俺はアイツに恩がある、俺が生きてあの街にいる内は、きっちり返していかなきゃならねぇのさ」

驚くようにハウンドは両目を見開いた。

「単純な男だな……俺もお前のように」

「無駄口は止めろ。御託や後悔を語る為にここに来たわけじゃねぇだろ」

一切の躊躇も優しさもなく切り捨てられ、ハウンドは苦笑を零す。

「なるほど、確かに道理だ。この期に及んで言葉は無用だったな」

「わかりゃいいんだよ。こっからは本気の殺し合いだ、俺は剣を使わせて貰うが卑怯だとか言わねぇだろう？」

「ははっ、余計な心配だ。俺の本気の拳は竜の牙よりも鋭い」

「そうかい。なら、遠慮なく両腕をぶった斬れるってなモンだ」

「こっちはアンタの男前な面構えを潰して、恨みを買う方が恐ろしいけどな」

互いに軽口を叩き合いながらも、発する殺気が周囲の空気を凍(い)てつかせる。

構えた剣と握った拳。既に二人は戦闘モードに入っていて、瞬きをした次の瞬間にも激しい殺し合いが始まってもおかしくはない雰囲気だ。けれど、嵐の前の静けさを演出するように両者は口を閉ざし、沈黙の中でただ睨(にら)み合いを続ける。

決戦の狼煙(のろし)は直(す)ぐに上がった。

二人の呼吸が重なった直後、ほぼ同時に地面を蹴り真正面からアルトの振るう片刃と、オメガが突き出す拳が正面から激突する。

第五十三章　折れない剣、曇らない魔眼

偽りのリュシオン湖の湖面に衝撃が波紋となって広がる。

広大な湖の上を戦場として暴れるのは巨大な人型と竜。広域に展開された魔力領域が泥のように黒い湖の水に干渉し、浄化された一部が水神リューリカの影響を受け、複数の水竜巻となって乱れ狂う。それを巨人は頑強な巨躯と城塞をも粉砕する拳の一撃を振り乱し、嵐と化して迫りくる水竜巻を次々と打ち砕いていった。異界に天候という概念はなく、空は灰色に染まり閉ざされ、蒼天どころか空という概念すら失われている。にも拘わらず、巨大な二つが物理的に、魔力的に巻き起こす衝撃と衝動が、静止した異界の大気にまで干渉しているのか、湖上にだけ激しい嵐の如き天候の変動を作り出していた。

重厚ではあるが愚鈍な巨人に対して水竜の動きは素早い。

うねる湖面と荒れ狂う水竜巻の間を、稲妻のような速度と動きで水竜は疾走する。重量の面では巨人に劣り、真正面からのぶつかり合いでは分が悪い為、巨人を中心に円を描く軌道を作りながら、水竜巻を盾に隙を狙って一気に間合いを詰める。風よりも早い速度で飛ぶが故に、障壁を展開して振り落とされないようにしているロザリンも、完全に身体に

かかる負荷を相殺することはできず、腰を落として足を踏ん張るようにしながら水竜の頭部に立っていた。

背中から接敵し接触する瞬間、待ち構えていたように振り返った巨人が、そのまま翳した拳をカウンターのように水竜へ叩き込んだ。

耳を劈くような爆音が轟く。

直前で展開した不可視の障壁が拳を阻んだが、弾けた衝撃が波状の衝撃となって湖面を広がり、周囲の水竜巻を一気に吹き飛ばした。激しく掻き回される大気と、脈動するようにうねる湖面が交わり合い、生温かかった空気は霧散した清浄な水に冷やされるが、戦場の熱気を下げるまでには至らなった。

互いにびしょ濡れになりながら、竜の頭部と巨人の肩のそれぞれに立つロザリンとシドの視線が遠目から交錯する。

「……強い」

『こっちの攻撃が全然通じてないぞぉ、どうするんだよぉ！』

頭の中で泣きそうなネロの声が響く。

「スペックだけで、考えたら、水竜の方が強い、はず」

『だだだ、だったら何で歯が立たないのさぁ⁉』

「……それは」

ちょっと不満げな顔で長く伸びた兎耳を撫でてから。

「術者の、実力差……単純に、私より、お爺さんの方が、強い」

『――ダメじゃん⁉』

会話をしている間もシドが操る巨人は、両腕を振り回し容赦のない攻撃を繰り出し続ける。水竜と巨人は生命体としての自己や知性があるわけではないので、術者が魔術的干渉で動作を誘導しなければならない。人形や動物ならともかく、これだけ巨大な存在ともなると移動させるだけで一苦労。戦闘で何よりもネックとなるのは、指示を与えてから動き出すまでの時間差で、何とも言えないもどかしさとなる。

これぱかりは戦闘経験の差。知識や魔術だけでは埋め難い。

障壁に阻まれるのもおかまいなしに、巨人は腕を振り上げると、右、左と連続して拳を叩き付け続ける。その度に走る衝撃が不可視の壁を白く染め、爆ぜる空気の音と共に二体を阻む空間に亀裂が生み出され、徐々にそれが広がっていった。

罅が大きくなる度に衝撃が風となって、内側にいるロザリンの肌や髪の毛を震わせる。

『ダメだぁ、もうおしまいだぁ⁉』

「気合いが削が、削がれること、言うなっ！」

泣きごとを一喝してからロザリンは素早い動作で印を切る。

「――砕けて、散れ！」

両腕を真正面に突き出すと同時に、不可視の障壁に細かい罅が蜘蛛の巣のように広がり、ガラスが砕けるような音を立てながら、拳を振り上げたタイミングの巨人に鋭い刃のような欠片の雨が真正面から降り注ぐ。鋭い刃と化した破片が矢となって、巨人の上半身を瞬く間にハリネズミにしてしまうが、巨大な全長から比べれば文字通り蚊に刺された程度、表皮をちょっと傷つけたくらい。バランスを崩すように数歩、後ろに下がってはいたが、これも障壁が砕けた際に生じた衝撃に押されただけで、数値化できるようなダメージを与えるまでには至らなかった。欠片は肩に乗るシドも襲ったが、彼は腰に下げた自らの湾刀、シミターで斬り払い無傷だ。

挑発的にニヤッと笑う姿が、魔眼を通してロザリンに確認できた。

「余裕、綽々……むかつく」

『むかつくのはいいけど、このままじゃじり貧だぁ。リューリカちゃんの援護があるからって、無尽蔵に魔力が続くわけじゃないんだからなぁ！』

「わかって、るから、頭の中で、さわがな、騒ぐなっ！」

慌てふためくネロに構っている暇はないと、ロザリンはすぐさま新たな魔術式を構築、展開していく。青色の光で描かれた大小様々な魔法陣を作り出し、そこから魔力の砲撃を連続して叩き込む。青い閃光が巨人の身体を穿ち、穿たれた部分が焼け焦げるように黒ずみ、そこから煙が昇っていく。決定的なダメージは与えられてはいないが、連続して放たれる魔力砲撃に押され、巨人は背後へと押し込まれていった。

『いけいけいけぇ、撃って撃って撃ちまくるんじゃあああ！』

「だからっ、うるさい、ってば！」

叫びながら魔法陣に供給する為の魔力を更に駆動させ、緩まない砲撃の連射で巨人の動きを足止めする。ピリピリと目の奥に鋭い痛みが走り出すが、その甲斐あってか叩き込まれる魔力の波動に耐え切れなくなり、巨人は膝を折って大きく前のめりに倒れ込んだ。

『ちゃ、チャンスだっ、更に倍、ドォンだ！』

調子のいいネロの掛け声に合わせて、動きを止めた巨人にトドメの砲撃を放った。

吸い込まれるように青い閃光が巨人に着弾、表皮を砕くと共に弾け、霧のような粒子と化して空気に溶けていく。同時に閃光で焼かれた表面からどす黒い煙が立ち上ると、砲撃の回数に連動するように大きく膨れ上がって、巨人の姿を覆い隠してしまった。

「んぎぎっ……ふはっ！」

流石に限界が来て大きく息を吐き出してから、魔法陣への魔力供給を停止する。同時に砲撃は止まり、魔法陣が砕け粒子となって消えていく。ロザリンは肩で息をしながら、額から流れる汗を服の袖で拭った。

急激な魔力消費に伴い魔眼も力が弱まる。それが一瞬の隙となった。

『――にゃにゃっ!?　ロザリン、正面からめっちゃめちゃな魔力反応ぅ!?』

「しまった……罠だっ⁉」

今までの砲撃で黒煙は生じなかったはず。発生源は恐らく砕けた表皮の下から溢れる瘴気で、アレは故意に生み出されたモノだ。

「――くうっ⁉」

慌てて魔力を高めようとするが一手遅かった。

次の瞬間、黒煙の内側から突風が吹き荒ぶと煙が晴れ、中から現れたのは四つん這いの巨人。腕は上半身を持ち上げるよう歪に伸びて、上下しながら此方に向けてくるのは、頬の部分が裂けるほど広がった咢で、ネロが感じ取った強力な魔力反応は、口の中に集中されたどす黒い閃光だ。

既に臨界に達している黒い閃光に、ロザリン達の背筋に戦慄が走った。

『きゅ、急速かい……』

「だめ、間に合わないっ⁉」

眼前の漆黒が魔力と質量を増し、放たれる寸前ながら肌にピリピリとした痛みをもたらす。展開している障壁では持たない。強化している余裕はない。回避も間に合わない。仕留め切れないとわかっていながら、守勢に回ることを嫌った我慢弱さが、冷徹に戦闘の構成を積み重ねたシドの一手に詰まされてしまった。

アルトとハウンドの戦いは静かに、けれど鮮烈に火花を散らす。

剣対素手の有利不利を今更語る必要はないだろう。アルトの剣術の腕前は言うまでもなく、ハウンドの無手の技も武器を必要としない域に達している。達人クラスの二人の立ち合いならば、得物を問わずそれは死闘となるだろう。

広い廊下の中、大扉を前に対峙する両者の攻防はめまぐるしく入れ替わる。リーチ差の有利を生かして、優位な間合いを維持しながらアルトは刃を振るうが、優れた動体視力と反射神経を持つハウンドはそれらを全て紙一重で回避する。リズミカルな呼吸と共に繰り出される斬撃を、ハウンドは動きを追われないよう左右に回避しつつ、自身の間合いに引き込もうと深く踏み込むが、当然、アルトがそんなことを許すはずもなく突き出すような前蹴りで牽制、何度も仕切り直しが繰り返される。

素手と剣の対決だけあって、普通の戦闘のように剣戟が鳴り響くことはない。

代わりに静かな廊下に響くのは、アルトの振るう刃の風切り音と、鋭いステップから繰り出されるハウンドの靴音だ。磨かれた大理石の床を擦るような甲高い音を立て、踏み込みながらハウンドは間合いを離される前に拳を放つ。が、隙にねじ込むわけでもない打撃が掠るはずもなく、アルトは半身を反らすだけで難なく回避。返す刀で斬撃を打つも、同じようにハウンドの身体を捉えることは叶わなかった。打撃も斬撃も当たらない攻防は、息つく間もないほどの激しさを帯びる。様子見などではない最初から全力のぶつかり合いではあるモノの、ある意味では噛み合わない二人の戦闘スタイルが一切の有効打を生み出さない。

逆を言えば一撃。先に一撃を加えた方に、圧倒的な優位が傾くだろう。

「……ッ」

「……シッ」

無駄口は叩かない。代わりに短い呼吸音が、刃と拳が飛ぶ音に交じる。

互いの手口を完璧に読み切れるほど、理解し合っているわけではないが、病院で一度戦っている意義は大きい。足運びの癖、腕の長さ、呼吸のタイミング。大幅に変化が生じるほどの期間が空いてないだけに、既に両者はある程度の力比べを終えている。故に一進一退の攻防になってしまうのは必然である。

アルトが上段から鋭く刃を打ち下ろすと、身体を横向きにしてハウンドは斬撃をギリギリで回避。何度目になるかの踏み込みで間合いを近づけようと試みたが、接近を嫌がったアルトはワザと自ら進み出て、柄を握った両手で打ち抜く前の力が乗り切らない拳を受け止めながら、強引に力で押し返す。バランスを崩すようにハウンドの重心が後ろに下がり、何とか踏み止まろうと踏ん張った右足の脛を目掛け、今度は下段の斬撃を放つ。が、それはハウンドも予測済みだったらしく、右足の踵で強く地面を叩くようにしながら、衝撃で無理矢理足を跳ね上げ、そのまま下段斬りのタイミングに合わせ爪先でアルトの握り手を叩く。

「……くッ」

鈍い痛みが手の甲に走る。致命傷には程遠いかすり傷だが、拮抗した攻防に罅を入れるには十分効果的な一撃だった。両手が跳ね上げられ無防備を晒すアルト。だが、蹴り上げた足をそのまま踏み込む体勢からでは、間合いが近すぎて有効打は放てないだろう。そう判断したアルトは多少の痛みは我慢して、身体を硬直させるように力を込め追撃に備える。

「油断したなアルト！　ゼロ距離こそ俺の間合いだッ‼」

叫びながらハウンドは触れるように、アルトの肋骨辺りに両手の平を添えた。

「──なにッ⁉」

打撃と呼ぶには柔らかすぎる接触。しかし、掌が硬直した筋肉に押し込まれた瞬間、全身の骨という骨が揺れた。手の平から打撃を体内に浸透させて、全身の骨を振動させることで衝撃を行き渡らせる。

「──がッ⁉」

頭蓋から爪先。骨の一本一本までが音叉のような振動を起こして、アルトの身体は内部から激しく揺さぶられた。目が眩むような衝撃は甲高い耳鳴りとなって反響を繰り返し、船酔いを起こしたような気持ち悪さと共に、自分との意識とは無関係に唾液や汗、鼻水が決壊したダムのように溢れ出る。が、逆を言えばそれだけ。身体は痙攣を起こして自由に動かせなかったが、ダメージという意味ではそれほどでもない。

直ぐに立て直せると思いながらもアルトは理解していた。最大の狙いは身体を動けなくすることではなく、ゼロ距離から互いの間合いを僅かに開いて、自身にとって最も都合の良い距離を作り上げることだ。

間合いは伸ばした互いの手が触れ合う程度のモノ。踏み込みとしては約一歩分である。

この場面こそが、ハウンドが作り上げた勝利の方程式だった。

目視で確認できるほどハウンドの左膝に魔力が集中している。単純な膝蹴りや打撃の強化などではなく、あれは間違いなく魔技による必殺の一撃だ。狙っているのは角度的にアルトの顎。まともに喰らえば顎が砕けるだけでは済まない、頭が吹っ飛ぶだろう。

「――終わりだッ。ガンスタン！」

張りのある声色と共にハウンドの左膝が発射された。ただでさえ近い間合いから、初速から最大加速する膝の一撃は、まさしく閃光の如き動きで鋭角な角度から、アルトの顎を狙って飛翔する。回避不可能な絶対のタイミング。

ハウンドはそう思い込んでいた。

「――ッッッ⁉」

ハウンドは技の途中で驚愕する。振動を染み込ませて行動不能だったはずのアルトが、強引に自らの片膝を折って身体を沈み込ませ、膝蹴りの軌道から自身の顎を逸らした。ガチガチに固められた身体は、膝を曲げるだけでも相当な負荷があって、言うなれば筋肉が攣った状態の足を、無理矢理折り曲げているようなモノ。実際に障害や傷が残るわけではないが、瞬間的な激痛はかなりのモノになるだろう。

それをアルトはやってのけだ。それも一瞬の判断と行動で。

「──しまっ⁉」

隙を晒したのは今度はハウンドの方。膝蹴りを放った体勢のまま蹴り抜けば、まだ状況を切り抜けられたのだが、アルトの動きに気を取られ中途半端に止まってしまう。その隙を狙い、いや、身体が痺れている彼にそこまでの余裕はなくがむしゃらに振るった斬撃が、ハウンドの腹部を一文字に裂いた。

鮮血が飛び散る。が、浅い。

「くそッ、身体の自由さえ──よっと！」

追撃を警戒して後ろにでんぐり返りながら間合いを取る。案の定、ハウンドは傷を負って尚、正面を狙って蹴りを放っていた。ハウンドの間合いから外れ、ようやく身体の痺れも消えてきたところで、再び仕切り直す為、アルトは膝立ちの状態から立ち上がろうとした。

が、寸前で床に触れていた剣の刃を、蹴り下ろしたハウンドの右足に踏まれてしまう。

二人の動きが止まった。踏まれた部分は切っ先、少し力を込めれば問題なく引き抜けるが、アルトは直ぐにそれをせず膝立ちの状態のまま、刃を踏みながら此方を見下ろすハウンドと睨み合う。

僅かな沈黙が、漠然とした予感を二人に抱かせた。

次の一撃で決着が付く。

「お前は女の為に死ねるか？」

「死ねないね。俺の生き死には俺が決める」

ハウンドが問い、アルトが答える。

再び沈黙。体勢は変わらず刃は踏み押さえられ、拳の間合いからは遠い。ただでさえ静かな水晶宮の廊下を、普段以上に重苦しい静寂が支配している。汗を滲ませることすら、吐息の音すら隙になるような気がして、限界まで呼吸を細くしながらジッと耐え忍ぶ二人は、乾いていく目の痛みに耐えながら互いを睨み続けた。

時間の概念などとうになくなっている。全ての音が鼓膜を震わさなくなり、頭の中から全ての雑念が消え、身体の熱が急速に冷えていく瞬間、決着の時は訪れた。

不意に両者の身体を駆け抜ける奇妙な感覚。何処か遠方で巨大な建物が倒壊するような、言葉では説明し辛い魂の振動に二人は理解する。今しがた、この王都の裏側にある異界が消滅した。そしてそれはまた別の意味を宿している。

「……天楼は負けたようだぜ」

「ああ、決着を付けよう」

短い会話の後、極限まで研ぎ澄まされた殺気が鋭さを帯びる。

「――ッ！」

「――ヌッ⁉」

閃光が煌めくような刹那。刃と拳が交差した。

放たれた拳を真っ直ぐ見据えていたアルトは、空を裂く一撃を回避せず、逆に叩き付ける勢いで額をぶつけた。割れるような頭蓋の痛み、意識を白く誘う振動をグッと堪え、動きが拮抗した隙を見計らい、踏みつけられていた刃を弾くように飛ばし、ハウンドの身体を斜め下から斬り上げた。

手応えは……あった。

「……ぐっ、がッ⁉」

一瞬の静止の後、拳を突き出したままハウンドの身体がグラッと揺れ、苦悶の表情で崩れ落ちるように横向きに倒れた。拳を受けた額は皮膚が裂け、一筋の血が傷口から流れてくるが、脳震盪を起こすほどの一撃ではなかった。アルトは残心と共に、刃に付着した血液をコートの袖で拭いながら、流れる血を舌で舐めとる。

「……ぺっ」

口に含んだ血を唾液と一緒に吐き出し剣の切っ先を下ろした。勝利を納めたはずなのにアルトの表情には歓喜はなく、むしろ不満の色がありありと浮かんでいる。

アルトは苦痛で呼吸を荒くしながら、仰向けに倒れ血溜まりを作るハウンドを睨んだ。

「腑抜けた拳を握りやがって……テメェは、最後の最後まで迷いを捨てられなかったな」

「それは、違う……これが、俺の、全力だ」

「嘘をつくんじゃねぇよ。本気だったら相討ちになってるところだ」

「……そこで、負けていた、とは言わない、んだな」

途切れ途切れの言葉に苦笑が浮かぶ。

「負けるつもりで勝負は張らねぇからな。一か八かかもしれねぇが、迷った挙げ句に負けるよりはよっぽどマシだぜ」

「それは、手厳しい」

今度の苦笑はハッキリと、けれど自虐的にハウンドの表情を歪ませた。

本気の一撃ではなかった。と表現したら誤解を生むかもしれないが、一か八かと言ったように額で拳を受けるのは賭けだった。頭の硬さには自信を持っていたが、まともに顔面に拳が直撃すれば顔面諸共、頭を潰されていただろう。上手い具合に受けられたとしても、脳震盪を起こしカウンターどころか、剣を振るうこともままならない可能性も高い。

だが、集中力に欠けていたハウンドの拳が、アルトの義侠心を砕くことは叶わなかった。

「最後まで張れねぇ意地なら、無理に張って死地に挑んでくるんじゃねぇよ馬鹿野郎」

顔を流れる血を服の袖で拭ってから、親指で裂けた額の傷を押しつけるよう止血する。

勝負は決したがアルトはまだ殺気を緩めず、まだ鞘に収めず抜き身のままの刃をハウンドの方へ向けた。

「この場で素ッ首を落とされるか、素直に縛に就くか、選べ」

水晶宮の、それも王族の私室前まで押しかけて、無罪放免は筋が通らない。アルトとしてはハウンドは嫌いな相手ではないが、殺し合いを経ての決着を付けた今、確りとした幕引きをする義務が勝者にはある。ミューレリアには申し訳ないが、ハウンドが覚悟を決めたのならそれに応じるべきだろう。

だが、ハウンドはそのどちらも選ばなかった。

「アルト、悪いな」

「……なに？」

妙な気配を察知してアルトは視線を細めた。ハウンドは重傷だ。よからぬことを考えていたとしても、これ以上の悪さはできないはず。

「勝負は、俺の、俺と天楼の、負けだ……けれど、俺にも意地が、ある……最後の勝ちまでは、譲らんさ」

荒い呼吸と共に吐き出した言葉で、ハウンドは懐に隠し持っていた宝石を取り出した。

　それを見た瞬間、アルトは息を飲んだ。

「――炎神の焔ッ!?」

「地獄の底につき合って貰うぞ！」

「テメェ――!?」

　何故、それをハウンドが持っているのか。問う暇も考えている余裕もなく、魔力が注がれた赤い結晶は不気味な光を放つ。瞬間、アルトが刃を飛ばし炎神の焔を握る腕を斬り飛ばすより早く、視界を一瞬にして包み込む爆炎が炸裂した。

「――!?」

　叫び声すら飲み込む炎の渦。触れる物の全てを焼き尽くし破壊し尽くす神の炎は、一片であっても十分の破滅を纏って水晶宮の廊下を覆った。その勢いは凄まじく、並の衝撃では傷一つ付かないはずの壁を砕き、床を割って水の障壁を瞬く間に消滅させる一撃は、王族が住まう区画を巻き込むのには十分だっただろう。

　紅蓮の炎は一切の容赦なく、水晶宮と共にアルトの姿を焼き尽くした。

『障壁で勢いを弱めながら回避回避かいひぃぃぃぃ！　直撃さえ避ければまだ立て直せる！』

　ネロが叫ぶ。回避は不可能。が、実体を持たない水竜なら、身体の一部が消滅しても魔力を消費することで補える。手痛い損失だが、まだ致命には至らない……漆黒の閃光を湛え開かれた咢の角度から、その先が見据える存在にロザリンが気が付かなければ。

このまま受け止め切らなければ閃光はそのまま寝所を穿つ。両腕を長く伸ばして不恰好な角度を付けたのはその為だ。

「避けられな――っ⁉」

逡巡したどっちつかずの迷いが詰め手を更に進め、より致命的な一手へと変貌させる。

負けた。敗北感が心身を支配するより早く、母性的な声色が絶望を払う。

「――正面、障壁で足場を展開！」

「――っっっ⁉」

疑問より疑いより戸惑いより早く、本能が半端に構成済みだった術式を後押しして、ちょうど漆黒の閃光の対角線上に、人一人分が立てる障壁の足場を展開する。刹那、水晶宮から彗星の如き速度で飛来してきたその人は、跳ぶような足取りで水竜を駆けあがり、すれ違いざまのロザリンの背中を、「大丈夫」と告げるかのように優しく撫でてから、瞬きをする間もない速度で展開したばかりの障壁を足場にする。

現れたのは白亜の甲冑。軽装を好むエンフィール王国騎士の中で、無骨ながら華やかで、頑強ながら安らぎすら感じるその後ろ姿は、一秒前の絶望すらも忘れ去ってしまうほど頼もしかった。

第十二騎士団団長、シャルロット＝リーゼリア。

城壁の二つ名を持つ彼女が両手で構えるのは、剣でも槍でも弓でもなく、自身の姿すらすっぽりと覆い尽くす、壁よりも分厚い、盾と呼ぶにはあまりにも巨大で、超重量な物体だった。

その身と一心同体となる盾を掲げ、彼女は高らかに声を上げる。

「花開く絶対なる純潔――クリスタル・キャッスルウォール！」

盾の正面に展開するのは、花開くように広がる水色の大きな花。魔力で作られた花びらの一枚一枚が、翼を広げるように大きく伸びていき、水竜と湖底の寝所を守る八枚の巨大な盾となって現れる。

花弁が開き切るとほぼ同時に、放たれた漆黒の閃光が真正面からぶつかり合った。

「――!?」

轟音、轟雷、轟然。落雷が直撃した瞬間に聞こえる音はこれかと、錯覚するほどの爆音が耳を劈き、音の振動が身体どころか内臓までをも震わせる。聴覚が破壊されるような音で音が塗り潰される最中、ロザリンが辛うじてできたのは目を瞑り奥歯を噛み締めながら、せめて気絶だけはしまいと、必死でホワイトアウトしかける意識を繋ぎとめることだけだった。永遠にも感じられた一瞬の音の津波の後、甲高い耳鳴りの中で身体を襲っていた振動が止まったのを感じた。

「……あっ」

ゆっくりと目を開く。きつく瞑りすぎてピントが合わない視界の先には、数秒前と変わらぬシャルロットの背中と、その先には口からどす黒い墨のような煙を発する巨人の姿が確認できた。

『た、たすかったぁ？』

上擦ったネロの声で、あの漆黒の破壊を耐え切ったことをようやく実感できた。

「惚けるのは後よ、追撃！」

「は、はい⁉」

振り向かないシャルロットに叱責され、ロザリンは再び魔力を駆動させ水竜に動くよう指示を出す。狙いは真正面の巨人。アレだけの魔力を放出した後だから、すぐには行動に転じることはできないだろう。現に口から煙を噴いたまま、四つん這いの恰好から動き出す様子は見られなかった。

水竜が移動を開始するとシャルロットは、横に倒れるようにして足場から飛び降りる。

「それじゃ、後はお願いね。負けちゃダメよ」

水竜とすれ違いながら此方に顔を向け、パチッと片目を瞑り微笑むシャルロットの表情には、激しい疲労の色が横目にも見て取れた。下手をすれば水晶宮すら吹き飛ばす一撃を、ロザリン達に一切の被害をもたらさず防ぎ切ったのだから、シャルロットの消耗は想像を絶するだろう。

そのおかげで、決定的なチャンスを得ることができた。

「全力全開！　ネロ、残った全部、私に回して！」

『おし、わかった。ううう、うにゃにゃにゃにゃにゃにゃにゃにゃああぁ！』

兎なのに猫のような掛け声と共に、同化しているネロを通して寝所のリューリカからの魔力が供給される。ただでさえ純度が高く強大な魔力を、過剰とも思える量の稼働にロザリンの体温がぐんと熱を持ち、目と鼻の奥がチリチリと擽られるような感覚に襲われた。全身の至る個所、毛細血管の先の先まで魔力が巡り、気を抜けば身体の内側から破裂してしまいそうなほどだ。だが、それらは全てロザリンが構成する魔術の糧となり、循環する魔力は内側で激しく渦を巻く。

『おおおおををををぼぼぼぼぼ、だだだだ大丈夫かかかかロザリンんん！』

霊体同然の状態で同化しているネロには、魔力の循環に巻き込まれているも同然らしく、激しくシェイクされるように声を振動させている。一方でロザリンは魔力制御に全神経を集中している為、受け答えは出来なかったが正面に向ける眼光は、既に倒すべき目標に定められていた。

異形の巨神は四つん這いで大口を開けたまま動かない。否、動けないのだろう。

神を殺し得る必殺の一撃は確かに強力だったが、その反動は決して軽いモノではなく、恐らく巨人の身体は負荷によりボロボロになっているだろう。当然、反動は術者でもあるシドに跳ね返っているが、魔眼が見通す男の姿は余裕すら感じられる笑みを浮かべていた。

「……いいや、そんなはずは、ないもん」

自分が苦しい時は相手も苦しいはずだ。如何にシドが魔術師として優れた才能を持っていて、魔力溜まりによるバックアップを受けていたとしても、これだけの大魔術を続けざまに行使、維持し続けるのはかなりの負担のはず。彼の人となりにロザリンは詳しいわけではないが、アルトだったら同じ状況でも不敵にピンチを笑い飛ばすだろう。

ここは攻め時。最後の我慢比べをする場面だ。

「真っ直ぐ、行く……突撃だ！」

号令と共に水竜は嘶きながら巨人に向かって一直線に突っ込んでいく。

風圧が湖面に波を作り、触れる尾が激しい水飛沫を上げる。巨人はまだ動かない、否、動けない。水竜の頭上に立つロザリンが見通す巨人との、いや、シドとの距離は瞬く間に縮まり、衝突上等の速度を緩めない突進で、号令から数えて十秒ほどでゼロになった。

正面衝突する瞬間、弾かれるように動き出した巨人は、水を掻き上げるが如く長い両腕を持ち上げ水竜を受け止めた。巨大な水竜と巨人の距離が無くなれば空気が振動する爆音が轟き、間で行き場を失った水が弾け飛ぶと、周囲に花火のような飛沫を撒き散らして広範囲に霧雨を作り出す。既に限界を迎えていた巨人の身体は衝撃に耐え切れず、ボロボロと乾いた泥が剥がれ落ちるように表皮が砕け、湖へと落下していく。全身に走る罅は致命的なモノで、巨人は魔力の枯渇を証明するように、表皮が剥がれ落ちていく部分から赤黒く淀み、それは巨人の内部にまで侵食していた。それでもギリギリで芯の部分からの崩壊を免れているのは、術者の度量の賜物だろう。

シドは胸の前で手を合掌させ、額や腕に血管が隆起するほど力をフル稼働させる。

「ぬうううぉぉぉおおおおおおおおおあああああああっっっっッッッ‼」

気合いの咆哮が崩壊寸前の巨人を寸前で支えていた。だが、それも風前の灯だ。

『やった、勝ったぁ！』

「まだ、まだだっ。まだ、終わってないっ！」

勇み足を踏むネロを諫め、身体を叩く水飛沫に立ち向かうようロザリンは真っ直ぐシドを睨みつけた。水竜は最後の力を振り絞る巨人に掴まれ、身動き取れないほど完全に拘束されている。頭部に乗るロザリンと肩に立つシドの距離は、十数メートル程度しか離れておらず、即ちこれは二人にとって戦える間合いだ。

「行って……勝つ！」

迷わずロザリンは飛んだ。強化された身体能力から生まれる跳躍力は、助走なしで水竜と巨人との間を軽々と飛び越え、光の剣を頭上へと振り上げる。剣術を習ったことのないロザリンの構えは、不恰好な上に跳躍中は上手く身動きが取れず恰好の的だ。

「ハッ！　甘ぇお嬢ちゃんだぜぇ。わざわざ、白兵戦に付き合うと思ってんのかぁ？」

「きっと、逃げない……勝負しろ！」

光の剣を振り上げ叫ぶロザリンを見上げたまま、シドは「カッ！」と心底おかしそうに一笑すると、合掌させていた手を離し腰の湾刀を抜き迎え撃つ。異界が維持されている限り巨人の再起は可能だ。安全策を取るならば、水神リューリカのバックアップがあり、精霊眼を覚醒させたロザリンとの直接対決は避けるべきだ。

だが、シドは戦うことを選ぶ。理由は彼が戦士だからだ。

光の刃と鋼の刃が正面からぶつかり合う。火花が散らない代わりに、爆ぜた魔力の粒子が飛び散って風に消えていく。落下の勢いもあったが、魔力消費による劣化で脆くなっているシドの足元が、爪先が埋まるくらいまで押し込められる。

歯を喰いしばって睨みつけるロザリンに、湾刀を翳したままシドは不敵に笑う。

「オメェが来たかよ魔女の娘っ子。儂の首を狙ってくるのは、野良犬だと思ってたぜ」

「適材適所。不満でも、ある？」

思わぬ斬り返しに唖然としてから、零す笑みを深くして湾刀を斬り払った。後方に大きく飛んだロザリンは、小動物のような身軽さで水竜を掴む巨人の腕に着地。やはり脆くなっている表面は、石灰の塊を踏むかのように砕けるが、何とかバランスを崩すことなくシドとの間合いを離し光の剣を構えた。

「ハハッ。不満てほどでもねぇが、この正念場での相方が小娘ってのが、ちょいと引っ掛かっちまうのが古いタイプの人間なんだよ。だからよ、嬢ちゃん」

左腕を衣から露出させ、肩を丸出しにした状態で湾刀を斧のように大きく構えた。

「嬢ちゃん自身が分相応だってことを、証明しちゃくれねぇか」

「望む、ところっ！」

踏むと砕けて沈む足元を同時に蹴り、ロザリンとシドは接敵し刃を交わす。

剣術の心得がないロザリンが、白戦錬磨のシドと正面から戦うのは無謀の極み。しかし、精霊の力で強化された身体能力は凄まじく、常識を逸脱した機動力が単純な戦闘能力を凌駕する。戦いの場は巨人の伸ばされた腕の上。人間が辛うじてすれ違いができる幅の場所であっても、ロザリンは精霊眼によって操られる魔術を駆使し、縦横無尽に飛び回りながらシドを攻め立てる。

「にゃあああぁぁぁぁぁぁあああ！」

迸る魔力で全身が発光し、飛び散る粒子が残像となって空気に溶ける。狭い足場でありながらロザリンの行動範囲に制限はなく、空中に魔力で作った足場を蹴り加速しつつ、ヒット&アウェイの戦法であらゆる方向から光の刃を叩きつけた。

これにはシドも目を白黒させる。

「ぬうっ⁉　ちぃっ、小癪な戦い方をしおるわ」

仰天しながらもシドは至極冷静だった。常に死角から襲い掛かる高機動なロザリンの攻勢だが、シドの湾刀は悉く光の刃を弾き返し一撃たりとも有効には届かない。彼の動きは特別速いわけでもなく、むしろ老体と巨躯が合わさって傍目からはのっそりとした挙動にも思えるだろう。ロザリン自身、背後から決定的な隙を突いたと思っても、剣を振るった次の瞬間には振り向いた湾刀に阻まれてしまっていた。

「こ、攻撃が、全然、届かないっ」

「カハッ、未熟だぜお嬢ちゃん。速えってだけじゃ喧嘩にゃ勝てんぞ」

斬り払われた続けざまに、湾刀の横薙ぎの斬撃がロザリンを襲うが、魔力を爆発的に高めた高速移動で背後に回り込み回避。しかし、次の瞬間にはシドの二刀目が真正面から浴びせられ、ロザリンは反射的に光の剣で防御するも、勢いに押され後ろに飛ばされてしまう。

間合いが離れたことで仕切り直しとなるが、対峙する両者の明暗はわかれた。

「はぁはぁ……強い、強すぎ、る」

砕けた腕の表面に埋もれるよう片膝を突き、ロザリンは異常なほど荒い呼吸で激しく肩を上下させた。魔力の消耗は激しい。全体的な容量でいえば、リューリカのバックアップがあるので問題ないが、魔力消費からくる心身への負荷が予想以上に重く、既に両手足の筋肉に張り詰めるような疲労が溜まっていた。

一方でシドは対照的。軽い準備運動を終えた後のような血色の良さで、不敵な笑みを湛え此方の出方を窺っている。

「どうしたお嬢ちゃん。こっちはようやく身体に火が入ったところだぜ。老体が五体満足にしてんだ、若いアンタが息切らしてちゃ見栄えが悪いってモンだろ」

「……んにゃろう」

わかりやすい挑発に歯を噛み鳴らし、ロザリンは膝に力を入れて立ち上がった。呼吸を整えながら光の剣を正面に構え、勝つ為の術を頭の中で構成する。純粋な剣術でシドを倒すのは不可能。勝ちの目を見出すには魔術の行使が不可欠だが、現状で扱っている魔術以上の、シドを圧倒するだけの火力を扱うのはある理由から難しい。

だからこそ、剣でシドを切り崩さなければならない。

「──ふっ」

呼吸音と共にロザリンが地面を蹴る。鋭い踏み込みを見せるが、先ほどまでの高機動と比べれば緩く、間合いギリギリから斬撃を放つも軽々とシドの湾刀に防がれた。

「おいおい、もう少し気合いを──ぬっ⁉」

拍子抜けする表情が引き締まった。踏み込みながら続けて放たれた刃は、より鋭い打ち込みと軌道で湾刀を叩く。シドは足裏で砕ける地面を削るよう後ろに下がり、間合いを調整しながら出鼻を挫くよう湾刀で圧をかけるが、ロザリンは剣で防がず身を反らし、ギリギリ刃先が肌を掠る紙一重の間合いで回避した。そして攻勢を奪い返したロザリンが、僅かに動揺する隙を狙うようにシドを攻め立てる。

明らかにロザリンの動きが変化した。シドは直ぐにその理由に気が付く。

「この動き……野良犬をトレースしてやがるのか」

ロザリンの剣捌きには見覚えがあった。正統な剣術でありながら、完全に型には嵌まらない不作法な動き。真似しようにも難しい動きを、ロザリンは完璧ではないものの、戦える形としてコピーしていた。目が良いとか、モノマネが上手いというレベルではない。魔力の流れを見通す精霊眼が、ロザリンの記憶に焼き付いたアルトの動きを読み取り、精霊化して強化された肉体に流し込むことで動きを再現しているのだ。言うなればロザリンが意識して動いているわけではなく、記憶の中のアルトが疑似的に憑依して戦ってくれている、という認識に近いかもしれない。どちらにせよ馬鹿げたことだ。魔術の難易度もそうだが、アレを感覚的に説明するのなら、目隠しをした状態で他人の指示に従い動いているようなモノだろう。高機動を可能とした精霊モードだからできる芸当だ。

人まねの剣術。けれど、再現の高さにシドは剣を交えながら思わず感嘆を漏らす。

「いい目をしてる。お嬢ちゃん、よっぽどあの野良犬に惚れ込んでやがるな」

「あたり、まえっ。大好きだっ！」

躊躇ない好意の言葉を、振るった刃の一撃と共に叩き付ける。斬撃の鋭さ以上に、真っ直ぐな青臭い感情に、刃を受け止めたシドは僅かに気圧されてしまう。表情は驚きに崩れるが、直ぐ楽しげに破顔する。

「カハッ！　面白れぇじゃあねぇか！」

負けじと前のめりの体勢で、シドも湾刀を振り上げ攻勢に打って出る。余計な技術を排した力任せの一発。腕力もそうだが体格差、重量差は見た通り圧倒的で、真正面からの力比べになればロザリンの攻勢など簡単に止められてしまう。

真っ向勝負は分が悪い。わかり切っていた答えにロザリンの身体は自然と反応して、圧し付けるような斬撃を、剣戟で受け流しながら足運びでスルッと真横に抜ける。

「──はあっ！」

脇腹を狙って刃を飛ばす。が、それは湾刀に阻まれ届かない。

一合、二合と続けて打ち合うが、刃を交える数が触れる度にロザリンの剣技は乱れ、メッキが剥がれるよう徐々に崩れていった。いくらアルトの剣術を正確にトレースしようとも、思考と反射の誤差を縮めようとも、一瞬の攻防なら誤魔化せるが長く刃を交わす剣戟となれば、根底の浅さが如実に差となって現れる。そして一度崩されれば立て直すのは難しいだろう。入れ替わっていた攻防は次第に防戦一方に移り変わり、振るわれる湾刀の刃が肌や服を裂く数が徐々に増えていく。まだ、致命的な傷には届かないが時間の問題だ。

ロザリンも必死に食い下がるが皮肉なモノで、ロザリンとしての意識が強まればイメージへのトレース力が弱まり更なる隙を作ってしまう。

悪循環の中、遂にシドの剣技がロザリンの動きを捉えた。

湾刀の斬撃を受けるだけだったロザリンは、何とか現状を打開しようとタイミングを合わせ、強引に刃を弾くと光の剣を脇構えの体勢のまま、深く正面からシドに向かって斬り込もうとするが、読んでいたシドはワザと弾かせた湾刀を手首の動きだけで返し、カウンターを狙うように踏み込むロザリンの喉元に突き出した。

「――っっっ⁉」

刹那。踏み止まった、否、踏み止まらされたロザリンの喉元に浅く刃の切っ先が押し込まれ、僅かに切れた皮膚から血が雫となって零れた。瞬時に斬り払おうという意思が働くが、それを牽制するように湾刀を握る力が強まったことが切っ先ごしに伝わる。

「詰みだ。意外に早かったな」

口調は軽いが向けられる眼光に油断はない。身動ぎ一つすれば、シドは躊躇なく喉を引き裂くだろう。

「野良犬の動きを真似したのは、ちょいと面食らったが、んなモンで取れるほど儂の首は安くないってことだ……授業料は高くつきそうだな」

「それって、命で、払えって、こと？」

「ハハッ。そんな安値じゃ売れねぇな、嬢ちゃん」

短い会話の後、唐突に訪れるのは沈黙。

睨み合う両者。状況は既にロザリンの敗北を示しているが、少女が宿す魔眼の輝きに衰えはなく、間近で見ているからこそシドにも油断はない。次の一手は決まり切った流れのまま、突き付けられた刃が少女の柔肌を血に染めるのか、幾多の逆境を乗り越えて来たロザリンの意外性が、老兵の打ち建てられた信念を凌駕するのか。

一呼吸の間。それが勝負をわけた。

「――っっっ⁉」

呼吸を半分ほど吸い込んだ瞬間、ロザリンの腹部を鈍痛が襲う。

蹴りだ。真正面に立つシドからの突き飛ばすような前蹴りが、か細いロザリンの身体に突き刺さり、くの字に折りながら足裏が巨人の表皮から浮きあがった。視界が真っ白に消失していく。不思議と痛みや息苦しさは感じなかったが、僅かに残った本能が激しく警笛を鳴らして、沈んでいく意識をギリギリの瀬戸際で食い止めていた。視界が色を取り戻すと共に腹部を貫く鈍痛や、呼吸が出来ない息苦しさも湧き上がってきたが、それ以上に自由の利かない身体は指一本動かせない。これらの逡巡は僅か一秒にも満たなかった。

「剣の稽古じゃあるめぇし、斬り合いだけかと思ってたか？　未熟だぜお嬢ちゃん」

突き出した右足を叩き付けるようにして、巨人の脆い表皮を踏み砕く。

追撃はない。当然だ。蹴り飛ばされたロザリンの身体は、軽々と巨人の腕の外まで持っていかれた。真下はどす黒く蠢く異界の湖。水辺とはいってもこの高さから落ちれば、人間の身体など容易くバラバラだ。

（……っ⁉　身体の回復は、間に合わないっ！）

容赦など一切ない蹴りは普通だったら、内臓が潰されてしまうほどの衝撃があった。強化された身体だからこそ、大きな傷には至らなかったが、それでも全身の自由を奪うには十分で、湖面に落ちるまでの数秒で復帰するのは不可能だろう。

ロザリンの小さな身体が、湖面に引っ張られるかのように落下を始める。

「終わりだ。案外、呆気なかったな」

落胆すら混じる言葉と共に、シドは落ちていくロザリンを目で追いながら湾刀を下げた。

それこそが、ロザリンが待ちに待った瞬間、決定的な隙だ。

絶望に歪む表情の仮面を外し、ロザリンは両眼に宿した魔術に魔力を注ぐ。直ぐにシドも異変に気が付くが、入念に駒を進めた最後の一手は早く、最早シドには両目を見開いて叫ぶ以外のことはできなかった。

「小娘ッ！　やってくれた、謀りやがったなッ⁉」

怒鳴るシドに向けられたのは、落下したまま立てた一本の人差し指だ。

「溜めに溜めた一撃、どぉんと、受けちゃいなさいっ！」

魔術が発動したわけではない。が、瞬間、巨人に掴まれた水竜の姿が弾けた。

清浄な湖の如き巨大な青色の粒子と化した水竜。それらは夜空を駆ける流星群のように尾を引いて、規則正しい流線形を描きながら一斉に目の前の巨人へと降り注ぐ。砦より巨大な水竜から生み出された粒子の数は、数千、数万にも及ぶだろう。それらの一つ一つが強力な魔力を帯びた矢となり、巨人とシドを打ち滅ぼす為に襲い掛かる。さながら天上の星々が一斉に落ちてくるような光景は、見惚れるほどに幻想的で、同時に目を覆いたくなるほど壮絶な様相を生み出していた。魔力の矢は異界の影響で力を取り戻しつつある巨人の身体を、いとも容易く貫くと空中で弧を描き再び群れを成して強襲する。一つの傷は小さく、異界からの供給もあり魔力消費の活動限界から復帰しつつある巨人は、あり得ない再生速度で傷を塞いでいくが、全身くまなく注ぐ流星に耐え切れる道理はなく。限界を迎えた巨人はまず腕が捥がれ、群がる魔力の矢に粉々に粉砕された。全身も同様。青い流星に喰い尽くされるよう、その形を細かく砕かれていく果てに、遂には維持できなくなった巨体は轟音を立てて崩壊。覆う魔力にすり潰され砂も残らぬ粒子になり果てた。

これこそが、ロザリンが作戦開始から思い描いた決着の形だ。

戦う人間としての経験値が圧倒的に違うシドを、正面からの斬り合いで倒せるわけがないし、駆け引きで上回れるとも思っていない。油断など欠片も見せないシドを切り崩すには、勝利を確信したその一瞬しかあり得ない。生半可な状況では見破られる。だから、必要なのは死に最も近づくこと、度胸試しのチキンレースだ。

ロザリンは賭けに勝利した。接近戦に挑む直前に、全ての魔術リソースを使用して水竜に術式を仕込んだ。魔術の使用は大幅に制限されるが、使えたところでシドを少し戸惑わせる程度だろう。何よりじり貧の状況を打開するには、半永久機関である巨人を刹那（せつな）の内に消滅させる必要があった。

完全な形での勝利を得ても、ロザリンの視線に油断の色は浮かばない。

つんざくような爆音の影響で聴力は失われ、頭に鳴り響くのは甲高（かんだか）い耳鳴りの中、視線の先では巨人を破壊し尽くしても尚、流星のように駆け巡る魔力粒子達が、細かく分散していき徐々にキラキラと輝きながら空気に溶けていく。灰色の空をバックに輝く粒子は、満天の星空のように思えたが、背筋を震わせる殺気と共にその星空は大きく引き裂かれる。

「まだだ、まだ終わっとらんぞぉぉぉおおおおお!!」

飛び出してきたのはシド。全身に魔力の矢で焼かれ貫かれた傷を負いながら、ほぼ機能を失っている聴力に届く怒号を轟（とどろ）かせ、湾刀を振り上げて一直線に真下にいるロザリンを目掛けて落下してくる。一目で満身創痍（そうい）とわかる巨躯（きょく）を、傷口から噴き出す鮮血で赤い霧を作りながらも、シドは最初に対峙（たいじ）した時と一切変わらぬ気迫と殺気を纏（まと）って、ロザリンの首を狙い刃を構える。

「……っ」

蹴りのダメージから復帰し切れない上、空気が抜けていく風船のように魔力が急激に消耗していき、その影響で身体の自由が利かなくなっていくロザリンは、突き出した手の平を開くのが精一杯だ。落下によって加速していく風を背中に受けながら、見上げるロザリンの視線は絶望には染まらない。瞳に浮かぶのは勝利の二文字。カラカラに渇いた口内を強引に唾液で湿らせ、ロザリンは叫んだ。

「――ネロぉぉぉおおおおおお‼」

流れる蒼い流星の中から一筋の彗星が咆哮と共に落下していく。

「てぇえええぇぇぇいりゃあああああぁぁぁ‼」

大仰なネロの叫び声は頭の中には響かない。駆け抜ける彗星こそが、自身を魔力の槍と化したネロの姿だ。正真正銘、これが最後の切り札。シドを確実に倒す為に仕込んだ隠し刀は、水竜が砕けた瞬間に分離したネロを紛れ込ませた。打ち漏らしたシドにトドメの一撃を放つ為に、魔力の欠乏で動けなくなるリスクを背負って勝負に打って出たのだ。

ネロとの分離で精霊モードが維持できなくなったロザリンは、抜け落ちる魔力粒子の残像を作り出しながら、元の黒髪の姿で落下していく。

背後からの殺気。そして見下ろすロザリンの勝利を見据える眼光に、シドは自らの敗北を一足早く理解した。

「――ちくしょうめ」

悔しさの滲(にじ)む呟(つぶや)きの後、捩(ね)じれ螺旋(らせん)のように渦巻きながら落ちる彗星(すいせい)の槍(やり)は、不器用な軌道を描き無防備なシドの背中を穿(うが)った。一撃が分厚いシドの胸板に風穴を空け、勢いを落とさず貫き通ると、彗星の槍は水神の力を帯びた魔力を振り払って元の兎(うさぎ)の姿に戻り、くるくると回転しながら先に落ちているロザリンにキャッチされた。

目を回すネロを抱きかかえ、見上げたロザリンとシドの視線が交差する。

――大した魔女だぜ。

悔しげな表情のまま動かした唇から、声がロザリンの耳に届くことはなかった。

異界の象徴である巨人と異界を生み出した張本人であるシドが倒れた。無尽蔵の魔力供給を持つ異界も、それを支える柱となる存在がなくなれば瓦解(がかい)する。そのことを証明するようにシドが瞼(まぶた)を閉じた瞬間、ロザリンが湖に着水するより早く異界が真っ白にホワイトアウトすると、存在そのものが驚くほど呆気(あっけ)なく消え去った。

その日、北街の二大巨星の一つが墜(お)ち、天の楼閣は砕け散った。

エピローグ　一つの結末

奈落の社と共に北街を二分していた天楼は、太陽祭初日の夜に消滅した。

それは国民の多くが知らない間に起きた出来事で、天楼崩壊の事実を知るのは祭りの喧騒が引いた後のことだろう。異界の影響で変質化した者達は、魔力の供給源である異界が消滅すれば、姿だけではなく存在そのものを維持できない。シドが破れ異界が消え去ると同時に、騎士団長達と交戦していた兵隊達も霧が掠れるように消えて行った。それは表の世界で暗躍していた者達も同様だ。流石と言うべきなのは、圧倒的な物量差を相手取っていたのにも拘わらず、騎士団長達は大きな傷一つ負わずに涼しげな様子だったこと。一方で全ての力を使い果たしていたロザリンは、落下の最中に表の世界に戻り、そのまま湖に落下して気絶してしまった。危うく溺れ死ぬどころだったが、身体の自由が利かなかったことが逆によかったのか、無駄な力が抜けて湖面を浮いているところを、同じく湖を漂っていたシャルロットに助けられた。もっとも水神の加護を受けているロザリンが、リューリカのお膝元であるリュシオン湖で溺れることなどあり得なかっただろう。しかし、激しい魔力消耗と戦闘による負荷は予想よりも重く、次にロザリンが目を覚ましたのは太陽祭の最終日。実に一週間近くも眠っていたことになる。

天楼の崩壊による王都への影響は、はっきり言ってしまえば皆無である。本当なら色々とよろしくない者達の台頭を許してしまう隙であったが、それらを上手(うま)い具合に奈落の社が抑え込んでくれた。ハイドの手腕もあったのだろうが、一番はこの状況を予想して大分以前から準備が仕込まれていたからだ。シド自身、自分がいなくなった後のことを言い含めていたようで、天楼楽土に残った者達も抵抗することなく、奈落の社の軍門に下った。勿論(もちろん)、ハイドは天楼の残党を同胞として、丁重に迎え入れることは厳重に指示を出していたので、特に混乱もなかった。

祭りの終焉(しゅうえん)と共に、北街の一つの時代が終わりを告げる。しかし、それを知る者は多くはなく、それによって変わることも殆(ほとん)どないのだろう。これまで通り北街は王都の暗部、スラム街であり、他の街からの流入は薄く内部は暴力に溢(あふ)れ、表の世界を生きる者達を妬ましく思いながら生きていく。現状維持は決して喜ばしいことではないのだろうが、変わらないからこそ生きていける人間が存在するのも事実だ。シドは急ぎ過ぎた。あるいは遅すぎたのかもしれない。日陰の中で積み重なった苔(こけ)は日向(ひなた)では生きられない。無理矢理に引き剥(は)がすか、日の中で朽(く)ちていくだけの存在は、北街の歴史そのものなのだろう。

住めば都と呼ぶには過酷過ぎるが、それでも北街の営みは今日も続いていく。

東街にも日常が帰ってきた。

祭りの後の寂しさと疲労、二日酔いを引き摺りながらも元の日常に戻って行った人々は、準備がなくなって時間的には余裕が生まれたはずなのに、何処か物足りなさが感じられる表情と、いつもより緩い足取りで道を歩いていた。能天気通りの住人も同じで、長屋の水場で花を咲かせる噂話にも覇気が薄く、店先で馴染み客に飛ばす冗談のキレも今日はちょっといまいちだ。ただ、それも数日の間だけのこと。夏と共に祭りの熱気が過ぎ去り、秋の訪れを感じ始める頃にはまた、この街にもいつもと変わらない日常が戻ってくるだろう。

能天気通り。かざはな亭の隣にあるアルトの自宅。

大掛かりな掃除をして間もないこともあるが、定期的にカトレアが清掃をしてくれていることもあり、室内は隅々まで清潔が保たれている。元よりアルト自身、部屋に物を持ち込まない性格なので、転がっているとすれば酒瓶くらいのモノなのだが、本日はソファーの上に白い布の塊が転がっていた。

布の塊の正体は人間。全身を包帯でグルグル巻きにされたアルトだ。

「……もごもご」

口元まで包帯が巻かれ喋ることもできず、ふがふがと苦しげに呼吸を繰り返す。こんなミイラのような恰好になっているのは、水晶宮での出来事が原因だ。炎神の焔を使用したオメガの自爆に巻き込まれ、全身に酷い火傷を負ってしまったのだが、逆に言えば入院もすることなく、家で安静にしていられるのは想像以上に怪我が軽傷で済んだから。勿論、ただ運が良かったわけではない。

爆炎が身体を包み込んだ瞬間、流石のアルトもこれは死んだと覚悟を決めたのだが、炎が焼き尽くすより早く、全身を保護するように魔力が膜のように広がって包み、守ってくれたのだ。そのおかげで丈夫な水晶宮の区画を焼失させるほどの熱量を、耐え凌ぐことができたのだが、やはり軽傷とまではいかず、こうして定期的に治癒の魔術を施されながら、太陽祭の期間中ずっと安静にしていたのだ。ちなみに王族が暮らす区画、アルトが守っていた扉の向こう側は無傷。何故ならば最終の切り札として総団長のゲオルグと、第一騎士団長のライナが防壁を張っていたから。つまりオメガは上手い具合にアルトを突破したとしても、王国最強の騎士二人を相手にしなければならなかった。

そのオメガ自身、破壊された爆心地から遺体が見つかることはなかった。熱量的に燃え尽きた、という方向性で騎士団の考えは纏まっている。

（……動けるようになったら、水神様にお供え物でも持ってくか）

寝床となっているソファーに擦れると痛む背中に顔を顰めながら、ぼんやりと天井を見上げていた。安静にするなら寝室の方がよいのだろうが、籠もりっぱなしは気が滅入るので、こうして居間で寝転がっていることにしている。風通しもいいので包帯で熱が籠もった肌に心地がよいし、トイレや水場も近いので痛む身体でも多少は移動が楽になる。

ただ、悩みも少しだけあった。

「…………」

不意に漂ってくる香ばしい匂い。無言のまま視線をかまどなどがある水場へ向けた。ちょうど狙ったようなタイミングでドアが開くと、中からエプロン姿で手にトレイを持ったロザリンが現れた。トレイの上には湯気が立つお皿が一つ。ロザリンは小走りに此方に近づくと、ソファーのすぐ側に座り込むようにして、ドヤ顔をしながら皿の乗ったトレイを突き出した。

湯気を立てるお皿の中身は、たっぷりの野菜が入ったクリームシチューだった。時間的にはちょうど昼食時で、通常ならカトレアが作りに来てくれるのだが、今日は都合が悪いらしく代わりにロザリンが担当することになった。包帯の下に隠れたアルトの表情は不安で一杯だった。

「お昼ごはん、できた」

此方の心情を知ってか知らずか、そう言ってずいっとトレイを突き出す。

「…………」

シチューとロザリンの顔を見比べてから、一緒に置いてあるスプーンを手に取ろうとするが、寸前で掠め盗られ掬ったシチューを口元に突き付けられた。

「はい、あ～ん」

「…………」

心底嫌そうな顔をするが正直、指先の火傷が一番酷く、動かすのがまだしんどかったので、仕方なく口元を覆う包帯をずらして、スプーンを招き入れる為に口を開いた。熱くないようにロザリンがふぅふぅと息を吹きかけてから、口の中にスプーンを突っ込んだ。

「……むぐむぐ」

咀嚼するアルトの顔を、何かを期待するような表情でロザリンが瞳を輝かせて覗き込んでいた。

ゴクッと無言のまま飲み込むと、期待の眼差しは更に輝きを増す。そんなロザリンをチラッと見てから、右手の人差し指を上向きにして、もっと近づけと示すようにくいくいっと指を招く。

「……むふぅ」

何を期待しているのか、ぐぐっと距離を狭めるロザリンの耳元にアルトは唇を近づけた。

「へたくそ」

「——っっっ!?」

てっきり褒められると思っていたロザリンは、びっくりしたようにのけ反った。

「〜〜むぎぎっ！」

即座に顔を首まで真っ赤に染めると、シチューが注がれたお皿を振り翳しアルトの顔面に……叩き付ける寸前で思い止まり、片手で顎を押さえ無理矢理口を開かせると、もう片方に持っていた皿のシチューを一気に流し込んだ。

「もがっ⁉　熱ッ⁉　あがががぁ〜⁉」

粘度のある熱い液体が口内から食道を灼熱地獄に落とす……わけではなく、ほどよく温い、ちょっとだけ塩辛いシチューが喉の奥へと流されていった。一口目はちゃんと熱かったので、直前になってこっそり魔術で強制冷却してくれたらしい。それでも一人前のシチューを強引に流し込まれるのは中々にしんどく、何度も煮崩れたジャガイモやニンジンなどの野菜が詰まりそうになりながら、何とか喉を鳴らしながら飲み干していく。

最後のひと口まで詰め込まれ頬を一杯に膨らませながら、アルトは呼吸困難の息苦しさに脂汗を滲ませパッタリとソファーに身体を沈めた。

「ばかっ」

べえっと、可愛らしい舌を覗かせてから、ロザリンは空になった皿を再びトレイの上に乗せ、小走りにキッチンの方へと戻って行った。怒りをぶつけるように強くドアが閉められ暫くしてから、微かに水音が聞こえてきた様子から、洗い物をしているのだろう。

アルトは口に残った野菜や肉の塊をゆっくり咀嚼し、飲み込んでから大きく息をつく。

野菜は煮崩れしていて食感が薄く、下ごしらえをしていない肉はパサパサで、全体的に味付けが濃く塩辛い。普段、カトレアが作る食事に比べたら雲泥の差だ。それでも以前、口にした物より格段に美味(うま)くなっているのは、日々の努力の賜物なのだろう。

「げふっ……ごちそうさん」

素直じゃないアルトはそう呟(つぶや)くと、満腹感に身を委ねるよう静かに瞳を閉じた。

〈『小さな魔女と野良犬騎士6』完〉

ヒーロー文庫

小さな魔女と野良犬騎士 6

麻倉英理也

2021年3月10日 第1刷発行

発行者 前田起也

発行所 株式会社 主婦の友インフォス
〒101-0052 東京都千代田区神田小川町 3-3
電話／03-6273-7850（編集）

発売元 株式会社 主婦の友社
〒141-0021
東京都品川区上大崎 3-1-1 目黒セントラルスクエア
電話／03-5280-7551（販売）

印刷所 大日本印刷株式会社

ISBN 978-4-07-447267-3